世上有颗后悔药

曾鹏宇 ——— 著

中信出版集团 · 北京

图书在版编目（CIP）数据

世上有颗后悔药 / 曾鹏宇著 .-- 北京：中信出版社，2017.5（2017.6 重印）
ISBN 978-7-5086-7445-2

I. ①世… II. ①曾… III. ①故事 – 作品集 – 中国 – 当代 IV. ①I247.81

中国版本图书馆 CIP 数据核字（2017）第 064629 号

世上有颗后悔药

著　　者：曾鹏宇
出版发行：中信出版集团股份有限公司
（北京市朝阳区惠新东街甲 4 号富盛大厦 2 座　邮编　100029）
承 印 者：三河市西华印务有限公司

开　　本：880mm × 1230mm　1/32　　印　　张：8.25　　字　　数：178 千字
版　　次：2017 年 5 月第 1 版　　印　　次：2017 年 6 月第 2 次印刷
广告经营许可证：京朝工商广字第 8087 号
书　　号：ISBN 978-7-5086-7445-2
定　　价：40.00 元

目录 contents

第四章　爱情黑白配之白

第五章　此生不负亲——仙妈与倔父

序

行至更高处

很多年以前，有个朋友问我：“你说，如果可以重来一次，人会不会过得比现在更好？”

当时我很年轻，才20多岁，心里对任何事都充满了跃跃欲试的激情，所以听到她的问题，我毫不犹豫地回答：“当然。”

但是后来随着经历的增多，我发现人是种很奇妙的动物，尽管有这样和那样的准备，但当未来的大门真的在你面前打开时，你会朝着哪个方向走，连自己都说不好。

举个简单的例子，年轻的时候我一直觉得，要考上最好的大学、学最好的专业、进最好的单位，才能过上自己想要的生活。可事实是，那些“最好”我一个都没能做到，但最后还是跌跌撞撞走到了今天。

所以很多时候，最好的和你想要的，常常是两回事。

还有一段时间，我整个人从头到脚充满着信心，相信心想事成、人定胜天、有付出就会有回报，但是当生活和工作的页码在不断增加时，我才发现真实的世界并不是这样，很多事情心里再想也成不了，人常常胜不了天，很多付出都没什么回报。

所以，人的大部分成长，只会在你力所不能及的地方等着你。

写书这事也是一样。

最开始写故事的时候，纯粹是觉得有趣，后来发现生活原本就是个喜欢骗人的家伙。有时候你以为方向是东，实际上结果可能是西；你在开始的时候一脸欢笑，到后来却悲伤到哭；你当初潇洒自在，到后来却被俗事缠绕；你在出发时信心满满，到后来却欲说还休——你在憧憬中悠然自得一路向东，结果到了西边的太阳下一脸发蒙。

这时候再回头看自己写的故事，忽然发现每一个开头的主谓宾，都变成了另一个结尾的定状补。

就连我自己，在生活这面镜子中也呈现出了另外一番模样，比如，我曾经以为会一直做一件喜欢的工作，结果后来好多个工作彼此之间毫不相干；我曾以为会在第一个单位干到退休，结果很多年后我还是选择了离开；我曾经以为单身生活轻松快活、自由自在，结果后来居然成了个孩子爹……

很多时候照着昨天的镜子，就会发现今天跟你当初的设想完全不同，明天更是难以描述。可为什么向东出发，最后还是走到了西边？因为你在某个瞬间只是停驻了一下，弯了一下腰，或者跟路人打了个招呼，生活的魔镜就已经跳转到了另一个方向。

怎么办？

如果这世上有后悔药，我想那个柜台外面应该排着长长的队伍吧。虽然赫拉克利特说过，人不可能两次踏进同一条河流，但还是有那么多人希望那条河流可以再一次流经自己。

“可是，你真的能保证重来一次的话，你会做得比这一次更好？你真的能保证不犯这一次的错误？”这是开头那个朋友在我回答了“当然”之后说的话。

开始我并不太明白她话里真正的意思，但当年龄渐长阅历渐丰，我才意识到，你今天的每一幕，都来自过去的每一句台词——它们就像一根链条，中间任何一个环节固然可以换掉，但也许到了另外一个地方又会被不由自主地换回来。

在写这些故事的时候越发觉得是这样。

这本书里的故事来自我自己，也来自我的父母、亲戚、朋友，还有一些萍水相逢的陌生人。每个人都是生活的参与者，也许在生活的某一个时刻，你也会意识到也许人生还会有另一个方向。可是只有当你真的迈出了那一步，才会发现另一个方向上的结果是什么。

那就继续走吧，总有一天，你会发现这世上最有效的后悔药，就是走到更高的地方，把以前犯过的错误踩在脚下。

2017年3月于北京

第一章

后悔之后，还有没有路？

01

世上有颗后悔药

有没有这样一种可能，在错过自己希望拥有的生活之后，还能重新踏入那条远去的河流？

就像有一颗后悔药。

一

那时候我刚来北京，在靠近西五环的一所学校读书。

初到北京的新鲜劲儿过了后，日子便显得格外无聊。学校的专业课并不多，非专业课又多是英语课，我很少去上。北京悠长的秋天留给我最初的深刻印象，便是京西公园围墙边慵懒的阳光和闲散的脚步。

此时的我离毕业还早，离课堂又远，前前后后间竟然不知道该干些什么。想来想去，觉得如果有个地方能赚钱就好了。

但是越了解北京，越觉得这个城市实在太大，大到你不知道哪儿能赚钱，而自己实在太过渺小，小到不知道自己能不能赚到钱。

那时我经常坐308路公交车，从京西衙门口坐到公主坟，公主坟那里有个挺大的书店，不禁止人们在店里看书，对我这样的学生来说特别合适，我便经常在书店里消磨时间。

有一天我从公主坟回学校，不知是因为困还是怎么了，反正迷迷糊糊地提前两站下了车。下来我才发现不对，正准备等下一趟车回学校时，忽然看见路边有个餐厅，门口有个牌子：急招用工。下面还有行小字：兼职也可。

我眼睛一亮，仔细看了看，发现他们招的并不是那种有厨师经验的人，都是小工。真是想睡就有人送枕头，想想自己百无聊赖的时间和兜里几近于无的几张钞票，抬腿就走了进去。

餐厅不大，但也不小，装饰得倒也雅致。前厅坐着的人听我说是来上工的，冲着后面喊了一句：老板，有人面试。

然后一个胖乎乎的中年男人从后堂就走了出来，问我："学过厨师吗？"我说没。他又问："跑过堂吗？"我说也没。

他眉头一皱，上下打量了我几眼："你是学生吗？"我点头说："是，在附近读书，看到您这里招兼职……"

他"哦"了一声，说："这样吧，我们晚上有麻辣烫，需要人穿串，工钱根据你串的数量和卖出去的数量来计算，你要不要做？"

我回头看了一眼门口：几个帐篷下安放着桌椅，旁边有一箱箱的啤酒，离街边不远，噪声喧嚣，灰尘挺大。我一时有点儿犹豫。

但又想起裤兜里那几张可怜巴巴的纸币，思路开始朝着另外一个方向奔流：这里位置不错，晚上吃夜宵的人应该不少……

于是便说："做。"

二

第二天我就开始去那家餐厅上工，当然跟同学我还是说去书店溜达了。

到了餐厅，那老板扔给我一件黄色外套，穿上顿时就跟其他小伙计没什么区别了。我就坐在门口摊子的一头，面前摆着很多盆子，里面是清水泡着切好的各种食材：青菜、萝卜、海带、鸭血、火腿肠、鹌鹑蛋……我的工作就是拿着竹扦子，把食材穿成串，卖给吃麻辣烫的人。

这时候我才发现摊子另一头也坐着一个人，看着也很年轻，他面前也是很多盆子，做着和我同样的工作。我心想：哦，原来麻辣烫的小工都不止一个啊。

那个小伙子叫小张。尽管我们做的是同样的工作，但他对我的寒暄爱搭不理，有种能感觉出来的倨傲。软钉子碰了几次，我只好作罢，心想反正就是打工，做好自己的事就成了。

但第一天我就被弄得手忙脚乱，因为客人来得特别多。有的客人吃完就走，翻台很快；而有的客人拖拖拉拉，导致翻台很慢。我得记清楚每一桌客人点的东西。有时候几桌凑巧在一起点，东西又五花八门，就特别容易弄错。

结果晚上结账时，我就出了错：穿了400素200荤，账上卖出去350素160荤，一共510串，结果筐里食材还剩50串……我的工资是卖出一串素串赚5分钱，一串荤串赚1角（素串售价5角，荤串售价1元），一共应该是30多元钱，但被搞错的那40串也得记在我头上，所以我最后只拿到20多元。

算账的时候，小张一直在旁边笑话我，说还是大学生呢，账都算不过来——他卖了500素200荤，不仅比我多，而且账目清楚——跑堂的都是年轻人，听了小张的话也都哈哈笑起来。也不知怎么的，那一刻我还觉得挺窘迫的。

然后便听见一个洪亮的声音说：他第一天来，这有什么好笑的？！

抬头一看，说话的是一个穿着白色厨师服的红脸大汉，30多岁的年纪——他是餐厅的大厨，姓雷，大家都叫他雷厨。

被雷厨这么一说，周围的笑声都停止了，连小张也不说话了。老板连忙过来打圆场：没事没事，第一天这样已经不错了。

因为这句解围话，我很感谢雷厨。

三

等更熟悉些了我才知道，原来餐厅有两个大厨，雷厨负责红案，另一个大厨负责白案。雷厨年龄、资历都比较老，手艺好，人又正派，敢说话，所以威信也高，餐厅里基本除了老板就是他说了算。

而小张是老板的侄子，初中毕业就弃学了，在外面溜溜达达混了好几年，父母觉得这样不行，才拜托老板带着他做点儿正事。

开始小张还不愿意，觉得餐厅里的活儿又脏又累，也是被骂了好几次才勉强同意的。来了他还看不上跑堂的活儿，说既然做就做厨师，老板没办法，便把他带到雷厨面前，结果聊了两句雷厨就不说话了，老板怎么试探雷厨他都不回应。被问多了就说，让这小子先去上了厨师学校再说，不然没法儿教！

老板无奈，又带着小张去问另一个大厨。雷厨都是这个态度，另一个大厨自然不敢僭越。最后老板只好安排小张从最简单、最基础的事情做起——穿串。

可能因为是老板的侄子，小张才会有那种明显的倨傲。而因为雷厨帮我说了话，小张对我的不爽也从此摆在了脸上，平常跟他打招呼总是爱搭不理的。

但我想得也很简单，就是在这里兼职打工赚钱而已，其他的多一事不如少一事，所以对小张的一些心思我虽心知肚明，却不去搭理。我琢磨得更多的是，如何才能把这麻辣烫的串卖好。

从第三天开始，我这边的情况就开始发生了变化——不仅账目能对上了，而且穿串、卖串的数量也比最开始增加了不少，到第一个星期周末的时候，我已经能穿700素500荤、卖出去660素450荤了，而小张那天依然是500素200荤。

那天算账，我挣到了近80元钱，比第一天翻了好几倍。

老板也很意外，问我是怎么做到的。

我说账目清楚其实很简单，每桌按时间、批次、荤素记录清楚就是，但后来整理记录的时候我发现，不同菜品大家拿得不一样，有的多有的少，而且很有规律，我就把客人爱吃的多准备一些，不爱吃的少弄一点儿。另外天气热的时候，不同食材能保持新鲜的时长不一样，时间久一点儿的，我就多准备一些；时间短一点儿的准备少点儿就行了。另外，为了不造成浪费，我把前几天食材消耗的数量、时段都做了个统计，算出大概的平均值和最低值，食材数量低于最低值就补上，补充最多不超过平均值的 30%，这样就算突然来了很多客人，也不会手忙脚乱。

老板听了忍不住点了点头。一旁坐着的雷厨则津津有味地看着我，听完了他哈哈大笑：谁说读书没有用的，人家这才做了一个星期！

旁边的小张听了一脸不忿。

四

周末的忙碌过后，周一的生意相对比较闲。这一天我去得早了一些，雷厨正坐在门口抽烟，我们就聊了一会儿。

我这才知道他是读完高中才去学的厨师，为了后面还在读书的两个弟弟。“当年我就想，等弟弟们读书出来了，我就不做厨师了，回去读书。可没想到一穿上这身衣服就脱不下来了，现在想起来，没有继续读书就是我这辈子最后悔的一件事。”雷厨说完，吐了口长长的烟。

我说您现在这样也挺好的啊，挣钱多。他哈哈一笑：“钱多有什么用，我还是喜欢读书，至少不像现在，一直待在厨房里，满身烟火气！”

我说读书要花的时间太多了，我的同学有的初中毕业就工作了，我本科都读完还在上学，有次聚会他们还笑话我，说他们都挣了十年钱了而我还在读书。

雷厨嗤笑一声：“别听他们的，他们懂个屁。倒是你，这样不觉得可惜吗？”

我说可惜什么？他指指我身上那件已经变得有些油腻的外套：“你读了这么多年书，来做这个，不可惜吗？”

我笑笑说，我还觉得自己什么都不会，只能穿串挣钱呢。

雷厨说：“可是如果只为了钱，一直做不喜欢的事，你后不后悔？”

我想了想说，我想我应该不会一直做不喜欢的事吧。我还年轻，现在做一些不喜欢的事，是为了以后永远不做它。

雷厨听了“嗯”了一声。当听我说大学专业是英语的时候，他的眼睛忽然一亮：“我以前上学的时候，最喜欢的就是英语，可惜现在忘得差不多了，有空你能不能教教我？”

我有点儿意外，嘴上连忙说好，心里却觉得奇怪：“做厨师……学英语来干什么？”

雷厨听我答应了非常高兴，猛地一拍我肩膀：“这样吧，我跟老板说，你不用在外面穿串了，你进后厨来给我帮忙！”

五

听了雷厨的话，我当时就愣了，一时间不知道该说什么，居然蹦出一句：“我还要穿串呢……”

雷厨“哼”了一声：“穿串多没意思，到后厨帮工你当没钱挣吗？每个月有1 200元，而且工作时间比你穿串少很多！”

我还是有点儿犹豫：“老板能同意吗？再说，他不是还想让你带小张吗？”

雷厨神色一正：“本来也要给我招个帮工，这事我说了算。至于小张那孩子嘛，喜欢偷奸耍滑……”

他瞥了一眼面前储存食材的盆子：“别人不知道，我还看不出来吗？小张这小子，每次撤摊前都会根据账单流水处理剩下的食材，如果账单上记得比实际卖得少，他就会把多出来的串偷偷藏起来处理掉。哼，否则你当小张真的那么准，每次账面和实际都那么严丝合缝？”

被雷厨这么一说，我才恍然大悟。

雷厨说：“带我出徒的师傅曾经说过，厨师这一行看着简单，要做好很难，但不管怎样，心眼儿正是第一位的，因为这行接触的都是入口的东西，玩不得虚的。”

当天收工，雷厨就把这事跟老板说了，老板果然不同意：“小曾一天厨师没学过，你让他帮工，你不是在开玩笑吧？”

雷厨却很坚持：“他要是做不好，可以随时不让他做了，不过我觉得他行。”小张在旁边听着满脸不悦，恶狠狠地瞪了我一眼。

老板没法子，餐厅最重要的就是大厨，雷厨也的确里里外外都是一把好手，有他在老板轻松很多。见他态度坚决，老板最后只得让步：“好吧，不过有一个条件你必须答应我，他打打下手可以，你绝不能让他掌勺做菜，不然客人怪罪起来，你我都不好看！”

雷厨听了点点头：“这个没问题啊。”说着冲我一笑，说：“还不多谢老板，给你这么好一个机会！”

我连忙谢谢老板。老板眼角扫了一眼脸色阴沉如水的小张，有些无奈地冲我点点头：“那你明天先去做个体检，办个健康证吧。”

就这样，我告别了餐厅门口穿串的工作，成了雷厨的帮工。

六

熟悉餐饮行业的人都知道，这行规矩很多，比如，餐厅是老板的，后厨是大厨的；后厨除了大厨和助手之外，基本不让别人进去，别说跑堂伙计了，有时候连老板都不行。这种规矩已经有很多年的历史了，一方面是为了安全，另外一方面也是为了确保技不外传。

雷厨教我做的第一件事就是切肉——他说当年他做学徒的时候，师傅先教他的是磨刀，但他大手一挥：“估计你也没那么多时间学，就学点儿简单有用的吧！”——然后我就天天在后厨切肉：肉丁、肉片、肉丝、肉馅……各种肉材质不同，切法也不同：猪肉、鸡肉、牛肉、羊肉、鱼肉……甚至切不同位置的肉用的力度也不同：前腿、后腿、五花、内脏……以至有很长一段时间，我看见肉就想吐。

在后厨当小工和在外面穿串的工作比起来，就是相对有规律，除了饭点儿前后忙碌点，别的时间都相对轻松。这天刚忙完收拾干净坐下来，我就见雷厨拿出了一本书：“兄弟，你教教我。”

我一看，居然是《新概念英语》第一册——之前听他说要学英语，我一直以为他在开玩笑，没想到他是来真的，这人想法和别人还真是不一样啊。

见我意外的表情，他哈哈一笑：“我也没别的想法，就是经常觉得以前没有继续读书很后悔，想看看还有没有办法捡起来。”

说实话，让一个已经拿了十多年菜刀的厨师重新学英语，难度跟让我从头学芭蕾练劈叉是一样的——我翻开书试着跟雷厨讲了一下，发现他的基础很差，除字母之外，连音标都忘得差不多了，还得从头去讲。就算这样，十分钟前讲的，十分钟后他也会忘掉，背个单词也是满头大汗，完全没了在后厨叱咤风云的利落劲儿。

对这种情况，雷厨觉得很不好意思，总说自己笨。我说你并不笨，只是太久没摸书本了，就跟我从来没学过切肉是一样的——是的，我第一天切肉时也切得乱七八糟的，但雷厨并没有打击我，反而告诉我应该怎么掌握好力度和技巧。

就这样，上工的时候雷厨教我厨房里的事，下工的时候我教雷厨学英语，这种情形持续了挺长一段时间——有次老板看见忍不住笑了：老雷，你说你这人都一把年纪了，厨师做得好好的，去学个啥英语，也不想点儿有用的！

对这样的话，雷厨就当没听见。

七

有一天餐厅客人很多，雷厨在后面忙得满头大汗，这时又有两个客人要加菜，雷厨一看跑堂伙计送来的单子，扭头冲我说：“小子，你搭把手，炒个青椒肉丝！”

我连忙摆手：“那怎么行，老板说过，我不能……”

雷厨打断我：“我这都忙不过来了，你还说这些。这菜你已经看我炒了很多次了，没问题，再说我在旁边看着，有什么问题我来顶！”

听他这么一说，我只好拿起了炒勺。说实话，之前都是看雷厨做，现在要自己做，还要送给客人吃，不紧张是不可能的。

雷厨一边忙自己的，一边用余光扫着我这边，不时指点两句。很快菜就炒完了，让伙计拿出去后，我特别担心被退单。雷厨似乎看出我的想法，不时从后厨窗口往外看，看看客人有没有什么异样的反应。

那桌客人埋单前，雷厨让跑堂伙计拿了瓶啤酒送过去，问人家对菜品的评价，客人说很不错，下次还会来。

我心里一块儿大石头落了地，雷厨听了也笑着跟我做了个胜利的手势。

有了第一次，后来再有客人太多忙不过来的时候，雷厨就会让我帮忙炒菜，当然他让我做的都是些家常菜，并不复杂，我也越做越有信心。

除了炒菜，雷厨还教我做泡菜，他做的泡菜盐水醇香扑鼻，让人入口难忘。后来他还教我做蘸水调料，这个我学得最快也学得最好——因为它是用最基础的食材组合成千变万化的味道，就像写文章，用简简单单的汉字写出跌宕起伏的感受，富有意想不到的变化。这些都是最简单的东西，却又是最具创造力的味道。

有一天餐厅休息，我带着雷厨去了趟大学英语角——在 20 世纪末网络还没有盛行、信息交流并不便捷的年代，英语角曾是很多外语爱好者交流的场所。

第一次去的时候，雷厨觉得特别新鲜，在每一对交流者旁边仔细地听。我看他听得眉飞色舞，忍不住问：“你都能听懂？”他不好意思地一笑：“一句都没听懂……”他看看英语角里簇拥的人群，眼里闪着异样的神采，“不过，居然有这样的地方，真是没想到啊。”

转眼就有个小姑娘上来和雷厨用英语搭话，雷厨搓搓手，兴奋又窘迫地说：“My name is…”

那天晚上我们坐公交回来的时候，雷厨好半天都没说话，也不知在想些什么。

八

麻烦事很快就来了。

有一天客人很多，雷厨又让我帮忙炒菜。我正做到半截儿，老板忽然出现了，怒气冲冲地指着我说：“喂！你在干什么！”

我顿时被吓傻了，倒是雷厨，并没有因为老板的突然出现而惊慌失措，他很镇定地说：“客人太多，他就是帮帮忙而已。”

老板的怒色并没有因此而减少：“他一天厨师都没学过，能帮什么忙？客人怪罪起来怎么办？”

雷厨不以为然地说：“客人怪罪起来，也是我没炒好，扣我的钱就是了。”听他这么说，老板更不高兴了：“咱们可是说好的，我答应他帮你忙，你答应过我什么你还记得吗？”

几个跑堂伙计在门口朝这边看，小张则一脸幸灾乐祸的表情站在一旁。

老板继续冲雷厨发泄着不满：“答应让他帮忙我已经算网开一面了，你说你好好的工作不安分做，去学什么英语？现在还让他一个愣头青出来掌勺，你你你……”

他正说得激动，雷厨忽然抬起头，手指着我，瞪着老板几乎是吼了一句："让他掌勺怎么了？你看他这个样子，是一辈子做这事的人吗？！"

不知为什么，这句话瞬间浇灭了老板的怒火。

老板看了看雷厨，又看了看我，嘴张了张，却又没说出什么来，扭脸看见那几个伙计："看什么看，都好好干活儿去！"然后悻悻地走了出去。

"别愣着了，赶紧把菜送出去。"雷厨看了我一眼，又恢复了胸有成竹、镇定自若的样子。

那天晚上收工，我向雷厨说了声对不起。他摆摆手："这不关你的事，我说过，出了问题有我顶着。"

看着他，想起这几个月在这里受他的照顾，我真心实意地说了声："谢谢。"他却笑着说："如果真要谢，我还得谢谢你。"

谢我？

"是的，因为你让我知道，原来有些失去的东西还是能够找回来的。"

九

就像开始是无心插柳一样，我在这家餐厅兼职的结束也是不期而至。

那天我接到去报社实习的通知——这是我很喜欢的一家报社，在当年的京城正如日中天——当天收工我就向老板提出了辞职，他没说什么就同意了。

后来就是向雷厨告别。他并没有挽留，只是问了问报社那边的情况，然后便非常认真地说："去吧，好好努力，那才是你应该做的事。"

我想起刚来这里时他说的那些话，重重地点了点头："我会的，像你说的，要做不让自己后悔的事。"

他"哈哈"地笑起来："后悔了也没关系，我都能找到后悔药，你也可以。"

"可惜我没法再教你学英语，也没法再带你去英语角了。"我拿出一本英汉词典和几本工具书，"雷哥，这些送给你吧，另外，自学对你来说难度还是有点儿大，你每周不是有半天休息吗？人民大学那边有英语周末班，有老师教，基础不好也可以去，比较适合你的情况，如果你还想继续学英语的话。”

他认真地点了点头：“我会的。”

就这样，我告别了那家餐厅，也告别了雷厨，那是 1998 年的秋天。

那年寒假我回家过年，妈妈在做饭，我看见忍不住动手炒了个菜，把我妈看傻了，她惊讶地说：“你以前在家可是油瓶倒了都不扶一下的，怎么去北京读个书居然学会炒菜了？”我爸拿起筷子一尝：“味道还不错。”两人像看见了什么神奇的事一样惊诧莫名。

连我自己也没想到，后来我靠着会做菜这件事，迷惑住了很多人，包括那位喜欢了很多年却不知道怎么开口的女神。

雷厨留给我的影响远比我意识到的多，比如每当面临重大选择时，我就会不由自主地想起雷厨的话，然后问自己“以后会不会后悔”。另外经历得越多，越发现其实能够保持简单直接，对现在的人来说，是一件很难得的事。就像一坛泡菜，看着简单，却能变出各种各样的滋味。

说起泡菜，我一直牢记着雷厨传授的方法，并在他的基础上做了些变化，还曾据此写过一篇制作指南，发表在报纸上。

十

当年一别之后，我再没见过雷厨。之后十多年的人生轨迹跟厨房后厨再无交集。后来那地方拆迁，那家餐厅也消失不见了。

那时候不比现在，通联不便。读书时的我连手机都没有，只给雷厨留过一个呼机号，没多久呼机也成了文物。

但不知为什么，每次去餐厅，闻到那股似曾相识的油烟味，我心里都会觉得有种熟悉的亲切感。

2016 年 2 月，我在美国住了一段时间。其间和一位留美同学聚会，她说要带我去一家很好吃的餐厅吃饭，我们就开车来到新泽西州靠近纽约的一家中餐厅。

餐厅很雅致，菜的味道也不错，还有个地道的中国名字——“天府”。

吃着吃着，我忽然感觉旁边有人一直在朝这边看。因为隔得远，看不清那人面孔。同学扫了一眼说，是这家餐厅的大厨兼老板，已经来美国很多年了。正说着，那人走了过来，有些不确定地问我：“你是……小曾？”

我定睛一看，大吃一惊！这个人居然就是……雷厨！

这意外的重逢让人又惊又喜，谁也想不到，时隔 18 年，我和雷厨的再相见居然会在地球另一边的美国！

再一深谈才知道，我走之后他真的每个周末都去上英语班，坚持了两年，没多久一家著名的五星酒店招大厨，他因为是应征者中少有的会英语的大厨而入选，几年后又被派到美国工作。再后来他就留在了这里，开了这家餐厅，还把老婆孩子都接了过来。

雷厨在美国新泽西州开的天府餐厅

提起当年，我俩都不胜唏嘘。“那时候很多人都笑话我，一个厨师还学什么英语。我也只当是弥补当年的遗憾，却万万没想到会有后来的机遇，人生真是奇妙至极。”

是啊，就像当初雷厨给我的生活留下痕迹一样，原来我也成了雷厨把握人生际遇的助力之一。

只是我并没有想到，和雷厨一别18年后重逢，其实还不是生活给我的全部惊讶。

同年3月的时候，我回到了国内。有一天看手机新闻推送，忽然看见下面这条消息——

> 为了泄私愤，身为××食堂厨师的张××竟然在菜肴中投毒，致使34人不同程度中毒。3月28日，备受社会关注的“张××投毒案”在××省××市人民法院宣判，法院以投放危险物质罪一审判处被告人张××有期徒刑八年。

那一刻，我惊讶得几乎说不出话来，因为看了这个因投毒被判刑的厨师照片，我一眼就认出，他就是当年餐厅老板的侄子、曾经想学厨却被雷厨拒绝的小张！

人生中的那颗后悔药，原来不是为每个人准备的。

02

此生谁曾不亏心

时间是世界上最伟大的魔术师，很多时候它会悄悄地关上你的一扇门，也会偷偷地给你留下一页窗。

一

前段时间我们一帮朋友聚会，吃完了就开始玩游戏。我们玩“数7”[1]，输家只有一个选择：真心话大冒险，就是不管什么问题都必须说实话的那种。至于问题，无非照大小、长短、频率这样连荤带素让人脸红眼热的，惹得大家笑个不停。

只有极少几个人一直没输，其中就包括总是很和善温婉的卉。

终了的那局，卉终于输了，她笑着投降：“好吧，你们问你们问。”

有人还想提那些老问题，立即被大家斥为没创意。我灵机一动，问：“说说你这辈子做的最大的一件亏心事吧！”

本来一直在笑的卉一下子有点儿愣了，表情开始有些扭捏。旁边朋友骂我：你太坏了，这里就卉最老实，你们看她平常连走路都怕踩死蚂

① “数7”是饭桌上常见的一种游戏，即从1开始数，每逢7的倍数及含7的数字都要以敲桌子代替，否则就被罚。——编者注

蚁的样儿，哪有什么胆做亏心事？好了好了，散了吧……

大家又是一阵哄笑。笑闹间我无意中扫了一眼卉，她也在笑，但笑容间总有些不自然。

后来饭局就这么散了，各回各家。

隔天网上碰见，卉主动跟我打招呼：嗨。

我问她那天玩得怎么样。她说：“很开心，今天是专门跑上网来找你的。”

我很奇怪：“怎么了？”

她半天才说：“回答你的那个问题啊。”

我一下子想起了那个让她变得不自然的问题，半开玩笑地说：“难道你真干过啥亏心事？”

她居然真的“嗯”了一声说：“是的，想不到吧？真是一件亏心事，很亏心很亏心，亏到这辈子都忘不了。”

她这么一说，倒让我有点儿意外了。

卉比我大几岁，在北京一所大学当老师，有个幸福的家庭和可爱的儿子，跟我们在一起的时候就像一个柔和善良的大姐姐，和顺温柔、宽容大度，大家都很喜欢她。

我实在想不出这样的人会做出什么样的让自己“一辈子都忘不了”的亏心事来。

“这件事，我一辈子也忘不了。”卉在电脑那边一个字一个字地敲出来，“或者说，每当想起它，我都觉得自己不可原谅。”

二

卉原来在南方一所大学教书，当时跟她差不多同期分到单位的还有几个大学毕业生，这批年轻人中最出色的一个，也是个年轻姑娘，叫虹。

虹各方面都很好：人很漂亮，性格开朗，也很善良；业务能力非常棒，工作起来也勤勉努力。所以在那拨人里她很快就拔尖儿了。工作刚满两年，虹便因为业绩优异被提拔为院长助理。

尽管这只是个助理岗位，但虹也因此有了更多接触外界的机会，她可以跟着领导见识很多行业里的“大拿”，也能参与一些重点项目的辅助工作，虽然只是辅助，但对工作经验缺乏的年轻人来说，始终是意料之外的机会。

周围有很多人嫉妒虹，原来挺好的朋友后来也因为嫉妒与虹起了嫌隙，但是卉没有，她本来就性子平顺，虹的出挑也没有对她造成什么不安的刺激，所以她跟虹的关系很好，在虹越来越出色、朋友也越来越少的时候，卉一直在虹的周围。

“你知道吗？在那种相对封闭的环境里，人很容易因为很小的一点儿差别生出其他的想法。”卉告诉我，“虹本来有个闺密，两人是一起分到学校来的，没想到随着虹越来越出色，她跟闺密之间却渐渐冷下来，反而跟我越走越近。”

那几年国家教委[①]一直在跟一些发达国家的教育部门做教师资源合作项目，每过一段时间双方便互派青年教师进行培训，培训为期两年，经费由国家负责，参加培训的教师还可以拿到学位。

三个初选名额到省里后，卉和虹所在的学校分到了一个，其余两个给了兄弟大学。

这个名额没什么争议就给了虹，因为她实在是太出色了，各方面条件都比其他竞争者高出一大截，但拿到初选名额还只是第一步——要最终获得这个公费留学的机会，申请者需要在三个月的时间里完成初试、面试，并且在三个人里得到第一名，才能成功。

---

① 即国家教育委员会，1985 年成立，1998 年更名为教育部。——编者注

但周围人都觉得，以虹出类拔萃的条件，最终得到这个名额难度不大。

“就这样，虹开始精心准备考试。当时我还一直帮她找资料，希望她能考得更好一些。”

后来初试举行，就和其他人预料的那样，虹在三个人里果然轻松拿了第一名，而且领先的优势非常大。

初试过关后虹就开始准备面试，这是留学考核程序中最重要的一关——面试分数占整个选拔比重的60%，而且是中外双方同时派员对候选人进行面试。面试当天公布结果，如果通过就可以办留学的手续。

为此虹又准备了两个月，学校对这件事也很看重，因为以前这样的机会都被省内最好的那所大学拿走了，但是这次虹在各个方面都把那个学校的竞争对手压得死死的。

“年轻人，一定要抓住机会！”有次参加教学活动时，她碰见学院里的学术泰斗，那个已经80多岁的白发苍苍的老人还不住地跟虹叮嘱着。

三

面试前一天，准备了很久的虹兴冲冲地来找卉，说这几个月的煎熬总算要结束了，让卉陪她一起出去放松下。

“等把这些材料最后准备好，我们就去逛街，另外好好吃一顿！”虹说。

那天正好是假日，她们先去外面的复印店把第二天面试需要的所有材料都复印好，这些材料包括虹的毕业证书、学位证书、获奖证书等，有一大摞。复印完后，虹终于松了一口气：“折腾了这么多日子，终于差不多了。”

然后两人就开心地跑去了附近的一个百货商场，买新衣服、买新鞋、买新手包——虹准备为几个月的辛苦好好犒劳一下自己。

两个女生在楼上楼下转了几圈，大包小包买了一堆，后来虹又试了一件衣服，她穿上后显得格外好看，在镜子前转了又转，然后兴高采烈地买了下来。

虹付完钱后拉上卉就走了，临走的时候卉无意中一瞟，看见一个厚厚的牛皮纸袋还在身后的试衣台上——里面有虹明天面试需要的所有材料的原件、复印件，包括虹的学历证书和学位证书。

卉说到这里，我的心一下揪了起来，很小心地问："你，没有跟虹说？"

那边沉默半晌，回答道："是，我没说，我也不知道为什么，但当时就是没说。"

我顿时不知道该说什么好。

几个小时后两人回到学校，放下东西的虹才终于发现那包重要的材料丢了！于是她连忙拉着卉发疯一样地往商场跑，把所有去过的店面都找了个遍，但店员都说没有看到。

实际上，只有卉知道虹把那包东西丢在哪儿了。但此时的她也不知道该怎么跟虹说，只好跟着她把当天去过的每个店面都问过。

当她们回到那个店里时，那个牛皮纸袋早就不见了，售货员也说完全没印象——那天是星期天，商场里的人川流不息，可以说是人最多的一天。

虹甚至跑去派出所报了案，还去当地的电台发了"寻物启事"，一直到半夜，虹都没找回那袋材料。

次日，虹因为无法拿出自己的学历、学位证书的原件，尽管中方人员对此表示了理解，但外方考官却认为面试这么重要的事，她居然会把所有的材料丢了，他们觉得很不可思议，因此坚决不同意她继续面试流程，最后她连面试考场都没有进得去。

四

卉说："我还记得那天虹回来时的样子，失魂落魄、神色暗淡，跟平常神采飞扬的样子完全是两个人。

"她居然还来找我，抱着我哭。我也不知道该说什么，只能使劲儿安慰她。最后她抹了抹眼泪，说幸好有我这个朋友，别人都在看她的笑话，只有我还是对她这么好。

"你不知道我听了这话的感觉是什么，只有我自己才知道发生了什么。

"在那一时、那一刻、那一秒，其实说一句话，整件事情的结局就完全不同，但是我没有……"

在很长的一段时间里，卉都强迫自己相信这件事情根本没有发生，她其实什么都没看见。结果她开始失眠，后来就开始做噩梦。

"梦醒后我就明白了，其实我也很嫉妒虹，我跟其他人一样嫉妒各方面都那么出色的她……"

关于这件事，卉始终没有跟虹坦白过，她说："我开不了这个口。"

因为这件事的压力，卉决定离开那个让她内心惴惴不安的环境。

一年后她考上了北京某高校的研究生，离开了那座城市。离开的时候，虹推了排好的课来送她，说："没想到你居然也要离开我了。"

卉说，那天虹说的这句话让她一直记忆深刻。在卉的眼中，这种送别比什么都让她难受。

"那种难受，并不仅仅是因为要告别一段不堪的过往。"卉说，"还因为我不知道怎么面对什么都不知道，却还这么信任我的虹。

"等到火车开了，景物开始后移，我终于看不到她了，心里忽然松了一口气。然后我一个人躲在火车的卫生间里，想了想这一年的事情，想到虹，想到自己，不知道怎么就哭得稀里哗啦。"

卉毕业后留在了北京的这所高校，重新当起了老师，直到现在。

"那虹现在呢？"想了又想，我终于还是忍不住问了一句。

卉说："那件事情后，学校领导对她挺失望的，后来很多机会都给了别人，再没有虹的份儿。她的助理岗位在我离开那个学校一年后也换了人。又过了一段时间虹就结婚了，跟一个她本来没有那么喜欢的男孩子，然后两人有了孩子。一晃十多年过去，现在的虹，是那个学校很普通的一名中年女教师，只是她还把我当成她最好的朋友。"

五

"你说，如果我把整件事都告诉虹，她会是什么反应？"卉沉默了一会儿后忽然问我，"她会不会觉得我很无耻？她还会把我当成朋友吗？"

我默然。

这个问题，卉并不只是随口说说——在决定对我说出那件事之前，卉给虹写了一封邮件，把十多年前的这件往事的经过都写了出来。

"你说，我发还是不发？"

我同样默然。

"知道你昨天问出那个问题时我心里有多震撼吗？"卉说，"但是我实在没法当着这么多人的面说出这件事情。今天说出来，我心里才好受多了，你没想到我会做出这样的事情吧？"

我实在不知道该怎么说，的确非常意外，但又好像没什么可意外的——这辈子谁能保证自己永远光明磊落，没有一丝一毫见不得人的时刻？

再善良的人，都可能会有一瞬间的恶，甚至连自己都无法控制。

阳光的另一面就是阴影，可能这才是生活的真实面孔。

此生谁曾不亏心——这个念头刚冒出来，看见卉已把自己的签名改成"十年巨石，终于卸下"，然后下线了。

至于那封信，卉在犹豫中考虑了很久，最后还是点了“发送”。

之后的一个多星期我都没怎么在网上看到卉。

卉的这件事，让我想起自己经历的很多关于友情、亲情的忠贞与背叛。这个世界上的每一个人，都难免会在特殊的时刻做出特殊的决断，只是影响各有不同。

关于友情，周围更多是非黑即白、好或不好的观点，但每个人的经历、性格、成长环境都不同，很难统一标准。

不过我始终认为，真正的生活不会只在非黑即白、简单的二元世界里延续和推演，就像卉和虹她们自己。

等到卉终于在网上出现，我还在想怎么跟她打招呼时，她却已经急不可耐地发过来信息：“你知道后来发生了什么吗？……”

原来信发出两天后，卉收到了一封邮件，是虹发来的回信。

“看着那个地址，我心跳猝然加速，半天不敢点开。”卉说，“我其实已经做好了和虹从此决裂的准备，可是……还是有些不甘。”

六

“真没想到你会告诉我这些。”虹在信里说，这件事情对于她来说，其实并没有卉想得那么重要，“可能曾经很重要，但是现在觉得，这也就跟平常不小心丢了其他东西一样，而且是我自己丢的，跟别人没什么太大关系。而你却一直放在心里，这才是让我没想到的，听了又难过又感伤。”

虹说，回想过去两人这么多年的亲密交往中，卉有若干次其实已经把话说到嘴边了，但是虹当时并没太在意。

“可能你会觉得，那件事的发生改变了我的未来，‘不得不’过上‘不幸的生活’，这让我想多说几句。

“没错，当年的一时疏忽，使我失去了留学的机会，也的确影响到了我在学校的发展，不过这是幸或不幸，很难说清楚。当年小向（虹的丈夫）在周围人中的确非常不起眼，可是那件事情后，几乎所有人，包括那个当时有过好感的人，都觉得由于这样的原因错过留学是件特大、特遗憾的事情，但只有小向说，没啥，不过是一个机会，而我碰巧没有抓住而已。

“正是他的这种平和心态吸引了我，再接触下去我才发现这个人心胸宽广、成熟善良，跟他在一起，我总是很安心，对于女人来说，这不就是最重要的？

“结婚这十多年来，我们一家人，包括我父母和他父母，过得都很开心，而我跟他妈妈也从来没有一般人遭遇的婆媳矛盾，几乎情同母女。我生病了，他妈妈比我妈还着急，坐月子的时候更是什么都不让我做。你说，这是不是很幸运的一件事？

“再说几句学校的事情。那时候被免掉院长助理职位的时候，我的确也委屈过，不过后来我也想明白了，那件事虽然是我自己的失误，但其实它并没有大到影响我的教学和本职工作，因为这个原因让领导对我的工作态度产生看法是挺遗憾的，不过也说明领导自己没看清楚。

“离开院长助理的岗位之后，我可以全心地做教学工作，现在我已经出了三本教学方面的书了，今年还会有第四本。而如果我还在以前的岗位上，为那些人际关系、利益分配的浮躁琐事忙碌，还会有今天的成绩吗？

“普通的中年女教师，这几个字以前听着可能有些刺耳，但是现在却不一样。你不知道现在这种普通生活对我来说有多开心，其实你在北京不也过得是普通的中年女教师的生活吗？这种普通一点儿也不可怕，还很难得。

“还记得琴吗（虹失去考试资格那年，幸运地获得留学机会的老师），她那年倒是出去了，当时看着那么风光，可是她现在依然孤单一人，那样的生活，我自知不敢面对，所以目前的这份普通让我觉得很安心……”

这是虹发给卉的那封回信，看得卉泪流满面。她抓起电话就打了过去，虹在那头笑着骂卉：你这个傻瓜。

然后两个普通的中年女教师就开始天南海北地聊啊聊。

这才是真实的生活推演，跟电影或者电视都不一样，并没有大家想当然的愤懑、背叛、欺骗和挫败。

时间是世界上最伟大的魔术师，很多时候它会悄悄地关上你的一扇门，也会偷偷地给你留下一页窗。

03

买药人

这一生，我们会经历很多事，遇到很多人。有的人彼此从来未曾见过，甚至连萍水相逢都算不上，却会因为一个特殊的缘由，触发一段因果。

最开始，我完全不知道世界上还有买药人的存在。

一

我是在多方努力而不得的万般无奈下，才找到F的。

当时父亲脑溢血已经两年多了，因为脑溢血，没有遗传病史的父亲得了心脑血管病人常见的后遗症：癫痫。

最开始父亲的癫痫三个月犯一次，后来频率逐渐缩短，一月、一周，最严重的时候，每天都抽两三次。

短短两年的时间里，父亲的癫痫越来越严重，整个人精神也垮得很厉害，基本上变成了另外一个人，经常大小便解在身上，生活完全不能自理。

那时医生开的基本都是国产药——我对国产药还是进口药没有任何偏好，只希望效果好——可是很奇怪，那些药治疗癫痫效果好一些的，对智力的副作用也大；对智力没啥副作用的，对癫痫好像也没什么效果。

有一次父亲半夜起床，没想到又犯病了，母亲连忙去扶他，父亲还是站不住摔倒了。母亲不敢动他，正巧那时我和我妹都不在家，结果两人就在春天满是凉意的地板上待到天亮。

第二天母亲才打电话和我说了这件事。

我听了心如刀绞。

二

家里有长期病人的，应该都体会过四处求治的感受。那段时间为了父亲的病，我不知道问了多少人。最后一个医生朋友建议：实在不行，试一下国外的药吧。

但他同时告诉我，有些国外药品没有经过国内临床检验，进不了中国。进来了的也多在医保范围之外，价格昂贵又无法报销，国内还很难买到。朋友建议的那款药就属于后一种，连他工作的医院里都没有。

当时我也没有别的选择，就抱着试一试的想法联系了F——医生朋友私下告诉我："他是一个买药人，看看他能不能帮你。"

那个电话是个外地号码。接电话的正是F，他说话很谨慎，问了父亲的病医，了解了一下之前的情况，一听我想买的药名，就说这药很难买。

我心一下紧了，他沉吟一会儿说："我试试吧。"

我连续两天在网上问他，他都没回信。第三天我几乎要放弃的时候，他说话了："找到了，能买。"

我听了特别高兴，他却淡淡的，好像已经习以为常了。

三

他说，因为这药比较难买，所以他建议我一次最少买三个月的，时间比较长，万一供货有问题也能扛过去。

我觉得他说得很有道理，就答应了。

但说到药价的时候我愣了——因为他说的药价跟我打听到的药品进口成本价格几乎一样，也就是说，他基本上一分钱不赚，完全是在帮忙。

我有点儿不确定地问他，他还是那种淡淡的语气："对啊，我是一个买药人，但我不靠买药赚钱。你只需要给我快递的邮费就好了。"

我将信将疑地要把钱打给他，他却说：不用，你收到药再付我钱吧。

几天后药收到了。这药对父亲的病有立竿见影的效果，服药前每天都犯病的他，服药后足足有三个月没犯癫痫，后来间隔又延长成了五个月、八个月、一年，到父亲去世，已经有整整两年没再犯过癫痫了。精神状况也恢复到跟脑溢血前差不多的情况，生活也能自理了。

这让我觉得F简直就是神派来的天使。

四

只是F一直很神秘，经常不接电话，不回短信。如果我要买药，也是提前给他信息，他通常都是很晚才回复。

除了买药，他不会和我主动交流其他任何情况。偶尔说两句，也就是问问父亲服药后的情况。

但是三言两语间，你就能感觉出他对医药行业的熟悉，以及他在理解病人家属前提下体现出来的那种细心，比如每次他都会告诉我三个不同快递公司费用标准，有的时间长点儿，但是收费便宜。

他说，能帮家属省个两三块，也是好的。

大概买到第三年的时候，有一天我联系F买药，他主动告诉我，这款药的进口价格降了，每盒降了多少，每三个月可以省多少费用，都说得清清楚楚。

我感到意外又感动，说还是按原价买吧，剩余的就当我的一点儿心意。

他的语气恢复了平淡："不用，我不靠帮人买药挣钱。"

五

就这样，每过三个月，F就会给我寄来父亲三个月的药，然后再收药钱和快递费用，除此之外，一分钱也不多拿。

我一直很好奇他这个买药人靠什么赚取利润，像帮我买药这件事，每次加一些辛苦费也是可以理解的。但他从来不提，也从来不这么做。

我也曾想过，是不是他可以从进药的渠道那边获得一些利润上的返还。

有次见到介绍F给我认识的那位医生朋友，我说起了我的猜测，结果把他乐得哈哈大笑："你这才买多少药啊，又不是批发，哪儿来的利润返还！"

不过医生朋友也说，F是个很有个性、很神秘的人，令人佩服。

后来我终于没忍住，直接问F，你为什么要这么做？

他还是语气淡淡的，没别的什么原因，我只是不想病人需要的时候，买不到药而已。

六

父亲离去的第二天，家人收拾他的遗物，里面最多的就是各种药。

母亲问我，这些药怎么办？我说还在保质期别人能用的就送人，不能用就拿回家吧。

母亲同意了，开始分拣药品。拣到最后一盒时，她把药拿在手里看了半天，忽然泪如雨下。

我看了看那盒药，立即明白了母亲落泪的缘故，这就是当初我费尽心力通过F买到的药——最近一次是那年春节前买的，还剩了一些——它曾经是父亲的救命药，极大地缓解了他的病情，让他的生命得以延续。

父亲的事情处理得差不多时，我回到了北京。

这时翻翻跟F的交易记录，才发现距离他第一次帮我买药，已经过去了整整五年。

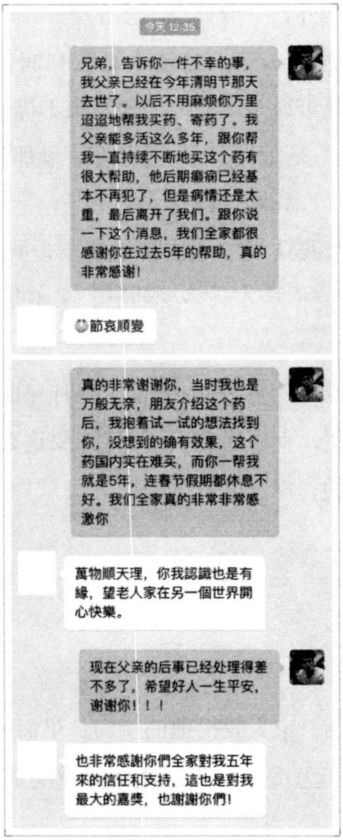

好心的买药人和我的聊天记录

七

这一生，我们会经历很多事，遇到很多人。

有的人对我们至关重要，就像我们的亲人，他们一直和我们在一起，身影相随。

有的人却只是人海中匆匆一面，不管当时多么融洽欢好，终究会消失不见。

有的人彼此从来未曾见过，甚至连萍水相逢都算不上，却会因为一个特殊的缘由，触发一段因果。

就像那个神秘的买药人，我至今都没见过他，也不知道他真正的身份是什么，更不知道他为什么愿意无偿帮人去买那些难买的药。

但不知怎么，每次想起他，我心里都会变得很温暖。

虽然我知道，父亲离去之后，我和买药人F之间已经不会再有什么交集，但我还是愿意相信，这个世界的确存在着很多这样隐藏的因果。

谢谢你，买药人。

04

善恶之间

> 如果说善是天堂，恶是地狱，那么天堂地狱之间，便是人间。

一

那是一个周末，我正在天津忙着，手机忽然响了，来电是个陌生号码，接听后我发现里面的声音很年轻也很陌生：“您好，我是 ××，您还记得我吗？”

那一刻我几乎要把它当成诈骗电话给挂掉，因为我根本不记得“××”这个名字，几乎可以肯定这个人我不认识。“你有什么事吗？”我问。

“我给您打电话，是想还您的钱。”那个年轻的声音说。

“还钱，还什么钱？”我很纳闷儿。

“不知道您是否还记得，我在几年前曾经在微博上求助，那时我还在读大学，我爸爸得了白血病，后来您捐了一笔钱给我，我现在想和您确认下账号，把钱还给您。”

他的话让我非常诧异，一方面是因为我已经完全不记得有这件事，另一方面是居然还会有人过了这么多年还要还别人的捐款……这真的是现在这个时代会发生的事吗？

当他完整地说出了我常用的银行卡号和汇款时间时，我已经相信这事是真的了。一时不知道该说些什么，只是下意识地问："你父亲现在身体恢复了吗？"

他很平静地告诉我，当他在微博上求助时，很多人帮助了他，父亲也因此渡过了难关，又撑了两年，但是因为病情太重，最终还是去世了。而他自己也已大学毕业，现在在北京工作。"现在情况好些了，所以我想把当初借的钱都还给大家。"

我听了很感动，说："不用还了，小兄弟，你好好工作，把家里照顾好就可以了。"但他坚持一定要还："我知道您不图什么，我很感谢您，如果没有大家的帮助，我父亲不可能多活两年。您一定要收下，您可以用它再去帮助其他需要的人，这样也算是您的爱心一直在传递。"

其实以他刚工作的情况，收入应该不多，我问他："这样还款你的压力不大吗？"他说慢慢还，没什么，唯一让他有些遗憾的是，很多人当初捐款时没留下联系方式，已经联系不上他们了，"我还在想办法找他们"。

电话挂断5分钟后，来自银行的提示短信来了，除了那笔钱之外，他还多打了10%的钱给我。他的汇款留言写着：两年每年5%的利息，谢谢您。

那天我一直忙到很晚，终于空下来后我开始翻以前的微博，花了很多工夫，我才找到当年他那个求助帖，发于几年前的一个秋天。这时我才知道，他的求助帖在当时引起了很大关注，《北京青年报》《法制晚报》、中央人民广播电台等多家媒体都对"大学生微博募捐救父"做过报道，很多人也都伸出了援手。但是，我相信，包括我在内的绝大多数人在捐助的时候都没想过，这个年轻的大学生真会有这么一天来送还捐款！

在那个帖子中，我看到了当时忽略了的，现在却最让我动容的一段话——

……虽乳臭未干，但我以人格作保向您筹借善款。因为哪怕仅仅是一块钱、一毛钱对我来说都非常重要，也是极大的帮助。我希望您给我一个详细的账号，我会在3～5年内把钱打给您。因为是借，我承诺每年支付5%的利息给您。无论我以后从事什么样的工作，或是工作的变动或升迁，我都会及时将我的联系方式和所有情况公开，不会让您找不到我。毕竟您的任何一分钱都凝聚了您的辛勤汗水，任何人都没有权利不劳而获。真心谢谢您了！前一段时间，村里的父老乡亲为父亲捐款，母亲就说过，如今我也同样申明：您的借款中，家里不富余的不要，家里孩子外出打工只有老人在家的不要……

原来这孩子当初说的就是借！

原来这个年轻人只是在完成他当初的承诺！

这个忙乱而又现实的时代，我已经想不出来，还有什么比兑现自己的承诺更宝贵的事，哪怕它已经被人遗忘！

二

读大二的时候，我在校园里碰见过一对中年夫妇，他们穿着体面却一脸焦灼。他们说找不到读大学的女儿了，钱包也丢了，问我能不能借给他们一点儿钱。我想都没想就把身上仅有的20块钱给了他们，还热心地帮他们找女儿。一转眼的工夫他们就不见了，我还纳闷儿呢，同学说我遇见了骗子。

1999年，我在报社实习的第二周，下班时已经晚上10点多了，我坐公交穿过北京城回学校。路上遇见一个迷路的男子，我好心把他带到他的目的地，结果黑暗里冲出另外一个人，两人对我拳打脚踢，把我的包抢走了。头破血流的我在街头拦出租车，好几个司机停下来又马上开走，不敢拉我。

2000年，我正式成了一名记者，第一个采访对象是一对母子，儿子重病，母亲带他进京求治。稿子发出来后他们迅速收到7万多元捐款，本以为可解他们的燃眉之急，没想到一周后那位母亲竟然撇下欠医院的医药费，带着儿子和捐款不辞而别，留下我和医生面面相觑。几个月后那消失已久的母亲忽然给我电话，第一句话就是，后来还有收到捐款吗？

2003年12月，我去位于河南柘城的朱进中家采访，他因献血感染艾滋病，却收留了村里53个艾滋致孤儿童，连同他自己的两个孩子，人称“55个孩子一个爹”。报道出来后，北京市民三天捐出善款17万元，物品价值几十万元，连同某单位捐助的善款100万元，都被送到了河南。没想到当地有关部门很快就把这些孩子接到了当地的福利机构，而所有善款捐物也必须移交，然而此前朱进中曾多次向有关部门求助而不得。

这样的事情其实还有很多。但还有些事情，是另外一番样子：

1999年那次我受伤，最终由一个好心的司机把我送回了学校。同学连忙带我去学校附近的中铁建总医院，一个女医生很仔细地给我处理了伤口，她见我还是学生就没收我钱，只是一个劲儿地叮嘱我以后注意安全。

2002年，一次我从上海返京，在去机场的出租车上丢了手机，因为报社还有重要事情要处理，我窘迫地向旁边的陌生女士借手机。她看了我一眼，然后拿出手机借给了我。后来我们成了朋友。

2009年，父亲突发脑溢血后，留下严重的癫痫后遗症。有一次病发得厉害，被立即送到了武警总医院。因为去得匆忙，我没有带够钱，接诊的大夫二话没说，自己掏钱帮我垫上了，还想方设法对父亲进行急救。我跟这位医生素不相识，次日我把钱还她，面对感谢，她只是淡然一笑。

2015年4月的一天，我刚出公司门就被一个人拦住了，她有点儿不确定地问我：“你是姓曾吗？”我看了看那人，是一个年轻姑娘，我并不认识。她却激动地说："你还记得朱进中吗？我是他家那55个孩子中的一个，当年你在我家采访过！"

那已经是十二年前的事了，而朱进中也已经于2005年去世。这个孩子当年才11岁，后来在好心人的资助下上了高中和大学，那年她刚刚毕业，碰巧和我在同一个园区工作。

她说有一天她在路上看见了我，觉得很像但不敢认。她很高兴地说："你还记得当时送我的书包和书吗？我一直保留着，真没想到还能见到你……"

这些都是真事，紧紧跟随在刚才说的那些不堪之后。

我们都是在世间历练的人，有些人之所以容易受伤，是因为实力不够。如果未来实力增强，自会付之一笑。当然我说的实力，并不仅仅指金钱，更是指聪明、历练和通达。

如果说善是天堂，恶是地狱，那么天堂地狱之间，便是人间。

三

2015年5月12日，我在新浪微博上发表了讲述上面故事的文章——《被遗忘的承诺者》，引发了惊人的关注热度，24小时微博转发、评论、点赞超过30万次，文章被点击900多万次，阅读量1.3亿，在微信朋友圈也刷出了多个"100000+"，甚至还上了《人民日报》和中央电视台的《新闻联播》。

如果你认为这就是故事的结局，那就错了！后面发生的事情，就算是再牛的编剧也编不出如此狗血的剧情——随后的日子里，有数百人"闻讯赶来"，通过私信以各种理由向我借款或要求我捐助，"总资金需求"超过1 000万人民币！

我并不是大富大贵之人，靠工作挣钱，一路打拼到现在，只不过心存善念，在力所能及的范围内予人帮助，本以为讲出那个故事是扬善之举，没想到会遇到这样的奇葩局面，真是让人瞠目结舌！

《被遗忘的承诺者》在网上被广泛转发的当天，我就收到几十条求助私信。传统媒体跟进后求助者开始急剧上升，特别是在《人民日报》《新闻联播》做了报道后达到高潮，每天都有100多条求助私信。

我做了个粗略的统计，我曾在10天里收到500多条求助私信，这些私信都是求助和借款的——借款理由花样百出，有做生意亏本的，有被别人骗不敢告诉家里的，有想借钱生小孩的，还有没什么理由就是想借钱的……借钱金额一万元都是少的，三五万元是正常，十万二十万元也不少，最多的一个要借六十三万元，“总资金需求”超过千万元！

在这几百人中，我粗略地翻看了一下，发现绝大多数“奇葩求助者”都是健康的年轻人，没灾没病，很多还在读大学。他们的微博中都是吃喝玩乐和追星的内容，在私信里却装出一副欠揍的可怜相，低声下气地找人借钱，也不知道这帮傻瓜的脑子怎么想的！

这些借款理由中，大约有20%是要还银行信用卡欠款，也就是“卡奴”；还有20%是遇到了“难处”（对，没错，具体什么“难处”不说）需要用钱。而几乎每个来借钱的人都提到“不想给父母增加负担”——你不想给父母增加负担就要给我增加负担？我认识你吗？你赡养我吗？我比你爹妈还亲吗？

也有人说他们是开玩笑的。后来我忍不住问了几个人：你是不是真的需要帮助？对方马上惊喜地发来了银行账号——这就叫，甭管有枣没枣，先打一竿子再说！

在这500多位求助者中，我仔细看过，真正因为疾病和困难需要帮助的只有9位——还不到所有求助者的2%！他们才是真正最需要帮助的人，但是他们都被淹没在了汪洋大海般的不靠谱的私信中，就算被看到了，在这种心境下，又有多少人愿意施以援手？

我从工作之初就开始做些力所能及的捐助，至今超过十七年。没想到会因为发了一篇微博受到关注，更没想到会因为做好事碰上这么多奇葩的求助。

不信你就看看这些奇葩求助内容吧——

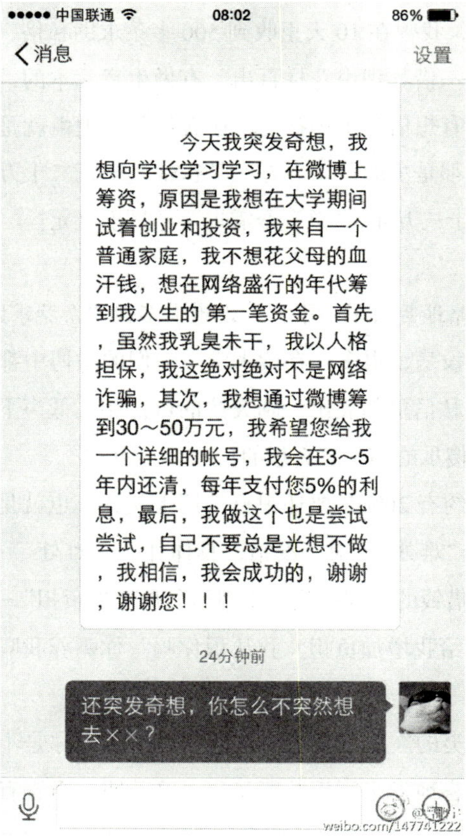

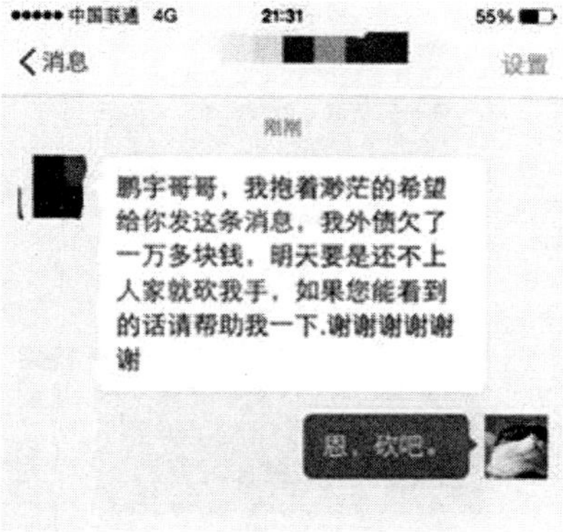
●●●●● 中国联通 4G 21:31 55%
消息 [redacted] 设置
刚刚
鹏宇哥哥，我抱着渺茫的希望给你发这条消息，我外债欠了一万多块钱，明天要是还不上人家就砍我手，如果您能看到的话请帮助我一下.谢谢谢谢谢谢
恩，砍吧。

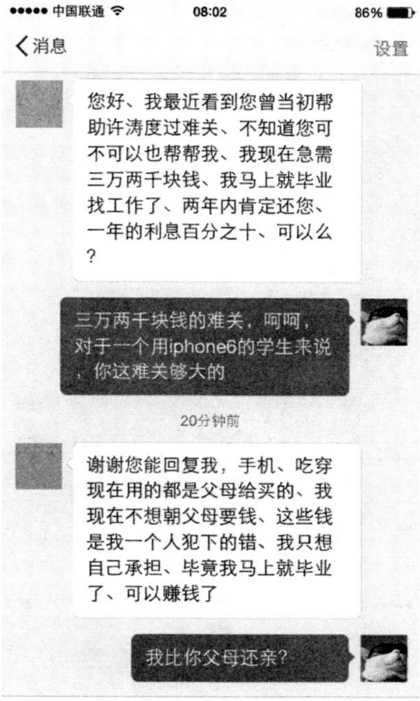
●●●●● 中国联通 08:02 86%
消息 设置
您好、我最近看到您曾当初帮助许涛度过难关、不知道您可不可以也帮帮我、我现在急需三万两千块钱、我马上就毕业找工作了、两年内肯定还您、一年的利息百分之十、可以么？
三万两千块钱的难关，呵呵，对于一个用iphone6的学生来说，你这难关够大的
20分钟前
谢谢您能回复我，手机、吃穿现在用的都是父母给买的、我现在不想朝父母要钱、这些钱是我一个人犯下的错、我只想自己承担、毕竟我马上就毕业了、可以赚钱了
我比你父母还亲？

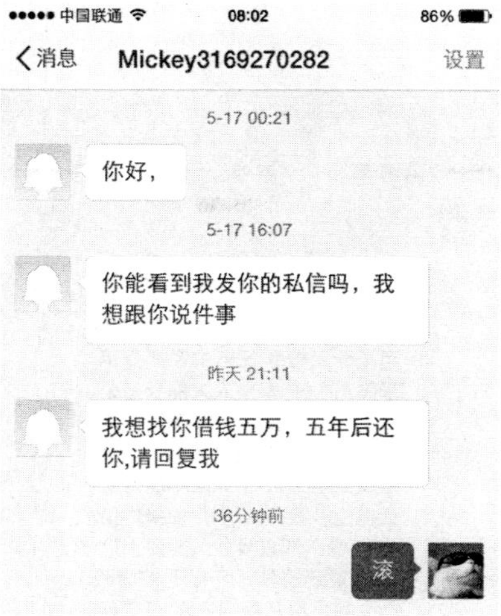
●●●●● 中国联通 08:02 86%
消息 Mickey3169270282 设置
5-17 00:21
你好，
5-17 16:07
你能看到我发你的私信吗，我想跟你说件事
昨天 21:11
我想找你借钱五万，五年后还你,请回复我
36分钟前
滚

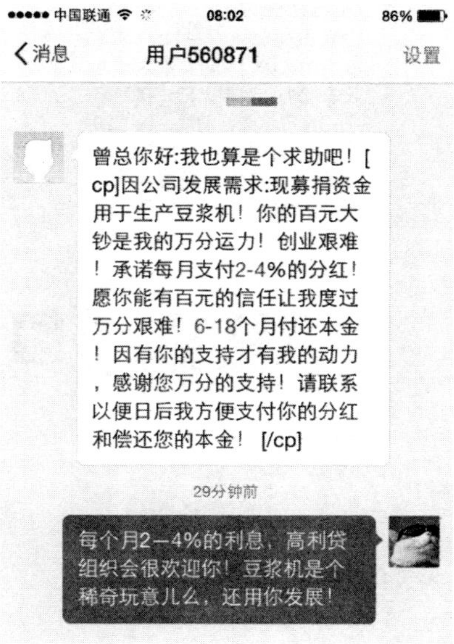
●●●●● 中国联通 08:02 86%
消息 用户560871 设置
曾总你好:我也算是个求助吧！[cp]因公司发展需求:现募捐资金用于生产豆浆机！你的百元大钞是我的万分运力！创业艰难！承诺每月支付2-4%的分红！愿你能有百元的信任让我度过万分艰难！6-18个月付还本金！因有你的支持才有我的动力，感谢您万分的支持！请联系以便日后我方便支付你的分红和偿还您的本金！ [/cp]
29分钟前
每个月2—4%的利息，高利贷组织会很欢迎你！豆浆机是个稀奇玩意儿么，还用你发展！

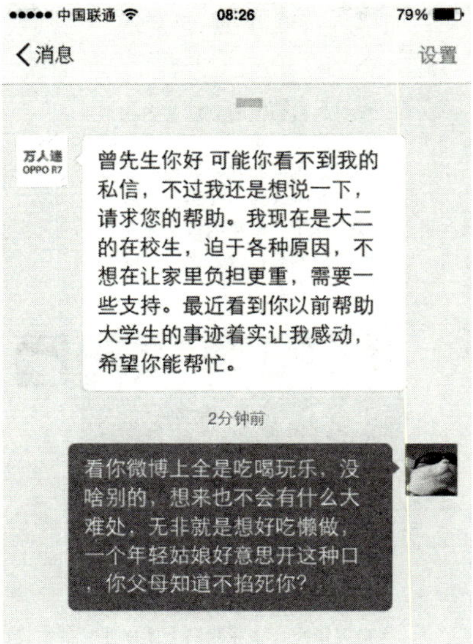
●●●●● 中国联通 08:26 79%
消息 设置
万人迷 OPPO R7
曾先生你好 可能你看不到我的私信，不过我还是想说一下，请求您的帮助。我现在是大二的在校生，迫于各种原因，不想在让家里负担更重，需要一些支持。最近看到你以前帮助大学生的事迹着实让我感动，希望你能帮忙。
2分钟前
看你微博上全是吃喝玩乐，没啥别的，想来也不会有什么大难处，无非就是想好吃懒做，一个年轻姑娘好意思开这种口，你父母知道不掐死你？

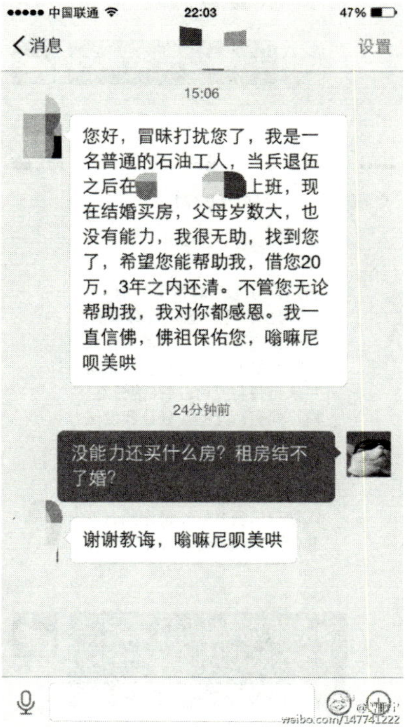
●●●●● 中国联通 22:03 47%
消息 [redacted] 设置
15:06
您好，冒昧打扰您了，我是一名普通的石油工人，当兵退伍之后在[redacted]上班，现在结婚买房，父母岁数大，也没有能力，我很无助，找到您了，希望您能帮助我，借您20万，3年之内还清。不管您无论帮助我，我对你都感恩。我一直信佛，佛祖保佑您，嗡嘛尼呗美哄
24分钟前
没能力还买什么房？租房结不了婚？
谢谢教诲，嗡嘛尼呗美哄
weibo.com/147741222

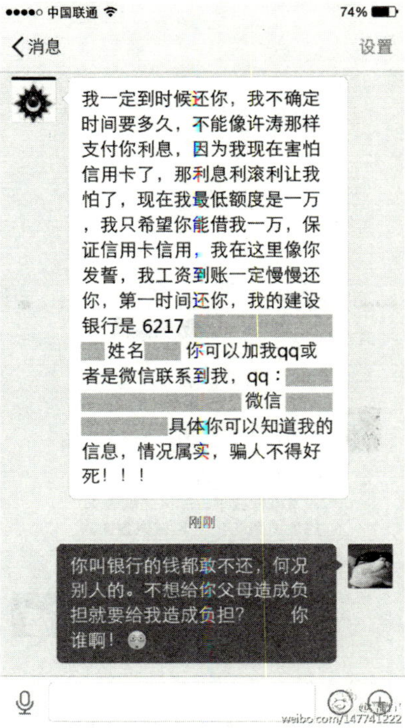
●●●●○ 中国联通 74%
消息 设置
我一定到时候还你，我不确定时间要多久，不能像许涛那样支付你利息，因为我现在害怕信用卡了，那利息利滚利让我怕了，现在我最低额度是一万，我只希望你能借我一万，保证信用卡信用，我在这里像你发誓，我工资到账一定慢慢还你，第一时间还你，我的建设银行是 6217 [redacted] 姓名[redacted] 你可以加我qq或者是微信联系到我，qq：[redacted] 微信 [redacted] 具体你可以知道我的信息，情况属实，骗人不得好死！！！
刚刚
你叫银行的钱都敢不还，何况别人的。不想给你父母造成负担就要给我造成负担？ 你谁啊！
weibo.com/147741222

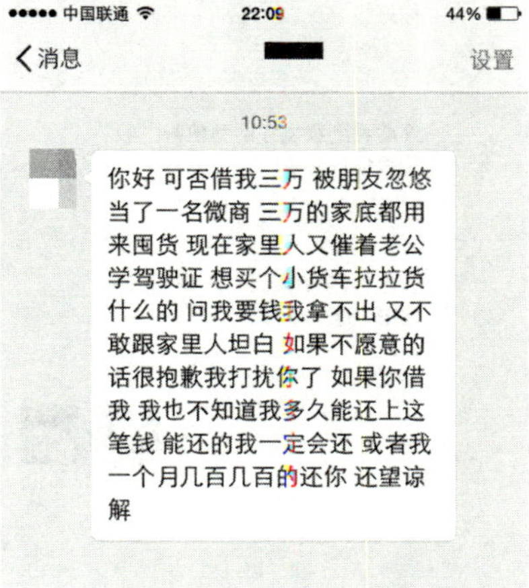
●●●●● 中国联通 22:09 44%
消息 [redacted] 设置
10:53
你好 可否借我三万 被朋友忽悠当了一名微商 三万的家底都用来囤货 现在家里人又催着老公学驾驶证 想买个小货车拉拉货什么的 问我要钱我拿不出 又不敢跟家里人坦白 如果不愿意的话很抱歉我打扰你了 如果你借我 我也不知道我多久能还上这笔钱 能还的我一定会还 或者我一个月几百几百的还你 还望谅解

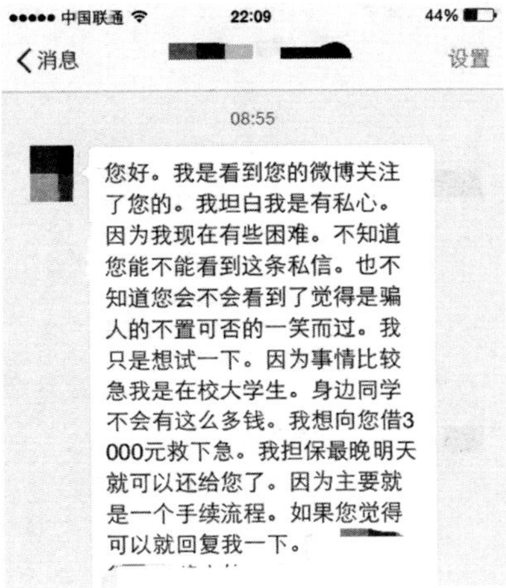
中国联通
22:09
44%
消息
[redacted]
设置
08:55
您好。我是看到您的微博关注了您的。我坦白我是有私心。因为我现在有些困难。不知道您能不能看到这条私信。也不知道您会不会看到了觉得是骗人的不置可否的一笑而过。我只是想试一下。因为事情比较急我是在校大学生。身边同学不会有这么多钱。我想向您借3000元救下急。我担保最晚明天就可以还给您了。因为主要就是一个手续流程。如果您觉得可以就回复我一下。

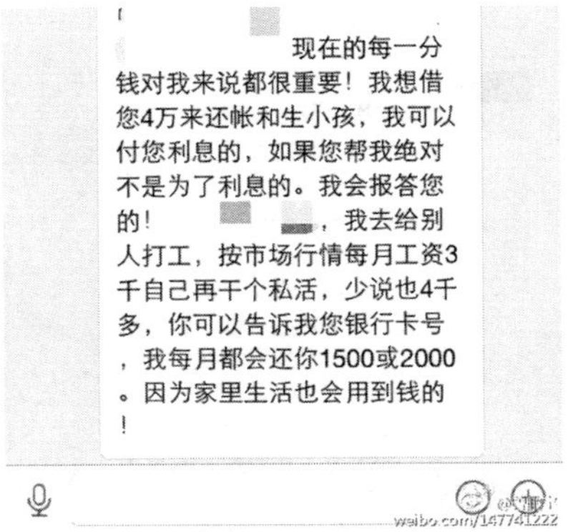
现在的每一分钱对我来说都很重要！我想借您4万来还帐和生小孩，我可以付您利息的，如果您帮我绝对不是为了利息的。我会报答您的！ ，我去给别人打工，按市场行情每月工资3千自己再干个私活，少说也4千多，你可以告诉我您银行卡号，我每月都会还你1500或2000。因为家里生活也会用到钱的！
weibo.com/147741222

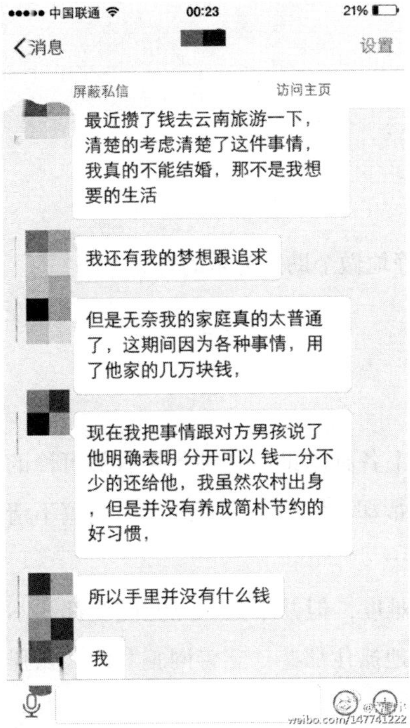
中国联通
00:23
21%
消息
[redacted]
设置
屏蔽私信
访问主页
最近攒了钱去云南旅游一下，清楚的考虑清楚了这件事情，我真的不能结婚，那不是我想要的生活
我还有我的梦想跟追求
但是无奈我的家庭真的太普通了，这期间因为各种事情，用了他家的几万块钱，
现在我把事情跟对方男孩说了他明确表明 分开可以 钱一分不少的还给他，我虽然农村出身，但是并没有养成简朴节约的好习惯，
所以手里并没有什么钱
我
weibo.com/147741222

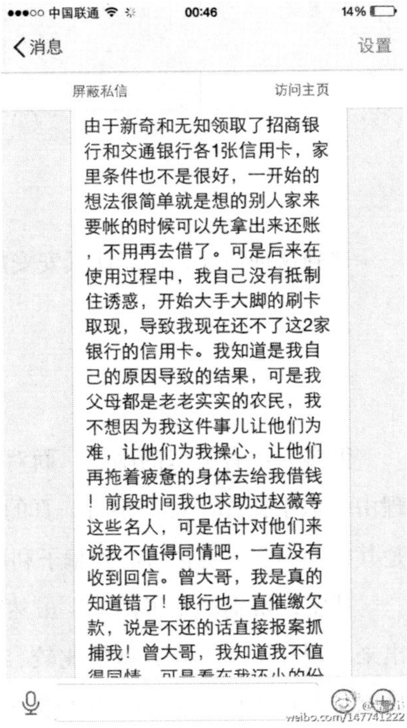
中国联通
00:46
14%
消息
设置
屏蔽私信
访问主页
由于新奇和无知领取了招商银行和交通银行各1张信用卡，家里条件也不是很好，一开始的想法很简单就是想的别人家来要帐的时候可以先拿出来还账，不用再去借了。可是后来在使用过程中，我自己没有抵制住诱惑，开始大手大脚的刷卡取现，导致我现在还不了这2家银行的信用卡。我知道是我自己的原因导致的结果，可是我父母都是老老实实的农民，我不想因为我这件事儿让他们为难，让他们为我操心，让他们再拖着疲惫的身体去给我借钱！前段时间我也求助过赵薇等这些名人，可是估计对他们来说我不值得同情吧，一直没有收到回信。曾大哥，我是真的知道错了！银行也一直催缴欠款，说是不还的话直接报案抓捕我！曾大哥，我知道我不值
weibo.com/147741222

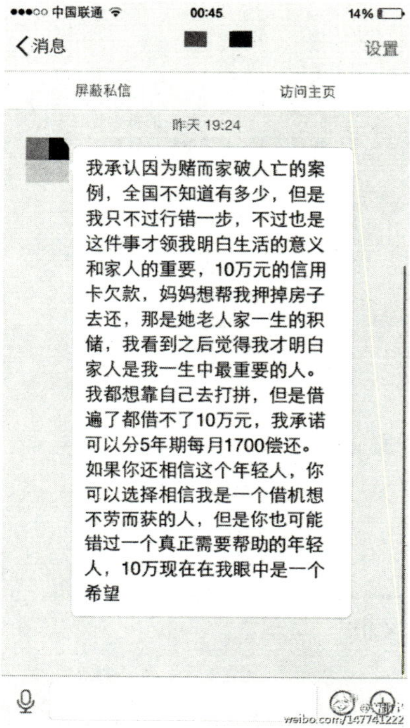

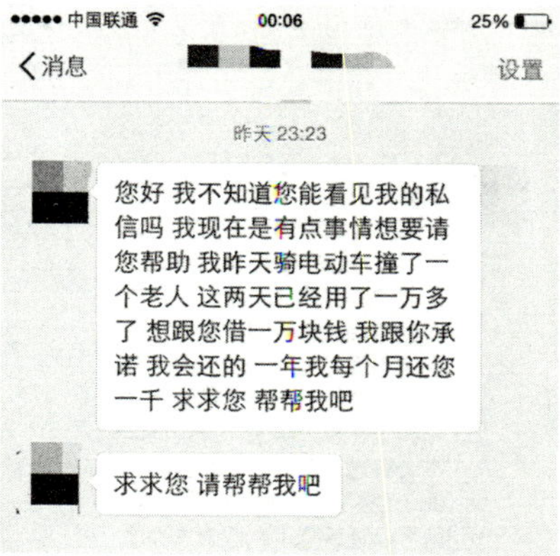

遇到这种情况，还能让人安安静静地做个助人为乐的好男子吗？

四

很多人都有类似的困惑，面对网上各种求助，各种各样看似可怜的理由，似乎让你不帮都不行，真的要帮却又觉得心里打鼓，一是搞不清楚其中的虚实，更怕善心被骗子利用……

其实，辨别“慈善网骗”虽然有难度，但并不是一点儿破绽都找不出来。记住下面几点，就能比较容易地抓住那些“慈善网骗”的“狐狸尾巴”，最大限度地减少被骗可能——

1. 没有旁证的求助不能信

通过微博、微信朋友圈转发的求助信息往往把情况说得分外凄惨，最后只附着联系方式和一个捐助卡号或支付宝账号。这种情况绝对不能捐，因为它完全没有旁证——旁证不仅包括当事人的描述，还要有相关单位（医院、居委会）的证明，同时需要加盖公章，并且还应该有相关单位证明人的联系电话，以便捐助人核实情况。

一个陷入困境真正需要帮助的人，拿出这样的证明并不困难，如果求助人连基本的旁证都拿不出来，那你不捐也罢——几年前网上为父求助的××之所以能得到大家信任，短期内筹集了 57 万元善款，就在于他的材料非常详细，不仅有医院诊断及费用证明，同时有主治医师、学校系部辅导员、家庭所在地村委会负责人的姓名电话等，这些旁证充分且真实，所以也能够得到大家信任。

2. 没有验证过的求助不能信

即使你在网上看到旁证充分的求助事例，在捐款之前也一定要记得去验证真伪。记住，没有经过验证的求助一定不能信！这不仅是谨慎求证，更是对你自己和他人负责——而实际上，很多人即使看到求助帖上留着各种电话号码，也没有去验证就匆忙把钱捐了，这样“网骗”不骗你骗谁呢？

验证的方式其实很简单，首先把对方留的电话号码拿到网络上去搜索一下，看之前是否求助或者骗捐，这一步起码会让 60% 的“网骗”曝光，很多上过当的人会在网上曝光他们。其次打电话到求助者所在地派出所核实对方身份和情况，派出所电话从当地 114 很容易查到，如果求助者的情况的确属实，派出所基本都了解情况。这一步起码又会暴露 30% 的“网骗”。剩下的 10% 可能才是真正需要帮助的人。

有个现象需要大家特别注意，大多数人在面对网络捐助时，脑子里是没有求证意识的，别人一说就信了，一旦发现自己上当受骗就觉得很受伤——骗人当然不好，但这种草率和轻信也是“慈善网骗”横行的原因之一。

3. 与真实信息无法匹配的求助不能信

现在网上很多求助者都是通过社交平台发出求助信息的，特别在微博、QQ空间等公开平台上更是集中。遇到这样的情况，记得一定要点进对方的微博或空间多看几眼，如果你无法在求助者微博、空间看到与对方求助内容匹配的真实信息，这样的求助趁早打住！

举个很简单的例子，很多在给我的私信中说自己家人患各种重病希望募捐的求助者，说得特别可怜，但是点进他的微博一看，内容却是各种关于追星和吃喝玩乐的内容，看不到一点儿愁云惨淡的影子，这样的人还是别帮了吧。

而另外有些人，发了一堆求助信息，但他的微博、空间中没有其他内容，这种情况显然是临时开设的账号，虽然不能说他们一定就是骗子，但有问题的可能性比较大。

4. 生意失败信用卡透支的求助不能帮

有很多人因为生意失败遭债主逼债、信用卡透支遭银行催款而向外界求助，这种求助无论真假一律没有必要帮！

理由很简单：生意失败的结果本来就应该由经营者独立承担，一出问题就想到向陌生人求助，那如果你生意成功，会分给陌生人一份吗？别逗了！

还有信用卡欠款的更不能捐。假的就不用说了，即使是真的，人家连银行的钱都敢不还，无论你是捐助还是借款，只要出手就基本等于打了水漂，反而助长了对方不劳而获的心理。别说什么“浪子回头”，这年头只有过得很浪的人，却没那么多浪子！

5. 非贫病原因的年轻人求助不能帮

在网络求助中，如果对方是 20～25 岁的年轻人，又非因贫病原因求助，这种情况我一般都会不予理睬。

理由很简单，这个阶段的年轻人正处在价值观摇摆期，很容易遇到一点儿问题就觉得天塌下来了于是便向外求助。实际上一个健康的、有手有脚的年轻人哪怕是找个兼职也能挣钱解决问题，而且勇于为自己的错误负责，也是这个阶段的年轻人应该承担的责任。除非你是他们父母，否则这时候轻易伸手帮助他就等于害他！

6. 使用最新苹果手机发出的求助不能帮

当你收到对方在微博、空间上的求助信息时，记得看一下对方发送的手机端信息，如果是用最新的苹果手机发出的，这样的求助不捐也罢！

苹果手机的价格水准大家都了解，最便宜也要几千元，这在真正需要帮助的人眼里，绝对不是一个小数目，没准儿可解燃眉之急！说实话，这么多年里，我从来没有在哪个真求助者手上看到过新款的苹果手机。因为压力和困境，他们根本无暇顾及什么苹果手机，而如果你看到了，那说明他们的压力和困境其实并没有那么大，你的钱大可以捐给更需要的人。

以上六点虽不能让你彻底避免“慈善网骗”，但会使你上当受骗的机率变得非常小。

人生一世，波折重重。慈善是一件需要大智慧、大毅力的事，做个善良人当然好，但更重要的是做个认真、勤快、练达的善良人，不要一时犯懒不去验证，不要爱心泛滥立即掏钱，不要“圣母病”发作意图拯救苍生。记得量力而行，不可勉力为之，特别是那些自己都过得稀里糊涂的人，过好你自己的日子，也就等于普度苍生了。

而那些假借慈善之名的“网骗”们，你们还是好自为之吧！

05

泛滥的爱心

> 对那些弱者永远不要有僭越的善心，因为这些弱者最善于扭过脸便变出另一副面孔。

以前我总听人说一句话：可怜之人必有可恨之处。

初听时觉得真刺耳，但后来经历的事情多了，逐渐体会到人性深处难以察觉的幽暗之处，我才明白其实俗语真的就是一门伤害的艺术，每一句掷地有声的话都来自遍体鳞伤的经历。

下面说两件真事。

一

不久前，朋友Z给我打来电话，说她家先生出差了，问我能不能跟她一起去接个人。

在开车去北京西站的路上，我才听她说来客是她资助了好几年的年轻人，来自南方某省，自幼家庭贫困。她从对方念初一的时候便开始资助，小伙子去年考上了大学，还申请到了国家助学贷款，但她依然会在每个学期开始时给他寄生活费。前几天小伙子说这么多年都没见过她，想来北京当面说声“谢谢”。

Z跟我差不多年纪，事业稳定、家庭美满，有个10岁的女儿，正上小学。我是头一次听她说起资助贫困学生的事，当时还挺感动的。

接到人后我们把他送到Z安排好的住处，我在前面开车，Z和小伙子坐在后排座聊天，我听他们说了一路的话。

送Z回自己家的路上，我问她："你确定这孩子家庭贫困？"

Z有些疑惑："是啊，我当年是在报纸上看到他的信息的，有什么问题吗？"

我说："我只是觉得有点儿奇怪，他身上那身衣服都是名牌，没有几千元钱买不来。还有他戴的那副墨镜，应该也不便宜。"

Z半信半疑："应该……不至于吧？"我接着说："你去他家里看过吗？"朋友摇头："当初就是在报纸上看到报道，动了恻隐之心，这一捐就是五年，但还真没有去当地做过核实。"

二

过了两天，Z跟我打电话说那孩子准备回去了，但走之前发生了一件事，让她隐约觉得有些不对劲——那孩子想让Z给他买个手机，她正准备答应，却听那孩子说他想要的是最新款的苹果手机。朋友自己才用iPhone 6。她就很委婉地说："那个手机太贵了，新款也不好买，你一个学生没必要用这个吧。"

没想到那孩子有些不高兴地说："阿姨，北京什么都有，只是您想不想给我买的问题。回到我们那儿，没有苹果专卖店，有钱也买不到。"

你听听，这都是什么话！

Z打电话问我该怎么办，我说，该怎么办就怎么办。最后Z没给他买手机，给他买了张火车票。

以前每个星期那孩子都会打电话、发微信，跟她说说学校里的事，结果这次一去，音讯全无。

那年端午节过后，Z正好要去南方出差，离那个小伙子所在的大学不远，于是她准备借这个机会过去看看，但她在去之前并没有告诉对方。

那天下午她到了那孩子所在的学校，看了看周围环境觉得还挺不错。她找到那孩子的系部辅导员时，顺口问了句："他的助学贷款能负担平常学习生活费用吗？"没想到收到辅导员很奇怪的反应："什么助学贷款？"

Z说："他家庭不是一直很困难，上了大学还申请了助学贷款吗？"辅导员说："没有啊，他家庭条件挺好的，别的新生都是住六人间，他还主动申请了三人间，住宿费贵很多呢。"辅导员还拿出申请助学贷款的学生名单查了一下，非常确定地说："这个学生肯定没有申请助学贷款。"

Z觉得心里有些不踏实，于是她又找到那孩子的宿舍。Z说，当时她一看这孩子的生活环境，心里就"咯噔"一下，那绝对不是一个偏远地区贫困家庭的生活水平，连笔记本电脑都是苹果最新款的。

三

突然见到Z，那小伙子特别意外。Z把他带到了一个僻静地，然后开门见山地问他家里的情况，开始那孩子支支吾吾地不说实话。我这朋友性格平和是平和，但也不是傻子，她当即说要报警。

小伙子一听急了，跪在她面前承认自己撒了谎。他说几年前他家里的确挺困难的，当时的确收到了很多捐助，但是后来他爸挣了些钱还了账，还搞了个工厂，早在三年前就脱贫致富了。

Z问："既然这样，你为什么不早说实话呢？"小伙子说是他爸的主意，他爸爸说反正那些捐钱的人有钱，也不在乎这个，不要白不要。

Z说她听到最后五个字时心都凉了。

Z跟我说这番话的时候她已经回到了北京。她说自己好几天脑子都不清醒，从来没觉得做一件好事会让自己这么伤心。

我说你把这小子的所有资料给我，我在微博上曝光他吧。

她想想说算了，虽然自己被骗了好几年，但总归帮助过他，就这么曝光他自己还是于心不忍。

我说："所以吧，你这就是咎由自取，他有困难你帮他，是你的善良。但他后来早就不困难了却还骗取捐助，这是欺骗。而且你后来几年捐给他的钱起码也有好几万了吧，这个数目足以构成诈骗了，可你却不追究了?！不追究你心里又堵得慌。这个小伙子的确可恨，但你也有问题，你在该讲原则的时候不讲原则，不该动恻隐之心的时候却动了恻隐之心！"

Z有些郁闷，说："你就没碰上过帮了别人却被辜负的事吗？"

我一想，嘿，还真有。

四

说起来这事也像是我脑海里的定海神针一样，很多年来都盘亘在那里——当时我还在媒体工作，有一天我接到一个采访任务：一位女士Q原是某大型国企的负责人，因为工作中发现了一些问题，她便按组织程序向上级做了实名举报，没想到被举报的人非但没受到处理，反而调任成了她的直接领导，开始对她和她丈夫进行报复，在差不多两年的时间里她和丈夫先后多次被殴打、辱骂。她四处求告都没有结果，最后开始向媒体求助。

我花了差不多两周时间，跑了好几个城市，对她说的情况进行核实，她举报和被报复的情况基本属实。我当时多次尝试采访被举报方W，但不知道W出于什么考虑，屡次拒绝采访。而Q那段时间已经被闲置，没了工作也没了收入，在接受采访时经常声泪俱下。

后来报道出来了，因为"被举报人调任举报人顶头上司"这事太过古怪，引发了外界广泛的关注和争议。报道出来三天后，被举报方W被撤职，Q官复原职。

我们本来以为这事就这么过去了，没想到一个月后，报社接到了W的起诉状——他以“捏造事实”“虚构造假”等为理由将报社告上了法庭。

对这样舆论监督类报道引发的官司，当时我工作的那家报社从来都是不退缩的，于是安排了律师，积极应诉。既然应诉，就要准备充分的证据，结果就在准备证据的阶段，谁都没有想到的情况发生了——律师告诉我，Q不愿意出庭为报社做证，证明她接受过我的采访。

我还记得当时我听到这消息的反应，简直是目瞪口呆：她是整件事的第一信息源，她不愿意做证不就等于这件事在信息源上出了问题吗？她这是闹的哪一出？

五

我直接给Q打了一个电话，问她是否真不愿意出庭做证。Q在电话里支支吾吾的，好半天我才听明白了她的意思，她是觉得自己好不容易官复原职，一切恢复正常了，不愿意再蹚这浑水。

这话听得我火冒三丈：“你不想蹚浑水，你也不想想这浑水是从谁那儿淌出来的！你官复原职舒坦了，我们报社却惹上了官司，你就跟没事人了一样！

你猜Q跟我说什么，她居然真的跟没事人一样：“反正他起诉的是报社，又不是曾记者你个人，如果起诉的是你个人，我就出来做证……”这都是什么话！我当时就跟她说：“我也没办法强迫您，但做人只求问心无愧，如果您觉得您这样做合适的话，我不勉强。”

Q让我想起我刚工作的时候，一位前辈就曾经对我说过：对那些弱者永远不要有僭越的善心，因为这些弱者最善于扭过脸便变出另外一副面孔。

我问什么叫“僭越的善心”，他回答得特别清楚：你觉得他没吃饭可怜，你可以给他饭吃。你觉得他没工作可怜，也可以给他工作。但你绝对不要因为觉得他可怜，就去对他可怜原因之外的人生进行承包，那就是一种超过界限、滥用的善良，而且极易被辜负！

其实在这件事中，我还真没有僭越，我做的都是工作职责内的事，但依然遭到了Q不愿出庭做证的冰冷现实。

六

好在我采访时都会多留一个心眼儿——每次都会让他们看完采访记录后签上“属实”字样以及姓名和日期。我连同录音、照片一并交给了律师。律师说这些证据已经很充分了，但Q居然连证明这些字是她签的都不愿意。

于是我给Q打了最后一个电话，尽管她还是那副吞吞吐吐的样子，我却不跟她废话：“我不知道你出于什么考虑不愿做证，我只想提醒你，如果这个官司报社输了，那之前的报道就会有问题，官复原职的就应该是W了，到时候你上哪儿哭都不知道！”

Q一听这话立即变哑巴了。第二天律师告诉我，Q同意出庭做证了——真是不见棺材不落泪啊！

这个官司折腾了一年多，最后还是报社胜诉了。

从那以后，Q可怜巴巴痛哭流涕的样子和电话里那副事不关己高高挂起的语气就经常浮现在我的脑海里。

七

很多时候我们会因为某人的贫穷、病痛、困难动了恻隐之心，如果对方正好是儿童、学生、老人，恻隐之心还会被激发得更充分。

就像Z，她在报纸上看到报道，然后就进行了捐助。她帮助孩子当然是对的，但是在未对对方家庭情况进行核实的情况下，她这一捐就是五六年，这种做法正是僭越的善心，很容易被利用——难道那小伙子遇到的是持续五六年的困难吗？对一个年轻人来说，只要不出现极端情况，哪儿有什么一辈子的困难！

你可以给人一碗饭，给人一百块钱，甚至给人一份工作，但是绝对不要承包他们可怜的人生，因为可怜的人生往往同时也是可恨的人生。

那个小伙子明明家境已经好转，还以“不要白不要”的心态继续骗取捐助。还有Q，在她需要媒体帮助的时候痛哭流涕，在报社遇到官司需要她做证时却想脚底抹油……他们当初可不可怜？当然可怜，但是他们转过脸来表现出的自私、自我，更可恨！

所以当你觉察到自己的爱心要喷薄而出时，请一定记住这句话：对弱者绝对不要有僭越的善心，因为可怜之人往往有他的可恨之处！

06

偷腥的保姆

> 世界之大，无奇不有。你今天碰上的娇颜，可能就是一朵昨天绽放的奇花。

一

那一年我爸病后初愈返乡休养，因为怕我妈一个人照顾不过来，我们便决定找一位不住家的保姆，帮她做做家务。

没多久朋友便推荐了一位姓叶的保姆，说是人很勤快利落，另外她家就在附近，儿子刚成家但没孩子，她之前一直在做保姆，所以也有经验。

我妈先跟这位叶阿姨见了一面，聊了一会儿回来跟我说觉得不错，这阿姨看着就精神，话也不多，应该能行。我妈这人一贯挑剔，能让她看上的人应该还是有不同寻常之处的，这事就这么定了。

过了两天叶阿姨便开始上工，我一看，哟，长得不赖啊，皮肤白皙，身材丰满，眉目清秀，看上去比她真实年龄起码小 10 岁，年轻时一定是个美女。而且说话柔声细气，感觉清爽利落，于是就放下了一半的心。

等她干了两天活儿，我另一半的心也放了下来——她打扫、收拾、做饭都很麻利，而且有眼力见儿，能看见活儿，有时候我妈忙不过来，她还会帮着照顾一下我爸。最关键的是，她很安静，没事的时候就在小屋里待着，绝不会凑到你跟前来聊天打听。

她的这种做派让全家人都很喜欢。

二

日子过得很快，两个月时间转眼就过去了。其间一切如常，风平浪静。

忽然有一天，我妈在没人的时候叫住我，没头没脑地说了一句："你有没有觉得叶阿姨有点儿奇怪？"

我想想，没有啊。然后我看了我妈一眼，觉得她的表情有点儿古怪，就问怎么了。

我妈有点儿犹豫地说："我有种直觉，她……好像在偷东西……"

啊？！我吃了一惊，扫了一眼厨房，里面很安静，叶阿姨不在，应该是去买菜了。我看了一眼我妈："您丢钱了？"

我妈摇头：没有。

"丢首饰了？"我妈也摇了摇头：没有。

"丢什么贵重物品了？"我妈也摇头。我心里一松，啥也没丢您怎么就怀疑人家偷东西？

我妈往沙发上一坐，一副陷入沉思的模样："我就是觉得她哪里不对，这种感觉纯属直觉……"

她这么一说，我也有些犯嘀咕，因为女人最厉害的就是直觉，特别是我妈的直觉，更是人类一绝——这个问题以后有时间可以单独写一篇——只要我妈一说是直觉，多半就是真的，这已经是在经过以往重大历史事件验证了的。

但是，没丢钱、没丢首饰、没丢贵重物品，真要偷，会偷什么呢？

这个问题一度让我很迷惑。

三

自从我妈跟我说过叶阿姨的事，我就很注意，但是说实话，真看不出什么来，说话还是那么轻言细语，做事也还是那么麻利，待人接物还是那么得体大方，一切一如往昔。

直到有一天，我妈忽然又把我留下来，悄悄说："我知道叶阿姨偷什么了！"

我顿时竖起了耳朵："什么？"我妈脸上的表情忽然变得很神奇："她偷的是……肉。"

啥，偷肉？我以为自己听错了。

我妈说前几天她刚买过几斤肉，当时吃了一些，剩下的都包好放在冰箱里了，可是在冰箱里左找右找都没找到，我妈就觉得有些奇怪。

再一想，自从叶阿姨来家里后，家里肉类的消耗的确比以前要快很多——我和我妹都不怎么在家吃饭，一般就我爸妈还有多多（我儿子）三个人，我爸久病胃口不怎么好，我妈又酷爱减肥，多多一个 6 岁的孩子，照理说吃不了多少肉，可是我妈拿出家用账单记录本一瞧，这个月不过 15 天，叶阿姨已经买了六次肉，而以前一个月也就买五次……

听了我妈的话，我还是半信半疑，一是觉得叶阿姨看着真不像那种人，二是她偷什么不成，干吗要偷肉呢？

我跟我妈说，您这还是猜，没有什么证据，这样贸然说出去也不好，咱再看看。

我妈想想同意了，不过一会儿也忍不住跟我说："你说她为啥要偷肉呢？"

四

三天后，我妈就用她无所不能的演技和经验证明了，叶阿姨的确在偷肉。

那天我妈故意把肉切成几块放在冰箱里。第二天下午她打开冰箱，果然发现少了两块。我妈就故作不解地在叶阿姨面前说："昨天才买的肉怎么就找不到了，最近的肉也吃得太快了。"

叶阿姨的反应特别淡定："大姐，是不是你放在哪个旮旯里没看见，再找找吧。"

我妈也很淡定地皱眉："不应该啊，我买来切好放好的，家里的肉都是有数的，怎么会找不到呢。"

叶阿姨一听："没关系，那我帮您再找找吧。"然后她就拿着自己平常背的小包进去厨房了。

过了一会儿，我妈再去厨房，打开冰箱，那两块肉又奇迹般地回来了……

听了我妈的话，我简直哭笑不得，如果是真的，这叶阿姨也太……神奇了，之前听她说她儿子大学毕业在银行工作，各方面条件都不错，还买了房子，她做保姆也纯粹是因为在家里闲得无聊，但怎么会这样？

我妈倒一脸兴奋地跟我说："怎么样，我的直觉很准吧，上次就是这样……"哎哟我的妈，您的关注点是不是有点儿奇怪啊

没过两天更具戏剧性的一幕发生了：

那天晚饭前叶阿姨下班回家，照例把家里所有的垃圾打包带走，我那天正好跟人有约，不在家吃饭，出门的时候我见叶阿姨脚边有几个垃圾袋，好心想帮她拿下去，便没管叶阿姨一个劲儿地说不用不用，我拎着袋子就往下走。

我拎起来才发现这几个袋子比一般垃圾袋沉，一个没注意垃圾袋散了，两块冻得硬邦邦的肉掉了出来……

五

垃圾袋掉肉这个桥段我完全没想到，估计叶阿姨也没想到，我用余光扫了她一眼，有点儿发愣。

我只好假装没看见，把垃圾袋塞回了她手里："叶阿姨，我赶时间，不能帮你了。"说完我径自走人。

走在路上我拿起电话，给在公安局工作的同学打了个电话，告诉了他叶阿姨的身份证号。他查了一下，说这个人没有违法犯罪记录。"有什么事吗？"他问。

我听了他的回答，说没啥事，就是问问。挂了电话后，心里忽然惆怅起来：看着这么体面的一个人，为什么喜欢这么做？是贪小便宜，还是心理成瘾？

这事之后，我就跟我妈说，找个时间让叶阿姨离开吧，虽然她没有偷钱也没有偷贵重物品，但偷肉也是偷啊。而且家里上有老下有小，有个手脚不干净的人总感觉像有一颗定时炸弹。

没等我们想好什么理由呢，我妹忽然跟我妈打了个电话来，想请叶阿姨去她那里帮忙。我妹因为有两个孩子，平常在我这边见到叶阿姨干活儿麻利，于是有了这个想法。

我妈犹豫了一下，还是把叶阿姨偷肉这件事跟她说了。没想到我妹性子风风火火，根本不信："妈您别瞎说，现在生活跟以前不一样了，谁会偷肉啊。"

我妈就闭嘴了，然后叶阿姨就被"转"给了我妹家。

六

一开始我妹也没察觉，但是一场家庭欢宴却让这事直接曝了光。

临近春节，家家户户都在筹备新年家宴。妹妹的公公婆婆在老家的亲戚送来很多家养的猪肉，差不多有小半扇吧，我妹和她婆婆按照家宴需求把肉切好，把两个蹄髈都专门留了下来。

叶阿姨那时候还是很勤快地在帮忙，我妹还挺过意不去的，说："叶阿姨，要过年了，要不您也回家休息吧。"叶阿姨说："不用不用，我帮你们弄弄。"

四川的新年家宴一般不止一次，第一顿家宴宾客皆欢后，第二顿要开始做的时候，我妹妹的婆婆却发现，怎么找也找不到另一个蹄髈了——那蹄髈是家宴上的主菜，这就要开席了，怎么主菜找不到了，明明记得是放在冰箱里的啊……

老太太顿时有点儿毛了，找了半天没找到，就开始嚷嚷，怎么肉没了呢，这肉难道自己长了腿跑了，奇了怪了，是不是家里来狐仙了……结果一家人因为这一块主菜食材没了折腾得鸡飞狗跳。

找着找着，我妹忽然想起我妈说过的话，再瞧叶阿姨，人家也一脸关切地在帮着找蹄髈呢。我妹粗中有细，就旁敲侧击地问她，她开始还绷着，后来我妹有意无意地说，记得上次我妈家也丢过肉，叶阿姨一听，脸色就变了。

我妹找了个理由把婆婆支出去，留了叶阿姨一个人在厨房，过了20分钟再回来，那个蹄髈重新出现在冰箱里了！

春节之后，我妹就找了个理由跟叶阿姨说不用她了，她听了还是那样细声细气地说："谢谢你们这么久的照顾。"

我妹心里一个劲儿地翻白眼，什么谢谢照顾啊，是谢谢这么多被偷走的肉吧。

就这样，叶阿姨从我们的生活中消失了。至今我妈每次切肉还会感慨：唉，能吃到你，真的不容易啊。

07

求助的代价

如果没有做好被俯视和用颜面去换的准备，就不要向外伸手求助。

一

母亲有一个发小，经常到我们家来玩。那个阿姨人很好，性格也很爽快，小孩子们都很喜欢她。

阿姨有一个孩子，跟我差不多大，平常也是活泼可爱，印象中他特别能跑，每次我们在外面玩老鹰捉小鸡的游戏，他总是当老鹰，总能把每个小鸡都给抓住。

就这么个看上去健康皮实的孩子，突然有一天病倒了，病因我已经记不起来了，只知道是一个特别复杂的名字。孩子有生命危险，需要做手术——在那个年代，这么小的孩子做这么大的手术，并不是一件容易决定的事。但阿姨毫不犹豫地决定了："做了手术，好歹还能有一线希望。如果不做，就一点儿希望也没有了！"

可是因为手术比较复杂，在我们那里的医院做不了，只能去成都做。

当年像这种到外地医院去做手术的各种手续极其麻烦，而且费用还得自己负担，算起来是挺大一笔钱，但阿姨想来想去还是去了。

没想到手术并不成功，手术后那个小孩子失去了行动能力，只能天天躺在床上，为此又花了很多的时间和精力去康复。

因为每天24小时都要照顾孩子，阿姨不得不早早办理了内退，领一点儿微薄的退休金，家里只剩丈夫一人在上班。有时候钱不够用，她自己就想方设法打一些零工，但是因为孩子的病情越来越重，后来她连零工都没有时间打，一心扑在照顾孩子身上。

又过了一年多，孩子依然瘫在床上，而且因为长期卧床生了褥疮，情况还很严重。这时他们家里已经把能变卖的家当都变卖了，能借的钱也都借遍了。偏偏那时候单位开始集资建房，每户职工只需要交3 000元钱就可以参与，但是他们家也拿不出这个钱来。

那一年快过年的时候，阿姨忽然到了我们家，她跟母亲在里屋小声说了一会儿话，母亲拿了200元钱给她。等她走后才听母亲说，阿姨听说外地出了一种特效药，对孩子这种病很有效果。她迫不及待想要去试试，这次她来就是借路费的，为此阿姨还跟母亲写了借条。

母亲边说边看着那张借条，最后叹了口气，把它放在了抽屉深处："只有生病了，才会知道健康是最难得的。"

可惜没多久阿姨就带着孩子回来了，那宣传得特神奇的"特效药"基本没有什么效果，但像这种情况我记忆中不知发生了多少次。听母亲说，阿姨把亲戚都借得差不多了，以前的同事、走得近的朋友也借得差不多了，连她的邻居也都被她全部借过了，但孩子的病还是没有起色。

在那几年，阿姨用一个小木板车推着孩子四处求医问药的身影深深地印在我的脑海里。虽然这样做的效果并不大，但是她好像从来没有放弃过。

那段时间，他们一家三口的所有生活来源除了阿姨丈夫每个月的一点儿收入和阿姨的退休金之外，就是厂里的一点点补助。

到了我上初中那一年，周围人家里的经济条件都渐渐好了起来，几乎家家户户都买了崭新的冰箱和彩电，而那个孩子的家里，却连一台黑白电视都没有。

二

有一年工会系统要在全国范围树立“帮扶互助”的典型，主要是为一些家里有特殊困难的职工解决生活问题，我们厂里就推举了阿姨。

那次评审是公开进行的，阿姨站在台上讲自己的悲惨遭遇，讲自己一家这么些年带着孩子如何与痛苦抗争——那也是我第一次见到公开求助的场面——那天，阿姨的语气特别沉重，说到难过处声泪俱下，听得周围很多人都在掉眼泪。

母亲边听边告诉我，阿姨真的太可怜了——后来每当家里遇上什么事，母亲最常说的口头禅就是，比起阿姨家，咱们家已经算够幸福的了。

后来，阿姨家果然被评上了。被评上之后，她家每个月可以定期领一笔救助款。这本来是一件挺好的事，没想却因此引发了一场风波。

领到救助款的几个月后，阿姨给孩子买一台轮椅——要知道那时候一台轮椅价格可不便宜，花了将近 1 000 元钱。在这之前她都是用自家做的一个木板手推车，推着孩子进进出出。

让人没想到的是，阿姨家购置这台轮椅引起了很多人的议论：

咦，她们家不是很穷吗？

不是连生活都很困难吗？

那怎么还买这么贵的轮椅？

不买这个轮椅孩子就活不下去了吗？

那他以前没有轮椅不也好好活着？

这个钱是不是应该花在看病而不是买轮椅上？

……

很快，这样那样的议论传到了厂工会负责人的耳朵里。工会还专门派人去阿姨家里调查过。阿姨特别尴尬地当着工会干部的面，打开了自己家门：里面几乎家徒四壁，没有彩电，没有冰箱，没有洗衣机……只有一个孩子可怜兮兮地躺在床上，整个家里唯一算得上是大件儿的，就是那台崭新的轮椅了。

工会干部看到这番景象，什么都没说，跟阿姨道了声歉就离开了。他们走了之后，阿姨来到我家跟母亲哭了一鼻子。她说，虽然孩子生病了，可还是一天天在长大，自己一天天在变老，她根本就抱不动年纪渐大的孩子，才买了这台轮椅，没想到却会这样。

母亲默然无语，倒是阿姨痛哭一番后，抹干眼泪，扔下了一句话："算了，认了，如果没有做好用颜面去换的准备，那还不如当初不要伸手求助。"

阿姨的这句话被母亲念叨了很多年。后来我离开家去读大学的时候，她专门跟我说，就算是朋友，能不要麻烦别人就不要麻烦别人，遇到事情尽可能自己解决处理。母亲总是说："要知道麻烦别人都是有代价的，是需要用东西去换的。"

三

在我工作的那一年，一个朋友的遭遇却是另外一番光景。

他比我大几岁，当时他的妻子刚刚生下孩子没两天，他父亲去医院给他们送饭时遇上了车祸，肇事者逃逸，父亲经过抢救好不容易保住了一条命，但是在医院里昏迷了几个月，后来成了植物人。

因为事发突然，他们压力很大，他的爱人得了产后抑郁症，他一边照顾老人，一边照顾孩子，还要防着爱人万一想不开寻了短见。短短的几个月，人就憔悴得不成样子。

那段时间，他因为工作时间不正常，经常请假，收入也不稳定。为了增加一些收入贴补家用，他开始疯狂地接外面的活儿，但是很多时候活儿接来了，却因为总是有这样那样的事情，根本完成不了……

再见他时，我吓了一跳，几乎认不出来——在这之前，他是多么的意气风发、快乐外向的一个人。那时我们刚工作，比我们年长几岁的他经常带着我们一群小年轻周末出去玩，有时还带我们下馆子，改善伙食。

但是这事出来几个月以后，他就迅速变成了另外一个人，委顿憔悴。那天见面时他跟我说，他现在兜里的每一分钱都恨不得掰成两半花。

然后就听说他为了给父亲筹措医疗费，准备把自己的房子卖了——他的房子是当时毕业进单位后分配的一套小两居，地段很好，离单位也近，当时他们住进去才两年多。

因为是单位分的房子，他办手续的时候，单位的人才知道他家里居然出了这么大的事，我们也才知道他原来一直没有跟单位的人说实情。

他的单位得知这个事情之后还挺关心他的，立即给他发了一笔应急款，同时在内部开展募捐。因为他工作非常努力，口碑也很好，单位甚至还瞒着他发了一篇关于他的通讯报道，在媒体上讲了这件事情。

很多读者看了之后特别感动，纷纷寄来了善款。

很奇怪，当读者的善款一笔笔寄到单位时，他却坚决不要，当时包括我们在内的很多人都不理解，他们单位的人也觉得很意外：都辛苦成这个样子了，怎么还拒绝别人的捐款呢？

单位的人劝他：你把房子卖了，你一家老小住在哪里？这捐款是大家帮助你的一点儿心意，你可以在解决问题的同时，又能保住你的房子啊！

他依然婉拒了单位同事的劝说，甚至连其他部门同事的捐款都没有收，只收下了同部门人的捐款。其他的钱他一分没拿，包括那些陌生读者寄来的捐款，都让单位汇集整理好之后，再原封不动地给人家退回去。

他的举动让单位的人都觉得很奇怪，认为他不通情理——你见过一个人家里摊上这么大的事，不接受捐款的同时却在借钱吗——就在他退回陌生读者捐款后没多久，他还跟我借过 10 000 元钱，给孩子看病用。这笔钱大概一年后他才还上。

两年后撞倒他父亲的肇事者终于被逮捕，赔了他们一笔钱，这件事情才算是稳妥解决，而他的房子在这之前已经卖了。他用那笔赔偿款，在房价已经涨起来的京城买了一套更小的房子，地段远不如之前那套。

我曾经跟他聊过这段经历，我一直非常不解他当初为什么不愿意接受捐款，他告诉我："你不觉得接受捐款是有代价的吗？"

他的这一句话，立即让我想起那位阿姨的故事来。

他说："如果拿了这些陌生人的钱，就要做好捐给我钱的人随时来查看的准备，比如这笔钱是否用到实处？我说的是不是真的？有没有把这笔钱拿走之后就花天酒地？

"因为是捐给我，所以对方有权查看。虽然我不会那么做，但是我觉得这种时时刻刻要准备被查访的感觉，对我来说是挺大的一个心理负担。我不愿意这样。"

他想了想，还补充了几句："更重要的是，我觉得当我向外求助接受捐款时，我已经比别人矮了三分。如果是熟人还好，但如果是陌生人，这种感觉会让我压力更大。在我心里同样也没有做好接受我比所有人都矮三分、需要别人时时刻刻俯视我的准备。

"如果哪一天我真的到了山穷水尽、再没钱就会危及妻儿老小性命的地步，我想我可能才会低下自尊，请求大家的帮助，但是在这之前，我都不愿意这么做。"

四

如果没有做好被俯视和用颜面去换的准备，就不要向外伸手求助——这是他那天跟我说的最令我印象深刻的话。

我之所以对这话印象深刻，是因为社会上接连发生了好几起关于捐款的、引人注目的事情，尤其是深圳罗尔借女儿罗笑笑得白血病骗募善款的事——

深圳某媒体人罗尔借助自媒体发布关于女儿笑笑得白血病一事，得到了超过 400 万元捐款，但随即他被指责涉嫌借女儿的病骗募善款。

2016 年 11 月 23 日，恰好也是笑笑第二次住院费用的结算日，根据深圳市儿童医院公布的数据，其实前两个月罗笑笑的治疗费经医保报销后罗尔家庭支付的数额一共仅有 18 618 元。

由于深圳的医保是即时结算，也就是说，这一天罗尔就应该知道自己女儿白血病的治疗自己大致承担的费用，每个月差不多 10 000 元左右。但此时，罗尔已经通过微信号筹集了十五六万的治疗费用，这些钱足够支付笑笑未来一年的治疗费用。

但罗尔并没有停止，接下来的事情大家都知道了，罗尔找到自己过去的同事刘侠风。刘侠风是深圳市小铜人金融服务有限公司的老板，双方决定用罗尔的文章和笑笑的病情做一次营销宣传，同时为罗尔一家募款。

……

这样的行为之所以被人诟病，很重要的一点就是，当事人其实没有尽他的全部努力，就将手伸向了外界。

在中国的社会历来有互帮互助的优良传统，但是这个前提和基础一定是这个人遇到的困难已经超过了他自己能解决的范围，同时他也尽到了最大的努力。

举个例子，如果家里有孩子生了重病，父母一定会倾其所有，先用积蓄，然后去求借亲戚，遇上有大额款项可能还需要卖车卖房。这些都无济于事时，才会想着向外界求助。真的到了那一步，已经可以用山穷水尽来形容，这时候外界的审视以及自身的颜面已经算不得什么了。

罗尔事件却明显不是这样。有好几套房的罗尔的条件比起很多捐助他的人都要好得多，但是他却在事情一开始就向社会求助。从某种角度上说，他是把孩子生病当成了一个“卖惨”筹钱的机会。

换句话说，他们在向外伸手的时候，其实并没有做好被审视和查验的准备，正因为他们没有尽全力，所以才显得那么心虚，才会非常容易引起质疑。而当质疑涌来的时候，他们一直在委屈地辩驳。

可真正遇到困难走到山穷水尽那一步的人，为了博取一点点机会，就算有质疑，他们也真的不会去辩驳。

五

越是受过良好的教育，越是个人素质良好的人，对于向外求助其实就越难以开口。这里面不仅有母亲跟我讲的，能自己做的事情就自己做，麻烦别人是一件丢脸的事，同时也有对自身的要求和不影响他人的基本观念。

而且这种要求，面对陌生人和熟人是一样的。不会因为对方是陌生人，所以你的要求就可以大行其道；也不会因为对方是熟人，所以你的这个要求就会微不足道。

如果自己还有能力，靠自己的力量去解决问题是天经地义的事，这个世界比你更需要帮助的人多的是。在向外求助的时候，永远要有一份被检视的准备，这样才能保证别人对你的信任不受伤害。

第二个其实也是最难迈过的一个坎，当你向别人求助时，就要做好自尊和颜面都要低到尘埃里的准备。别人怎么看你是一回事，自己要有这个觉悟。又想“卖惨”，又不愿意低下头，还不愿意被审视，最终只会酿成这样的尴尬局面。

所以请记住，如果没有做好被俯视和用颜面去换的准备，就不要向外伸手求助——这并不是对他人的约束，只是对自我的苛求。

在钱和欲望这两件事情上，还是对自己苛求一点儿比较好。

第二章

出来混，迟早都要还

08

喜好不由人

> 你在意的，常是你翻越不过去的；你不纠结的，却是你未来能驾驭的。

一个年轻人苦恼于和领导的关系不好，担心自己会被领导“穿小鞋”，向我征求应对挑剔领导的秘诀。

我说哪儿有什么秘诀，做好你自己的事比什么都重要。他仿佛很受伤地说：你是从来没遇上过讨厌你的领导吧。

我一想，嘿，还真不是。

一

第一次遇见不那么有感觉的领导，是在我刚参加工作那几年。

我最开始所在的部门并不算单位的核心部门，那家当年很有名的报社最为业界称道的就是专题和深度报道。那时我刚参加工作，做不了专题和深度报道，就一直在做机动记者。

机动了两年多后，单位因编采分离进行了部门调整，我进了新的部门，这个部门的领导以前就负责专题和深度报道，在单位很有威信。

那时候我已经陆陆续续出了一些文章，但我依然想做一个优秀的调查记者，所以去新部门时我特别开心。

不过这份开心在第一次被领导单独召见谈话时就消失了。

二

当时领导客套了两句后就开始问我一些问题，我如实回答。但话没说两句，我就被打断了，他说我说得不对，应该是如何如何。

然后领导又问了一个问题——那是我跟这位领导第一次单独的业务谈话，我非常尊敬他，像其他新人一样，不想给未来的直接上级留下一个不好的印象——我从一个稳妥的角度说了我的看法，可是这次又是刚开口就被打断了。

那次谈话给我印象很深，尤其是这两次被打断让我有点儿不知所措，只好闭嘴——其实那天我们谈的并不是什么关键性的业务问题，我回答得也很平淡，但是从他的反应里，我能明显感觉到他的不喜欢，这种不喜欢甚至可能并非因为观点不一致，而只是简单的不喜欢。

如果要表达得更“彬彬有礼”一点儿，可能就是气场不和吧。

一开始我想，这也许是我的错觉，但后来在工作中证明并非如此，特别是他对他一手带出来的那些同事，和我这样的“非嫡系”人员，无论是态度上还是方法上都迥然不同。

三

我不被领导喜欢这事，后来不知怎么传到了别的同事那里。有人好心劝我，应该跟领导公公关，请他吃个饭，席间表一下忠心什么的。

我还真的认真考虑过这个问题，但后来放弃了。因为我觉得请一顿饭、表一两句忠心，并不足以消弭那种没来由的、先天的、仿佛八字不合般的不喜欢，更关键的是，那时候的我太年轻，真心应付不来场面上的那些事。

所以我的应对策略是，一是尽量少出现甚至不出现在领导面前，二是尽量更好地完成我的工作——别人一个月写15 000字，我会争取完成20 000字；别人一周完成一篇大稿子，我争取完成两篇；别人都在争取编辑派题，我就尽可能自己去找选题；别人拿了选题就去采访，我总要想怎么才能做得更好……

我之所以这么做，一是为了避免生出不必要的麻烦，二是就算领导真烦你，也绝对不能让他挑出你工作上的毛病来。

要是挑下属工作之外的毛病，那多不符合领导“高大”的身份，对吧？

四

事实证明，这种应对虽然简单，但也最有效。领导对我依然不像其他人那样热络，但也没有表现出更多的反感——毕竟我工作做得还不错，没有哪个领导会排斥帮他干活儿而且干得不错的人。

所以，如果你工作做得足够好，遇上不喜欢你的领导，最多就是保持一点儿距离；但如果你工作做得不够好，那就是送上破绽让别人去戳。

这样的状况持续了挺长一段时间，中间我也出过错，每次出错都会被领导批得挺狠的。有时候我也会觉得郁闷，也曾想要不要换个工作，但心里理智的声音就会问自己：你是因为某个人喜欢或考不喜欢你而做这份工作的吗？

当然不是，我知道那时候自己真是全身心地喜欢新闻这个行业，甚至认为自己会做一辈子。我之所以留下来，就是因为这是我喜欢的工作，另外实事求是地说，他有时候说得是对的，并不完全是抽风。

苛刻的人往往能一眼看到我们的问题，而这些问题，对我们宽容的人常常会不说出来。

所以，后来我又有了第三个对策：生扛——就是无论他说我什么，不管有道理还是没道理的，我都笑眯眯地听着，有时实在笑不出来，就装傻。说实话真挺不容易的，但可能这就是人生有趣的地方吧：让聪明人装傻，比让傻人显聪明，难多了。

五

后来这位领导升职了，新的领导上任。我貌似熬过了被人近距离地不喜欢的阶段。

但我的工作状态并没有太大变化，并没有因此松懈一丁半点儿，渐渐地有了一些值得一提的成绩，外界也逐渐对我有了认可。就算这样，每次见了那位前领导，我依然保持足够的礼貌和尊重。

虽然我总能听见身边人传出的他对我这样那样的评价没什么正面内容，但我都通通假装没听见。有时候也会有很不公平的情况出现，比如嘉奖、评优他都不会考虑到我，我也一概不放在心上。因为总会有一个声音在心里：你是为了某个人的喜欢或者不喜欢做这份工作的吗？然后所有的纠结和不愉快都烟消云散了。

这份工作让我明白了一个道理：它只是我职业生涯中的一站，既然只是一站，那我就要在这一站的过程中尽可能地学到更多的东西。

六

我忘了曾在哪本书上看到过这样一句话：你在意的，常是你翻越不过去的；你不纠结的，却是你未来能驾驭的。

开始我并不太理解这句话，但是后来发现它很有道理。

在报社工作到第六年时，我已经完全不介意是否被领导喜欢这件事，因为此时的我已经意识到，这里只是我成长过程中的一站。既然如此，有什么必要去计较一些迟早会消失的东西？

我是到工作的第十一个年头辞职的，这时那位领导已经到了更高的位置，但我的离开并不是因为他，而是因为我自己。我觉得自己在人生的第一个单位积累得差不多了，可以到新的领域去历练了。

这真的是我的切身感受——绝对不要因为谁喜欢或者不喜欢你而辞职，如果你当初选择这个工作是慎重的，那么你离开它只能有一个原因：学不到新的东西。

除此之外，没有其他必要。

七

一转眼，我离开第一家工作单位已经很多年了。

这些年里，我也曾经被年轻的同事直截了当地问过：你这么说我，是不是不喜欢我？顿时我就想起当年那个不喜欢我的领导来。我说当然不会，但是我更希望你做事情更认真一点儿，更努力一点儿，考虑得更周全一点儿。

也曾有年轻气盛的同事因为受不了工作上的批评而坚决辞职。但是后来他们也会偷偷给我发邮件，说出去折腾一圈才发现，其实到哪里工作都一样，更多的时候是自己有颗“玻璃心”，或者为自己做得不够好找借口。

世界那么大，你可以把希望寄托在任何人身上；世界又那么小，你也可以把希望放在自己身上。然而往往，寄托在别人身上的没成功，寄托在自己身上的却不尽力。

真正纯粹的工作环境里，其实很难遇上那种先天就不喜欢你的领导；就算遇见了，也不是非要拼杀个你死我活。说到底还是自己的实力不够，才会对外界的因素考虑过多。

当我离开第一家单位，又工作了很多年之后再回头看，自己碰上的那些喜欢或者不喜欢，承认或者不承认，其实在每个人的职业生涯和人生长河里根本算不上什么。有时候只是因为我们自己的实力不够强大，不足以应付那些苛刻的要求，所以才给自己找了退却的借口和理由。

就像我那位曾经的领导，前段时间我很意外地听到了他对我的褒扬之词——这些年我们再没见过面，也没有打过任何交道。

他依然在那个单位，我则四处而飞。他喜不喜欢、褒不褒扬，我也不再介意，因为我已经不是当年的那个我了。

09

100 分和 100 次

> 每个人都知道尽全力做事，但是很少有人注意细节，勤动脑子。他们并没有把一件事做到 100 分，而只是把一件事重复做了 100 次。而且，即使做了 100 次，他们也没有总结过这 100 次间的差异。

一

两年前，小何大学毕业后进了一家公司上班。因为是新人，他被安排到基层的岗位，每天干的都是琐碎的事。

开始还好，几个月后小何就有点儿不开心了，说自己比很多人都能吃苦而且还兢兢业业，可为什么领导看不到？后来他忍不住跟领导表达了一下自己的想法，没想到反而被调去看仓库。那仓库夏天热冬天冷，忙的时候忙死，闲的时候闲死。小何觉得自己的职业生涯特别不顺。

小何所在的公司是我以前所在单位的供应商，有一次我们联合做活动，正好小何被派来负责活动物品的发放。我去仓库看过他一次，活动物品堆积如山，小何和几个志愿者正在对接物品的领取和发放，他忙得满头大汗，饭也顾不上吃。

活动做完，小何过来跟我诉苦。于是我问他，你觉得自己应该做什么工作？

小何说，至少干点技术含量高一点儿的，能学到东西的，现在这工作，真的什么都学不到。

我说："你只有把前一份工作做到极致，换工作才有意义，你觉得自己做到了吗？"小何说："看仓库那样的工作，我当然做到了极致。"

我特别直接地告诉他："不，你并没有做到。"

他很纳闷地问我："为什么？"

我说："那天活动我去看你，发现物品A数量比较少，你们放在离门口很近的地方；物品B数量很多，你们放在比较远的里面。可是领取物品B的人远比领取物品A的多，结果你们光是来来回回去拿物品B的时间就花了很多。你觉得这样的安排合理吗？"

小何想想说："是送货的人送来的时候就那么放的，如果重新码放，要花很多时间……"

我说："送货的人不懂，但你是负责仓库管理的人，你应该懂。除了物品码放领取，你们一共7个人，负责领物的4个，负责看管的3个，负责领物的忙死，后面负责看管的却能闲死，这样的人力安排你也觉得合理吗？"

小何有点儿不服气地说："这是领导安排的。"我忍不住笑了："咱能不能别有委屈就是自己的，有问题就是领导的？对，是领导安排你来负责这块儿，那你就有责任把每一个人安排妥当，是否需要轮换，是否需要增补人手，都应该是你提出来。你却只知道自己做事，对这里面的环节不动脑子，你真觉得自己做到极致了吗？"

我继续说："你真的别看不上看仓库这个工作，仓库里的物品是什么？其实就是钱！这里面的活儿的确辛苦，但领导一般不会让不放心的人到这里工作，是不是锻炼你我不知道，但能不能把这看成锻炼的机会就是你自己的事了。"

小何点了点头没再说话，一个月后他依然辞职了。

二

那是大约七八年前，我还在媒体上班。我负责的部门接收了一个实习生，是名牌大学新闻专业的本科生。按照惯例，他主要是做编辑记者的辅助工作。结果刚来一个月，他就来找我，说想结束实习。

他的实习期应该是三个月，所以我觉得很奇怪，就问他为什么。他倒也直接："我想当一个好记者，但是我觉得自己在这里学不到东西。"

听到他的回答，我感到特别意外。他现在每天做得最多的工作，就是从各个渠道整理新闻线索交给编辑，编辑从中选择出可以操作的题目，再进行采访或者整理，这是每个新闻专业的学生刚开始所必须经历的一个历练环节。

"但是这一个月，我觉得自己每天都挺用心的，每天都整理出很多不错的线索，但是最后总是被编辑否掉，心里特别沮丧。"

我拿过他的工作记录本一看，可不是吗，这一个月他每天都搜集了大概 20 多条线索，结果一个月下来被采用的也不过三五条。

我问他："编辑否掉你的线索时，你问过他们原因了吗？"他一愣说，没有。被否本来就不是一件光彩的事了，何况天天被否。他说，可能还是自己水平不够吧。

我说："你是新人，经验水平不够很正常，正因为如此，你才要多学多问，知道被否的原因，才能避免下一次被否啊。"

"不过，你搜集的线索的确有些问题。"我又翻了一下他的记录，"你知道我们的读者群主要集中在什么年龄，他们的工作类型是什么，他们的学历和收入水平大概怎么样，他们主要的兴趣爱好是什么吗？"

他一听就有点儿蒙了，接着摇了摇头。

我继续说："你搜集的线索一看就是大学生特别关注的领域，比如就业难、职场成功学等，但是我们的读者大多是成熟的、已经有一些工作经验的人，他们更关注跟社会、生活直接相关的新闻，你连我们报纸是办给谁看的这一点都没去做了解，这应该是被编辑否决的主要原因。编辑的工作很忙，如果你不主动问，他们可能没时间给你解释太多，所以下次遇到自己弄不明白的事，希望你直接问出来。”

他说：“我怕他们不会告诉我。”我说：“你问出来他们不告诉你，是他们的问题，但你不问就是你的问题。球不留脚下，这是工作的基本原则。”

末了我问他：“你来了一个月了，知道部门每一位编辑记者的名字和座位吗？”

小伙子又蒙了，特别不好意思地摇头：“真不全知道，这也是工作的环节吗？”

我说：“当然是，好记者就要有天然的敏感，你来了这么久，部门就不到20个人，你却连这些细节都观察不到，真要有重要采访，你一定会顾此失彼，搞得乱七八糟。”

小伙子听了点点头，第二天就坚决结束了实习。

三

我刚踏入职场的时候，有整整一年的时间都在做特别琐碎的基础性工作，无非是信息搜集、资料整理。

当时有一起实习的小伙伴，没多久就选择了离开，我却一直留了下来。有人说不枯燥吗？我说不枯燥，因为有很多自己不懂的东西。

第一周上班，编辑看见我起的标题就笑：你是新华社出来的吗？这么明显的“新华体”。如果你是读者，会爱看吗？

第一次采访，稿子被领导打回来无数次，我问她为什么，她说：你这是写给自己看的，不是写给我们的读者看的。

第一次参加大型活动，我写了一篇特别热血沸腾的稿子，被同事批评主观情绪太多：你的冷静和客观在哪里？

你看，就这么一件现在看起来很简单的工作，掰成一个个细节来看，都存在这样那样的问题。

职业生涯起步那几年，真的就是这样发现问题、解决问题的过程——发现一个个问题，然后弥补，然后提高。然后再发现，再弥补，再提高。

当时带我的是一位非常严肃认真的领导，她批评人时从来都不遮着掩着，很多人都特别怕她，因为她总批评人。有一次我被批评后，虽然心悦诚服但也有些不爽，就特别认真地跟她谈这个问题：领导，你总是批评我们，就不怕打击我们的积极性吗？

她的回答我至今记得：如果你做得足够好，我自然不会批评你。另外批评你并不等于否定你，就算是否定，我的否定对你来说也不可怕，外界的否定才可怕！

尽管我早已不跟她共事，但是后来十多年的职业生涯证明，她的话是对的。

那段起步的日子教会我两件事：第一，注意每一个细节；第二，从细节中寻找做成事情的关键。第一点会让你更敏感，考虑更周全。第二点则能让你完成从量变到质变的进化。

慢慢地开始有人说：刀少，你写的稿子总和别人不一样；刀少，你为什么总能碰上一些稀奇古怪的事……

但是现在大多数人做事，第一点尚且做不到，就更别提第二点了。每个人都知道尽全力做事，但是很少有人注意细节，勤动脑子。他们并没有把一件事做到 100 分，而只是把一件事重复做了 100 次。而且，即使做了 100 次，他们也没有总结过这 100 次之间的差异。

不仅如此，稍微碰到一点儿挫折或者来自外界的质疑，他们就会选择放弃。

不过这样也好，这样我们这种人才能最终胜出。

10

于无用处

每个人的成长，无论是内在还是外在，都是非常个人的经历和体验，别人不身在其中，不知其中甘苦；置身事外，却放不下看客心怀，于是就轻易地对别人指手画脚。

如果要评选人类最莫名其妙的问题，“做这个有什么用”肯定能位列仙班。

一

现在回想，我很多离经叛道的行为，都跟一些意想不到的经历有关。

小学三年级时，语文考试开始考写作文。有次期中考试，我自己感觉作文写得还不错。吃饭时，我爸问：“你作文写的啥？”我说：“作文要求写生活中遇到的一件意想不到的事。我写的是养花时弄断了一条蚯蚓，没想到蚯蚓身子断了还能继续活……”

没等我把话说完，我爸就劈头盖脸地把我骂了一顿：“蚯蚓？那是什么上不得台面的东西，期中考试30分的题，写什么不好，偏要去写蚯蚓！写蚯蚓有什么用?！”这顿骂像冷水一样把兴冲冲的我给泼了个透心凉。

然后我就忍不住后悔：对啊，我为什么要写这么不起眼的东西呢？写写别的，是不是会更好？

那几天我心情特别低落，结果等到语文试卷发下来，我发现作文竟然得了满分30分——老师的评语是题材有趣，观察细致，文字活泼。

我把试卷拿回家给我爸看，他扔下一句“我还不是为你好”就不搭理我了。

我人生中第一次发现，原来父母说的话也不一定都对，而我自己的想法也不一定没道理。

二

小学三四年级时我开始给报社投稿。其实也没写什么特别的，就是看到家里订的杂志上面的文章就觉得特别好，心里直痒痒。

那时候给报社投稿如果没有被采用，还会收到退稿信。开始同学们看到我老收到信还觉得挺新鲜的，后来知道我收到的是退稿信他们就开始笑话我。连班主任老师也怕我影响成绩，跟父母说我花太多时间和精力在写文章上。

回家我爸就把我打了一顿，他打人特别狠，不过打得再狠都没他说的话狠：“你一天到晚写这些东西有什么用？能给你挣钱？能帮你考大学？还是能帮你找工作？”

我妈本身就是语文老师，相对之下对我还宽容些，不过在退稿信一封接着一封的情况下也发话了：“我觉得你还是踏实搞好学习吧，别做这些有的没的。”

那时候还没有“兴趣教育”的说法，对绝大部分孩子来说，你只需要学好课本知识，考一个好成绩就行了。

这种日子过了好几年，忽然有一天，我的文章在北京一家影响很大的报纸上发表了，在二十多年前这真不是一件容易的事，顿时我就成了学校的标兵，也没人再说嘲笑的话了。

那篇文章替我“赚”了20元稿费，这在当时算是一笔巨款，大部分被我妈买了带鱼。我跟我爸说：“看，写文章是可以赚钱的。”可我爸已经把他说过什么话给忘了。

三

再后来我又迷上了看武侠小说，金庸、古龙、梁羽生、柳残阳……我都看过很多。有一次在课堂上偷看小说还被老师抓住，被一通狠批。

回家照例又是一顿揍，我爸还是那副论调：“那么多课本不去读，天天读这些书有什么用！”

这时候我已经不像以前那么没有主见了，总觉得武侠小说能让自己插上翅膀飞起来，不像课本只是教你如何老老实实做人，不过自己的确也有一点儿小困惑：“是啊，天天看武侠小说有什么用呢？”

不过很快就有了答案——初中二年级时市里搞了一个规模挺大的知识竞赛，每个队里必须有个学生队员，我们学校就选了我。前几轮还好，没我什么事，都是其他两位老师出力，最后决赛几个代表队比分呈胶着状态，我们和另外一个队咬得很紧。

关键时刻来了一道学生抢答题：“‘天龙八部’是哪八部？”

这个题面一出来，其他几个学校的学生队员都有点儿发蒙，哎哟妈呀，我却跟恶狗扑食一样按响了抢答器：“天龙八部是天、龙、夜叉、乾达婆、阿修罗、迦楼罗、紧那罗、摩呼罗迦！”

其他几个学校的尖子生们估计大部分都没听懂我在说什么，这这这……这都是我从武侠小说里辛苦学来的精华啊！

结果我们得到了那次比赛的亚军。这个亚军也彻底帮我解答了“看武侠小说能有什么用”的问题，不说别的，奖金还有10元钱呢。

四

从那时开始，我便再也不拿正眼看“这东西有什么用”这种问题了。因为我已经发现，这个问题根本就没什么意义，比如我后来不就做到了靠写字挣钱、吃饭、养家吗？

实际上，人生的很多次突破和变化都来自异想天开和周围人的不理解。

2004年开始，我在工作之余写博客，很多人说“在网上写这些有什么用”，那时候网上写东西基本上就是自娱自乐。可是没想到博客会风靡一时，还成就了我的第一本书。到了后来我开始写故事，也有人说“写这些有什么用”，结果同样我网上开了连载、出了书、卖了影视版权。

有一天路过奥林匹克体育中心，我一时兴起去报了个击剑班；还有一天，我看着别人跑步腿痒，一时兴起就开始跑步。然后兴致勃勃地把经过写下来，别人看着看着，总会问一句“这有什么用”，我说这能锻炼身体啊，人家就会跟一句：“除了锻炼身体，还有什么用？”

我无语了，这年头光是能锻炼身体这件事，不就非常值得一做吗？

但凡会引发别人疑问“这有什么用”的，通常都是很个人的事情，比如一个人的兴趣、爱好，有时候甚至只是一时心动。别人不能理解也算正常，可是他们又总会问出这个问题。

五

我总在想，能随时问出“这有什么用”的人，一定善于把生活和工作打理得井井有条、蒸蒸日上吧？

非也非也，事实证明，他们才是过得最一塌糊涂的那种人——看你年少时写文章问这有什么用的人，他的功课未必超过你；看你青年时跑步问这有什么用的人，他的身体未必强过你；看你中年学画画问这有什么用的人，他的审美未必高过你……

经过了这些貌似“没什么用”的过程，你已经腹有诗书、身体轻盈、审美独到了，他们却依然在浑浑噩噩、芸芸众生、大腹便便地腌臢度日。

真的，“有没有用”这句话是甄别一个人“有没有趣”的最好标尺——凡是喜欢问这个问题的人，生活中一定无趣至极；而有趣的人，从来不问这个问题。

说到底，“有没有用”其实是一种特别功利的想法——如果做事一定要以有没有用来衡量，那清风的舒爽惬意、美景的心旷神怡、文字的引人入胜、书画的陶冶情操，所有这些心灵上的收益，能用“有没有用”来衡量吗？

每个人的成长，无论是内在还是外在，都是非常个人的经历和体验，别人不身在其中，不知其中甘苦。置身事外，却又放不下看客心怀，于是就轻易地对别人指手画脚。

经常用这句话来指点自己的，他的人生精彩程度一定有限；而经常被人用这句话来指点的，那祝贺你，你正在变得越来越有趣。

11

书生挣钱

> 没有谁是不爱挣钱的人，每个人都希望自己挣起钱来不是人。
> 但只有很少一部分人，才懂得自己和钱的关系。

一

有一天，一个朋友对我说，现在他就是想多挣点儿钱，但是又不知道该怎么挣：“哥，有什么挣钱快又多的事，一定要告诉我啊！”

我笑说：“有那么好的事，我不会自己去啊，还叫你？”

他苦着脸说：“现在当记者真不像你们当初了，挣钱少，物价高，还辛苦。”我说：“我们那时候钱也不多，你可以多接一点儿活，多写一些字，也能多挣钱啊。”

他说：“那还不是要写字，写字能挣什么钱？”我说：“如果你觉得不满意，换一个挣钱多的工作就是了。”他很郁闷地说：“可是我只会写东西，不会拍马屁，不会钻营，要跳槽的话也没有特长，不知道能做什么……”

他说完这些话我彻底明白了，转脸问他：“你是不是觉得只会写字是件特别不值一提的事啊？”他没说话，但也没否认。

不仅是他，最近这一两年，很多依然在传统媒体行业工作的朋友在深深感受到职业发展危机的同时，也多少流露出了“只会写字想转行都不知道能干什么”的困惑。

前段时间，因为我同时在微博和微信公众号上写文章，他们还会说：“写得挺好的，可是有人付钱给你吗？光靠这个能养活自己吗？如果挣不到钱做这些有什么意义呢？”

这让我想起一句老话：百无一用是书生。

真的是这样吗？

二

我要探讨的问题，不是“富二代”的伸手即有，也不是中彩票天上掉馅饼，那些太少见不适合大多数人——我只是想弄清楚，对于大多数的普通人来说，能不能靠自己的专业挣钱。

对于书生而言，就是靠写字挣钱。

不得不承认的是，同行的疑问并不是毫无根据，当时写文章这件事看上去的确养活不了我——之前我每个月在网上写 10 ~ 15 篇文章，微博打赏收入每月不到 100 元，微信公众号上稍微好一些，每篇收入 100 多元，一个月下来，总计也不到 2 000 元。

每月 2 000 元，听着好可怜。

偶尔我还给一些杂志、报纸写专栏，但是稿费普遍不高，经常两三百元一篇，却很耗时耗力，还多不了多少收入。

听上去真挺凄惨的，如果我没有其他工作，单靠写字这个读了多年的专业，我似乎真的养活不了自己。

三

而我的职业经历也一度显示，写字这件事性价比不高。

我从 1999 年开始当记者，那会儿除了职务作品，还有很多东西因为种种原因发不出来，放着觉得可惜，就扔上了天涯网，之后是文学网站，后来我又开了自己的博客，最后是微博和微信公众号。前后 17 年，写了几百万字，几乎没挣到什么钱。

就算单论薪酬，写字的工作也没什么优势。

我 1999 年进入北京青年报社做记者，一直到 2010 年辞职，之后在亚马逊网、小马奔腾、智美体育工作——这四份工作涉及传统媒体、互联网、影视和体育类上市公司等不同领域，单论薪酬，传统媒体无疑是最低的：很多媒体的部门主任也不过每月挣 1 万元出头，而在后面几个领域的大公司里，普通员工也能达到这个收入水平。

所以对写字这件事的轻视并不只是媒体中人才有——离开媒体后，我依然保持了在业余时间写字的习惯。有时候工作特别忙，但一写东西我整个人就都放松了——是的，对有些人来说，下班了喝酒、泡吧才能休息；而对书生来说，下班后看书、写字就是给自己最好的心灵按摩。

但并不是每个人都能理解，比如我的前老板就曾很不以为然地说："你还有工夫在网上写文章，说明你的工作状态还不够满。"

啊呸！

不怎么挣钱，又得不到尊重，这种事做起来还有什么意义？

四

那就纯当个人爱好吧——用其他工作的收入来养家，用空闲的时间来写字。

我这人缺点有一堆，优点只有一个，那就是能坚持：工作是这样，运动是这样，看书写字也是这样。挣钱少也没关系，只要我喜欢，所以我在网上一写就是十多年，从来没有停过。

用文字叫嚣东西挥突南北，对憋在城市里辛苦打拼的人来说，权当是做个开心的梦吧。

所以当微博管理人员邀请我开付费阅读功能的时候，我并没太在意：当时都没几个人打赏，让人花钱阅读，更没人愿意了。

第一篇文章发出去之后，我漫不经心地去吃饭了。吃完饭回来一看傻眼了：我收到一堆的购买提示，不仅有单篇、包月、包季的，还有花了几百块包年的……第一篇文章一共 33 人购买，订阅收入 1 300 多元。

四天之后我发出了第三篇文章，刚发出去订阅人数就超过 200 人，收入达到了五位数——这个数字已经大大出乎了我的意料，我的文章在微博付费阅读非财经、股票、彩票类文章中也名列前茅。

微博方面问我："这个数字可以公布出来，带动一下其他人吗？"他们说，出于种种原因，很多写作者都不愿意公布收入情况。我想了想，同意了——靠劳动光明正大、堂堂正正挣的钱，有什么不能公布的？

公布之前我写了一段话："在很多人眼里，挣钱是一件痛苦的事，需要钻营、不择手段，而读书、写字则让人清贫。我只是想试一下，在现在这个时代，认真写字还有没有让自己踏实的未来。事实证明，是有的。"

结果我的朋友圈先"炸"了，连之前一直对我在网上写文章这事不以为然的同行都表示很吃惊。微博官方公布我的收入情况后则有人留言说："能让写作者靠写字体体面面地赚钱，是社会的进步。"微博官方转发时加了一句："只要认真地坚持做好一件事，都能体体面面地把钱赚了。"

深以为然。

五

好玩儿的事还在后面——

我跟文章开头提到的那个向我诉苦的朋友说过付费阅读这件事："看吧，写字真的不是谁都会做的一件事。"他想了想却说："那是你的粉丝多啊，我又没有粉丝。"

我说："我的粉丝也不是一开始就有的啊，一天天积累起来的。"他说："那你用了多长时间积累到现在的规模？"我说："从微博推出那天到现在，七年。"他白了我一眼。

现在他还天天在朋友圈里喊穷。

我所在的一个媒体人微信群里面有几百人，经常有一波依然在传统媒体行业工作的同行扎堆儿抱怨工资低、挣钱少，其中不乏文章写得很不错的人。有一天我说："你们可以尝试付费阅读啊。"他们的第一反应却是："付费阅读，有人愿意读吗？"

我贴出了我的文章订阅记录："只要你认真写，是有人愿意为好的内容埋单的。"他们一看我单篇文章9元、包月50元的价格，居然说："天，这也太贵了吧！"

我说："如果你都看不上自己的文章，它当然没价值。如果你付出了心血和精力，自然就不会看不上自己写的东西，再说，决定你的文章是否有价值的，并不是作者自己，而是读者。"

他们又说："像你这样能折腾的人有几个啊，我们都是普通人。"

我心想，我才是真正的一步一个脚印往前走的普通人，你们是只知道羡慕别人然后抱怨却又不付诸行动的苦命人。

但是我没再说话，他们也依然天天在群里抱怨。

真的，最看不上写字、看不上自己专业的，其实是传统媒体人自己吧。在这个行业里待久了，什么都希望别人给自己安排好，恨不得稿子都是别人写好了直接署上自己的名字，想写怕累，不写又觉得穷，时间一久，越有才华的人越容易堕落，越堕落越爱抱怨。

这个命，是他们自己找的。

六

现在我在微博上的付费阅读已经有上万个订阅用户，单日最高订阅超过了 11 000 元。我曾经担心的无人问津的情况并没有出现，相反，订阅数还在快速增加。

这七个多月里，我一共写了超过 100 篇、50 多万字，就连这本书中的很多内容，也是从付费阅读文章而来。

而文章的包月费用也早就从 50 元涨到了 88 元，我每个月依然保持 12 ~ 15 篇的节奏，但读者依然在增加，总订阅费用已经超过 50 万元，而这些变化仅仅发生在几个月的时间里。

这件事真的让我很高兴——虽然未来我不一定靠付费阅读来挣钱养家，写作也未必是我以后唯一的工作，但是这至少证明了，一个喜欢写字的普通人，没有背景和人脉，也依然可以靠专业养活自己，给自己一个体面的生活。

而且只有这件事能被我完全把控，不用看任何人的脸色。

至于下面这些经常被提起的原因，其实都是扯淡：

别说我的粉丝多——2002 年天涯时代我在写，那时候谁也不认识我；2004 年博客时代我在写，那时候几乎无人阅读；2009 年微博时代我在写，那时候也几乎无人关注；2012 年微信时代我还是在写……

没人能保证自己的步伐一直迈得那么准，我唯一能保证的就是一直走下去。

别说我的粉丝爱花钱——免费阅读时读者尚且会评论几句，这人写得好或者不好，更不用说付费阅读的人。人在花真金白银的时候，要求是最高的。我的读者经常是花了几块钱读一篇文章，然后才去包月。如果觉得文章不好，直接走人，他们最看重的是文章的质量。愿意为文字花钱的人，一定是对生活和精神有要求的人，如果你给不了他们想要的东西，别说钱了，白眼都懒得给你一个。

别说我赶上了好风口——在过去几年中，无数的人跟我说“你怎么还在玩微博啊，这个平台已经不行了”。也有人说“你还写字呢，应该玩视频、玩直播”……风口、环境、平台当然重要，但更重要的是认真做事。对认真的人来说，在普通的平台上也能做出好东西；对不认真的人来说，在顶尖的平台上也成不了事。

所以，最关键的问题还是，对喜欢的事或者专业，你们认真做了吗？有没有用心？有没有坚持下来？那些天天在群里抱怨新媒体威胁的同行，除了抱怨什么有用的事都没有做，哪怕只是尝试。

不凡的才华、出奇的想法、靓丽的文笔，哪个书生没有？但认真、用心和坚持，却真不是谁都有的。所以挣不挣钱这事，跟是不是书生真没多大关系。

好了，不说了，挣钱去了——我们书生都不是爱钱的人，但是我们书生爱起钱来都不是人！

12

职场要做“贵”人

很多时候贵的才是最省钱的……少数人明白的道理，大多数人未必懂。

一位年轻的朋友跟我说他苦于跟同行竞争总是吃败仗，而更让他郁闷的是，他觉得自己总是输在价格上。

同样一个项目，他在前期准备、方案策划、执行细节上都比竞争同行做得好，报价也只是在成本之上增加那么一点点，按理说价格已经很合适，但竞争对手总能报出更低的价格，低到他难以企及，因此他最终败下阵来。

每次他追着标主询问原因时，对方总是说：“对不起，你们太贵了。”

这样的情况一而再，再而三地发生，工作两年时间里，他已经记不清有多少次吃同样的亏，因为总是竞标失败，他的收入也一直不高。

他有些后悔地问我：“我是不是也应该降价，让自己显得不那么贵？”

可我的经验告诉我，在职场要争取做“贵”人。

一

很多年以前，那时候我刚工作不久，有个项目几个部门都感兴趣，大家各自提方案，由领导拍板。

我特别认真地做了准备，把项目的市场前景、策划方向、优劣分析做得特别充分，然后加上执行和预算方案交了上去。

提案那天大家的东西一亮出来，我发现别人做得都特别简单，几乎只有直接的执行方案，预算也明显比我报的低很多。但是再仔细一看，因为没有经过前期充分论证，那些执行方案都显得过于粗糙，这么一比较，我的方案比他们好多了……

然而结果却狠狠地打击了我，领导只是简单翻了翻我的方案，最后都没怎么仔细询问，就选了我的一位同事做得很一般的方案——这和那个年轻人遇到的情况几乎一模一样。

我当时挺不服气的，追着问领导："是不是因为我的方案费用比较高？但那已经几乎是成本线了啊……"

领导说："这不是钱的问题，是我根本不需要这么做。"

我那时候真年轻，并没有马上听明白领导的意思，居然还追问了一句："但是这样做明明要比您选的那个更好啊？"

领导没有生气，而且特别和善地告诉我："你的方案的确不错，不过要全部完成起码得两个月，而现在我们只是想做一个月度规模的、普通的项目，如果用你的方案肯定不行啊。"

等后来我真正进入商业经营领域，才意识到领导说的其实就是很简单的四个字：客户需求。

二

那次经历并没有改变我做事的习惯，每次有类似的机会，我还是会和之前那次一样很认真地做准备，因为总是会想，万一这次需要的就是这样的方案呢？

但这也仅仅是想想，我的这些准备没有一次被选中。后来领导也不想解释了，直接说："因为你的报价太高了。"

还有同事曾经很委婉地提点我："其实领导需要的不用这么周全，只要对付着能完成就好，你做得……有点太过认真了。"

那是我第一次听说，原来做事认真也有问题。

后来我转行到影视领域，有一次和很多家业内同行竞争同一个项目。这个客户我们从来没有合作过，我还是按照以前的习惯，按照对方要求准备得非常充分，每个细节都不放过。但可能是之前有过太多类似的经历，我对这个项目并没有抱什么希望，特别是预算成本，我知道我们比其他几个竞争公司的报价都要高出不少。

最后开标，结果却是我们公司中了。对方负责人会后跟我碰面的时候说："我不关心预算，我只关心花这些费用能达到的效果。"

那次合作之后，对方成了我们的长期客户，合作了很多影视项目的宣发工作，有些还成了票房"爆款"。那位负责人不止一次地对我说："你们的报价真不低，但是效果的确都不错，因为预算能带来预期效果，我们还是觉得很值。"

他还说，有一次因为预算紧张，他们找了一家报价低的公司，结果不仅效果大打折扣，中间还出了很多问题，他们不得不再拿出一笔钱来补救。加上补救的钱，他们的花费甚至超过了原先的预算，这才是得不偿失。

这时候我才意识到：哦，原来不同时期的客户需求是不同的。

三

在影视公司工作了一段时间后，我开始参与公司更多项目的深层次工作，一次会议给我留下了特别深刻的印象。

那时公司上马了很多新项目，需要确定项目制片人。制片人关系到整个项目的整体架构和收益预期，是个非常重要的角色。其中一个项目有两位人选，听上去资历、经验等各方面情况两人都差不多，也都挺年轻的，但是一位叫价很高，足足是另一位的两倍。

那个会议的最终决策者是集团董事长，他在之前已经听取了双方的详细介绍，也和两方负责人先后碰面做了详谈。因为两人看上去不分伯仲，所以有同事倾向于选择报价低的那位——这个候选者甚至在自己的报价基础上做了一些退让，而报价高的那位却不愿意在价格上做任何让步。

最后的结果出乎大多数人的意料：董事长最终选择的是报价高者。

后来我曾跟董事长请教过这个问题，他说得非常简单扼要："××的报价虽然高了一些，但他考虑的东西可比另一位多多了，他的价格高，主要是贵在了一些看不见的东西上。"

董事长的话在我后来与这位报价高者的亲身接触中得到了证实。那位制片人虽然年轻，但是非常有头脑，也很聪明，把项目策划、制作、宣发几个阶段的工作做了特别周到细致的准备和安排，很奇怪，原来经常"打架"的几个部门这次居然没有闹别扭，协调过程很顺畅。

最后，这个最晚定下来的项目反而最早杀青。财务复核的时候还发现，由于调配精确得当，光是这其中节省下来的各种剧组费用，就远远超过了这位制片人多出来的报酬。

对，很多时候贵的才是最省钱的。

四

回到文章开头那位年轻人身上，有两个关键点：

一、年轻人多做些准备有问题吗？没有。但是他面对的客户需要他的那么多准备吗？未必。

就像我刚开始做的那些策划，如果每个都采用，那领导会疲于奔命，而他想要的只不过是一个执行难度不高、能不断积累基础经验的日常方案而已。杀鸡用不上宰牛刀，这种情况在一个人工作初期或者一个企业发展初期特别常见。

二、这种情况在什么时候会改变？当然是你晋升到更高级别的时候。

杀鸡不用宰牛刀，但真到了杀牛的时候呢？很多人都会有感觉，工作到五年以后，你面临的要求、压力和之前会有天壤之别。这时候如果你还是只有杀鸡的心态和技艺，你就永远杀不了牛。

你刚工作两年，做项目准备得很充分，并没有什么问题，问题只是在你现在这个层级需要面对的客户并不需要你这么认真而已。但这绝不是说，你的这份认真是错的，应该被替换掉。

放心，等你慢慢晋升到更高层级你就会恍然发现，原来这里才是我应该来的地方，就像鸭子永远是鸭子，而丑小鸭其实一直是白天鹅——只是看你能不能坚持到那个阶段，坚持到那个不在乎价格、只在乎价值的阶段。

所以他面临的问题并不是价格高低，而是有没有晋升到信奉“贵的才最省钱的”那个阶段。

这事没人能帮你，只能靠时间和磨炼。

五

真的坚持到了这个阶段，你才会意识到，过去那么多打击，相比你可能得到的收获，简直不值一提。

首先你会发现，之前经常“光顾”的挫败感会一扫而光——我曾经负责的那个团队，每个人做事都比较认真，某个项目我们不参与则罢，要参与的话就一定会做好，而且我们总是能做出比竞争者更好、更独特的东西来。

在任何一个行业，发展到一定阶段，拥有独特的优势，都会成为你的撒手锏。

是的，我们的价格的确很高，但价格是看得见的，而很多东西是看不见的——比如智慧投入、情感付出和避险经验，我们贵就贵在别人看不见的地方。

如果哪个客户觉得这些不值钱，那也是因为他们还没有提升到这个级别，多给他们一些时间吧。

另外的收获就是，在这个阶段，你会惊喜地发现自己拥有了定价权——就像那个制片人，他的价格是同行的两倍，而且根本不“降价”，却依然获得了合作方的青睐，片约不断。

他曾经跟我聊起以前的经历，差不多有十年的时间，他都处于别人的否定和质疑当中，其中很大一部分就源于他的“贵”。

他说：“我不偷工减料降低成本，我不吃拿卡要中饱私囊，我不拆东补西赚取差价，我就是靠头脑把别人挠头的事情组合在一起，做得漂漂亮亮的。以前和小公司小项目合作，举步维艰。但跟大公司开始合作后，却如鱼得水。”

很多投资方希望跟他合作，在普遍超期、超预算的影视行业，他负责的项目却经常提前杀青，他的确贵，但在合作中，他也最省钱，倒不一定是节省了多少成本，光是他节省的时间对投资方来说就难以估价——是的，当你的合作方不在乎钱的时候，比钱还值钱的就是时间。

六

但为什么那么多人会混淆价格和价值之间的关系，把便宜和昂贵经常当作他们唯一的判断标准？

这经常让我想起关于父亲的一件往事——

初中的时候我买旱冰鞋，那时候条件远不如现在，父母给的零用钱并不多，所以我花钱很谨慎。两双旱冰鞋颜色、款式、品牌其实都差不多，有区别的只是价格：一双 45 元，一双 20 元。

因为两双鞋看上去差不多，我不知道怎么选，这时父母等不及就过来找我。父亲把那两双鞋拿过去，翻来覆去看了半天，然后发话，买那双贵的吧。

我觉得有点不理解，却听父亲说："这两双鞋在看得见的地方的确差不多，但在看不见的地方不一样，这双鞋底有个隐藏的刹车缓冲装置，还是全铜的，比较安全结实，那双鞋却没有，这鞋贵就贵在这个看不见的设计上。"

父亲做了一辈子质检工作，目光如炬。他说得很对，这双旱冰鞋陪伴了我很多年，一直到我上大学还能滑。而一个同学跟我前后脚买了一双 20 元钱的，用了一年就出现了问题。

但在 20 多年前，45 元钱真的不便宜，我曾经问过父亲："这鞋的好处别人又看不见，那谁会买它呢？"

父亲回答说："对你这样一个随便滑着玩的人来说是这样，但是对那些经常滑的行家来说可不同。"

他当时说的两句话我至今还记得：

大部分人只是滑着玩，但滑出成绩的只是少数。

所以，少数人明白的道理，大多数人未必懂。

13

年终奖后说“拜拜”

我做事情一直就是这么认真和投入，要不然就不做，要做就做到最好。这是对工作的要求，也是对自己的要求，其实跟钱多钱少没什么关系——我在一个月挣800元的时候是这样想的，一个月挣2 000元的时候也这样想，年薪过百万的时候依然是这样想，所以才会有今天。

一

2017年春节前发工资的时候，我给小麦账户里转了一笔钱。转完账后，我给小麦打了个电话。听得出他很高兴：“刀哥，我收到钱了，怎么这么多？是年终奖发了吗？”

按照最初的约定，年底我会多发一个月工资作为小麦的年终奖。但是这次转账，我给他多打了两个月的工资。

我笑笑说，就算是吧。

他听了特别高兴，连忙说太好了。

之后的小麦一反常态：拖了很久的结案报告在我转账的第二天就交了；一直说写不出来的宣传文案也很快写完了；另外我还收到他的一封邮件，附件是两个多月前我安排给他的一个项目分析方案，当时他一直嘟囔说写不出来……

收到邮件的第二天早上，我给小麦打电话，他很开心地说："刀哥，东西你都收到了吧？"

我说："收到了，今天是工作室年前的最后一个工作日，我正好有件事想跟你说。"

小麦停了一下，有些警觉地问："什么事？"

我说："春节以后我这边工作会有变动，人员需要做调整，所以你可以去找更好的工作机会了。"

小麦语气当中的高兴劲儿瞬间就消失了，他沉默了一会儿才问我："刀哥，你是生气了吗？"我笑笑："没有啊，我只是觉得节后我们都可以去找一些新的合作机会。"

小麦说："既然你没有生气，为什么不继续下去呢？我觉得我现在的工作状态还挺好的。"

我想了想，决定实话实说："我没有生气，是因为我已经过了为小事生气的年纪，我更愿意把时间和精力用在做事情这个过程上，但是这并不意味着我对你的工作是满意的。另外，我希望你这种对工作状态的满意，并不是因为其他因素，而是从一而终的。"

小麦忽然觉得有点儿委屈地说："刀哥，这个决定没法改变了吗？"我说："是的，所以我们都向前看吧，没准以后还有合作的机会呢。"

放下电话，我松了一口气，这话总算说出来了，终于轻松了！

二

说起小麦，真是一个有故事的年轻人。

那是一个夏天，因为筹备中的新项目会涉及大量的文案工作，同时公司事情多，我怕忙不过来，就想着再找一个助理，专门负责文案。

文案工作其实相对简单，不用坐班，只要能够按时完成任务就好，难度并不大，所以我觉得找个兼职人员就成。于是，朋友就向我推荐了小麦——小麦在北京一所大学读研一，是文科专业，文笔不错，人也年轻肯干。他说自己正想找个兼职锻炼一下，顺便挣点钱。

第一次约小麦见面的时候，我觉得他挺聪明的，年轻又思维活跃。

我跟他大概介绍了一下工作的内容和范畴：每周开一次工作会，分发资料后按照项目进度和要求，每周交两次文案，除了工作会外其余的时间都不用坐班。

“确定不用坐班，在学校就可以写是吗？”他觉得各方面都还挺合适的，一再跟我确认。

我说：“是的，这种项目并不难，只是需要一定的逻辑思维能力和文字基本功底。”他一听连连点头：“好好好，这个很适合我。”

最后我问他预期的兼职薪水是多少，他说希望能够不低于 3 000 元，另外希望年底多一个月的薪水作为年终奖。

兼职毕竟不是正式员工，之前我并没有想到年终奖这一项，但是既然他提出来了，我觉得算是给年轻人一个鼓励，考虑了一下也就同意了。

之后的一段时间，小麦一直在跟着项目组继续这份兼职工作。

开始还一切顺利。和大部分“90 后”一样，小麦思维非常活跃，观察也很细致，有些时候还经常提出一些我们忽略掉或者没太注意的问题，让人惊喜。正因为这样，当他的工作第一次出现问题的时候，我们谁也没有想到。

当时是在做项目某个场景的背景文案，小麦头脑灵活，笔头子又快，很快就写了出来。写完之后他自己觉得特别满意，兴高采烈地拿给我看，我看了看，觉得真挺不错的，还在会上表扬了他。

三

人算不如天算，没过多久，因为项目内容的调整，这部分的场景被删除，我们需要按照新的内容重新做文案——做过内容创作项目的人都知道，这种情况其实非常常见，有时时间紧张甚至需要在很短的时间内改上几个版本。

但当我收到小麦负责部分的新文稿时，我愣了一下，问他："这是你重新写过的吗？"小麦支支吾吾不说话，后来才告诉我，他觉得之前那份东西是他非常认真写出来的，就这么荒废掉太可惜，所以他把之前写的掐头去尾，名字替换了一下又交回来了。

我听了又好气又好笑，虽然他的心情可以理解，但是这样一篇没有做大的改动的文稿，跟新的场景设定内容明显不符，结果上一次还被大家交口称赞的好文案，这一次却成了明显的伤疤。

我让小麦重新写，他却不愿意。我问他为什么，他嘟囔着说："这种推翻太轻易、太不尊重他人的劳动成果了！"——这是"90后"的另外一个特点：当他们心里不认可什么的时候，他们也基本上不会绕弯子，或者像"70后""80后"那样先做了再说，反而会特别认真地跟你争执。

对小麦的这种反应，我完全能理解，因为我自己也是从那个阶段过来的——只不过，我告诉他，这种推翻并不是无缘无故的，而是根据整个项目的需要做的新安排，并不是不尊重任何人的劳动，而是要做出更好的劳动成果。

在我心里，还有一句话没有说出来：大家之所以觉得那个文案不错，是站在你初出茅庐的水平上来衡量的，并非无可挑剔，尤其是整体结构和谋篇布局还不够完美。

但是小麦对这些话完全听不进去："我觉得之前那篇真的挺好的，就不能试着用用？"我摇头："不行，必须修改！"

没想到小麦脖子一梗："我不改！"

小麦的拒不合作让人非常头疼。一直等到交稿截止日期前的最后一天，他还是坚决没改，却把其他的东西写得无可挑剔。

我心里也很不高兴，但是为了不耽误整个项目的进度，最后是我自己把这部分文案全部改写了。

四

这件事之后，我便开始担心小麦的工作状态——因为作为从事内容创作工作的人，经常要不断地面临各种场景的推翻重来以及方向调整，所以文案的重写是司空见惯的事情。更重要的是，只要改出来的东西更好，那一切辛苦和付出都是值得的。

说起来小麦承担的只是很少的一部分工作，难度也最小，毕竟他只是兼职，但是我还是能够明显地感觉到，他对这种需要不断打磨的工作方式抱有不一样的看法。

类似调整做到第三次的时候，小麦终于忍不住了，当然他不敢对我怎样，而是跑去对负责项目协调把控的同事发了一通脾气。

那个同事也觉得很莫名其妙：你一个兼职的小屁孩，该做的工作没做好，还跑来跟我说这些莫名其妙的话干什么？三下五除二人家就把他怼了回来。

小麦又一肚子气地来跟我抱怨，说大家瞧不起他。

说实话，我除了好言安慰之外，心里也在纳闷：小麦的心理素质也太差了吧，为什么这么在意别人对他的观感和看法？

后来聊天当中我听小麦提到一句，他原来高考的时候是市里的文科状元，他一直对自己的专业能力非常有信心。“再说了，我现在做的就是一个兼职的文案工作，这个工作对我来说虽然谈不上手到擒来，但也不应该这么苛刻啊。”

听了这话，我没有继续让小麦说下去：“小麦，我觉得工作就是工作，没有兼职和不兼职的区别……”

“可是这就是一份兼职工作，我还是一个学生。”

我非常淡定地看着他：“你的确是一个学生，这个工作对你来说也的确是一份兼职，但是我付你的钱是假钞吗？”

小麦不说话了，在旁边嘟囔了一句：能不能不要什么事都提钱。

以上都是发生在我们之间的真实场景。

五

通过工作上的观察，我发现小麦的确是个心直口快的年轻人，有什么都说出来，但是他说的话通常都是站在自己角度考虑的，很少站在项目和团队的角度去想问题，这会让人觉得心里格外不舒服。

还有一个问题是，小麦在做事情的过程中，总会习惯性地按照他自己觉得最轻松、最简单的方式去完成，而不是按照对项目更有好处或者效果更好的方法去做；而且一旦你提出修改意见，他就格外不愿意。

有好几次我针对一个文案提了详细的修改意见，到了规定应该交的时间，他却迟迟交不上来，如果我不催，工作就经常会被拖很久。

我觉得很奇怪，直接问小麦：“你是不是不喜欢做这份工作？”他说不是，这个工作他挺喜欢的，一是专业相关，二是有很多前辈带着他，他觉得能学到不少东西。

我说那你为什么每次都会拖？他有些不好意思地说，总觉得自己原来写得挺好的，再修改没有意义。

……

说真的，工作到一定阶段后，我实在不想花太多的时间浪费在说服人身上，但是又不能对这种合作上的磕磕绊绊和同事的颇有微词视而不见，差不多到第三个月的时候，小麦的问题越来越明显，连团队的人也不想再跟他有什么交集了，于是我决定换人。

小麦似乎觉察出了什么，突然变得勤奋起来，对大家提出的修改要求不再争执，也不再发表不同意见，我每次提出修改意见后他都很快调整完毕。

说实话，小麦还是有一定的专业技能和文字功底的，一旦他不再争执，而是把精力和注意力全部集中在工作上，反而做得又快又好。

看到他的这种转变，我犹豫了一下。就在犹豫的时候，他本人也再三表示非常愿意继续这份兼职——他自己也说过，作为一个还在读书的学生，不用每天来坐班，只是写写东西，每个月就有 3 000 元的收入，条件还算是不错的。

另外他还说，参加这个项目，和一群职场老人讨论，对他分析和整理问题的逻辑也是很好的锻炼，这也是他在学校里学不到的经验。

看到他的这个态度，我考虑再三，最终还是打消了换人的主意。

六

这个决定刚做不久，就又发生了意想不到的变故——因为行业整体市场发生变化，投资方决定把这个项目先暂停一段时间，小麦顿时没了具体的工作。

为了让他不觉得心里别扭，我让他参与到另一个内容项目工作中。这个项目当时还没有正式开始，主要是做前期资料整理和编辑工作——这其实是我的另外一位助理在做的事，这个助理做得很好，但我把具体情况跟他说了之后，他对小麦的加入也表示欢迎。

我们还是每周开一次会，但会议的内容变成了新项目的前期准备总结和落实。会上，我们会对之前一个星期的同类项目进行汇总分析，同时对近日一些比较热点的事情进行讨论，确定哪些话题是可以融入项目内容的、哪些话题是不需要写的。

因为我对项目内容的要求比较苛刻，而且形成了一定的写作风格和方式后便很难改变，所以我自己承担了大部分的工作，对他们两人要求更多的是数据汇总以及归纳总结。但是就算这样，小麦和另外那位助理之间也产生了明显的矛盾。

比如，本来我安排每周的数据汇总工作由小麦来做，而归纳总结还是由另外那位助理做，但小麦经常以自己对数据不敏感、不知道怎么分析为由，把这个工作推给原来那位助理，每次汇报的时候却都是自己来，还说得头头是道。

有一次，另外那位助理忙不过来，就让小麦帮忙完成项目总结工作，没想到小麦却不愿意，说："这就是你的工作，凭什么让我来做？"那位助理无奈，只得自己做了所有的活，小麦成了甩手掌柜。

当时我对这种情况一无所知。一个月要过完的时候，我跟那位助理聊起他跟小麦的合作情况，他很不满地嘟囔了几句，我才知道这种情况。

我去问小麦，小麦却说之前他是做一个项目的文案整理工作，现在又让他做另一个项目的工作，他非常隐晦地跟我讲："刀哥，我觉得工作量有点大……"

我听了又好气又好笑，他一直不用坐班，之前项目的文案工作暂停，现在就只是每周来开一次工作会，项目的所有前期资料整理和汇编都是另外那个助理完成，他什么都没做，为什么还会觉得工作量太大？

七

因为这件事，我非常严肃地批评了小麦。我说："小麦，你还这么年轻，工作上为什么这么不努力？"万万没有想到的是，小麦漫不经心地说："刀哥，你挣多少钱，我才挣多少钱？我们的努力程度当然不同了。"

这虽然是我经常从年轻人嘴里听到的一句话，但从小麦嘴里说出来还是挺让我意外的，毕竟他前不久还在跟我说他要努力做好这份工作。

我跟小麦说，其实我做事情一直就是这么认真和投入，要不然就不做，要做就做到最好。这是对工作的要求，也是对自己的要求，其实跟钱多钱少没什么关系——我在一个月挣 800 元的时候是这样想，一个月挣 2 000 元的时候也这样想，年薪过百万的时候依然是这样想，所以才会有今天。

但是小麦还是有点漫不经心，似乎没听进去。

再后来我就没有让小麦再参与这个项目的前期工作，我让他为工作室的一些对外项目撰写结案报告，其实就是对一些已完成资料的编辑整理工作，没想到小麦还是完成得拖拖拉拉。

有时我实在忍不住批评他，他还会梗着脖子跟我又臭又硬地顶嘴。我忍不住感叹："现在不过是兼职你就这样，以后真正工作了，还不做得乱七八糟啊。"

他不服气地说："对啊，现在不过是兼职，等以后正式工作了，肯定会做得比这好得多。"是的，每当在工作当中出了问题，他就会拿兼职来说事："这不过就是一份兼职"、"现在才只是兼职"、"我挣的就是兼职的钱"……

可是兼职都做成这样，我很难相信小麦以后正式工作了他会做得有多好。

八

后来我就懒得再说了，想着反正也快到年底了，年后不再用他就是。

结果那天小麦忽然问我年终奖的事，我跟他半开玩笑地说，你工作的时候不认真，提年终奖的时候还挺积极的。小麦顿时就变了脸色，说这个是我们之前说好的呀，你不能骗人啊。

我听了笑了笑，没再继续，有些话聪明人听一遍就懂，而有些人表面看着聪明，心里却分不清轻重和好坏。

元旦之后没多久，小麦学校就要放寒假了，在放假之前我给小麦多打了一个月的工资作为年终奖，小麦很高兴。

年终奖发下来后，小麦的工作态度一下又产生了很积极的变化，就像文章开头说的，他把之前拖延的好多东西很快就交上来了　这让我忍不住苦笑，这个年轻人在想什么呢？

终于跟小麦说出了春节后不再用他的决定，我心里一阵轻松，但是这轻松持续了不过 20 分钟，我忽然接到了一条超长的短信。短信是小麦发来的，主要表达了两个意思：第一，他觉得自己做的对得起他挣的这份钱；第二，他觉得我对人对事要求太苛刻。

末了，他说，还是想继续做我的助理。

噗。

第三章

爱情黑白配之黑

14

不贞者

> 从大姨经历的事情我开始怀疑：那些所有以贞洁为出发点的人品要求，都是扯淡。

一

曾经有很多年，家里人不能在父亲面前提大姨的名字。每次提到，他都横眉竖眼地说："那个品性不好的女人！"

因为父亲的态度，曾经亲密无间的两家人，在十多年的时间里基本断绝了来往。

但我还是会经常想起大姨。每次一想到她，我脑海里就会浮现出一张笑意盎然的脸，哪怕是在冬天，我也能感受到她的温暖。

大姨是母亲的表妹，在兄弟姐妹中，就属她长得最漂亮，身材高挑、五官精致，笑起来还有一个浅浅的梨窝。

因为在家里排行老大，下面还有几个弟弟妹妹要照顾，所以大姨从小就心思周全细致。有一年父母因为工作忙无暇照顾我，暑假的时候就把我扔到大姨家。

"大姨，我饿了，要吃饭！"

大姨钻进厨房，没多久就端出了热腾腾的饭菜。

“大姨，我口渴，要喝水！”

大姨就会把早就晾好的白开水递过来：“给！”

“大姨，这道题我不会做！”

大姨就赶紧过来看，每天带着我“干掉”那些让人头疼的作业。

每次跟舅舅们玩水回来，也是大姨督促我洗澡、换衣服；晚上睡觉时，也是她给我讲各种故事；偶尔我不听话，她还会给我屁股上来一巴掌……

就算过了这么久，那个夏天的情景居然还这么清晰地留在我的脑海里。

大姨的父亲，也就是我舅公，是军人出身，身材挺拔、气宇轩昂，在子女教育方面相对传统且严格，但这并没影响到大姨，她是出了名的性格开朗，为人也很和善。那时镇上有一个衣衫褴褛的流浪者，别人都嫌弃他，避之唯恐不及。只有大姨，每次见了他都会去厨房里给他拿点儿吃的，再给他倒一碗水。

那时候，大姨是镇上很多年轻人仰慕的对象。每当她收拾利落，走出大门，她那亭亭玉立的身影总会吸引几双热烈的目光。

终于有一天，镇上一个喜欢给人做媒的阿姨满面堆笑地敲开了舅公家的门。

“我真是无事不登三宝殿，不过这真是好事儿！”她拿出一个小伙子的照片，对着舅公口若悬河地说了半天，舅公听了，不动声色地说：“这事还是听她自己的吧。”

等阿姨走了，舅公把那小伙子的照片放到大姨面前。

大姨一点儿也不扭捏，扫了一眼照片，扑哧笑了：“咦，这人长得好像‘地包天’啊……”舅公看了她一眼，慢悠悠地说：“这种事吧，不能光看长相，男人最重要的是人品，长相不要紧。”

大姨抿了抿嘴，冲着她爹狡黠地一笑：“那也得先合适，长相才不重要吧。”舅公一听这话，也忍不住露出了笑意：“真是女大不中留！”

二

那时候还是20世纪80年代，改革开放没几年，社会风气远不如后来那么开化，更别提什么互联网和社交媒体了，年轻人跳跳交谊舞、穿条喇叭裤就已经算是前卫出挑的了——虽然可以自由恋爱，但是奈何年轻，并没有太多认识彼此的途径，到家里来给大姨提亲的，都是附近的青年，不出所料，大姨通通都没看上。

有一天我正在做作业，忽然听见舅公和大姨在外面聊家常。舅公问："闺女，你究竟想找个什么样的啊？"

我竖起耳朵，只听大姨说："反正不想找这镇上的，这里太小了，人在这里待着眼界都不开阔。"

"可是外面的人那么多，去哪儿找眼界开阔的呢？"舅公小声嘟囔着。

大姨又笑了："没合适的就不找，反正我不急。"舅公瞥了她一眼："你不急，我急！"

暑假过完，父亲来舅公家接我，被舅公留在里屋关上门说了半天话——他想托父亲在他的单位给大姨物色一个合适的对象。

父亲想都没想就答应下来了。

父亲一直在军工单位工作，这种单位历来男多女少，所以他觉得这根本不是个事。"厂里未婚的好小伙不少，肯定没问题！"他拍着胸脯跟舅公说。

舅公听了心里的石头也落了地，这种单位的人眼界肯定和小镇上的人不一样，更何况在那个时代，军工单位还是稳定和长久的象征。

舅公告诉父亲，他对未来女婿的要求就一个：人品要好，其他不求。

父亲一个劲儿地点头："当然，人品一定是第一位的。"

没过两个月，我便在饭桌上听父亲和母亲说起准备介绍给大姨的对象——真看不出，我那看着老实、木讷的父亲还真在单位里给大姨找了个小伙子，对方是个技术理工男，长相一般，但人很老实，在家里也是老大，各方面评价都不错，也符合舅公对女婿人选的要求。

但那天也不知道怎么回事，我一听见那个叔叔的名字，想想他的样子，又想想活泼漂亮的大姨，本能地插嘴说："他们不合适吧。"

父亲听见愣了一下，抬手就在我脑袋上敲了一记头栗："你个小屁孩乱说啥？你懂什么！"

我嘟着嘴，心想我才没乱说。大姨的性格开朗外向，喜欢读书、写字，是典型的文艺女；那个叔叔人闷得如同化石，而且听说脾气还特别倔。这俩人无论从什么角度看好像都不是一路人。

我爸是个特别粗糙的人，他瞥了我一眼："这事得你大姨自己决定，你别乱插嘴！"

后来我爸便安排大姨来家里跟那叔叔见面。

"大姨，你觉得他怎么样？"那天的见面后，我趁爸妈没注意，偷偷问大姨。

大姨笑了："你……这也懂？"

我说："我不懂，所以才问你啊。"

大姨脸带笑意："我觉得他人还不错，可以再多了解了解。"

三

但实际上这事并没有像大姨所说的"再了解了解"，反而进入了让人意想不到的快车道——大姨和那个人从确定恋爱关系到最后结婚，一共不过几个月时间而已。

现在再想想，可能这也是那个时代的特点吧，虽然已经改革开放了，但还不算彻底。很多婚姻就是你看看我，我看看你，彼此觉得没啥毛病，那就处着吧。处了一段也没啥毛病，那就结婚吧。

没有怦然心动，没有花前月下，没有执子之手，没有山无陵江水为竭……只是一个女人见了一个男人，互相觉得还不错然后两个人就在一起了。

再后来，大姨和姨父就有了孩子，是个男孩儿，活泼可爱。不过他们的故事才刚刚开始。

因为父亲所在的军工单位隶属当时的航天部，每当有重要任务就得出差，有时候一去几个月，其间都不能回家。姨父是技术骨干，更是经常被调走，有时过年都回不来。

那些年基本都是大姨一个人带孩子，同时她还要照顾家里——大姨父家还有四个弟弟妹妹，父母年纪也大，姨父一出差这一家上下都需要大姨张罗——她还有自己的工作，这么大一家人，再加上孩子又小，说实话特别辛苦。

那时我们两家走得很近，一方面因为我们是亲戚关系，另一方面也因为父亲是她和姨父的媒人。母亲学校放暑假的时候，就会帮着大姨照顾孩子，就像当初大姨帮着照顾我一样，我也经常帮大姨跑跑腿什么的，但是大姨身上的担子并没有因此减轻多少。

有一次我妈让我给大姨送东西去，大姨接过我拿的东西时我碰到了大姨的手，我不由得叫了起来："大姨，你的手怎么了？"

大姨一愣："我的手？没怎么啊。"

毕竟大姨曾照顾了我那么久，我的感觉可不会骗人，以前大姨的手跟春葱一样，细腻白嫩，现在大姨的手变得很粗糙，明显是干多了家务活，上面还有几道小口子，贴着难看的胶布条。

大姨看了看自己的手，顿时明白了过来，脸上露出一丝苦笑，没说话，转身干别的活去了。

还没等我离开，桌上的电话忽然响了，大姨接完电话就一脸焦急地离开了。

下午放学回到家我就听母亲说，大姨家又出事了。哦，不，准确地说，是大姨父家又出事了。

说实话，大姨父那家人实在不让人省心——姨父不是还有好几个兄弟姐妹吗，其中他的二弟脾气特别火暴，有时候跟陌生人一言不合就动手。这次又是这样，他出去玩又跟人发生纠纷，直接把对方打得头破血流进医院急救了，他自己则被抓进了派出所。

那时候姨父正好出差，大姨只好赶过去，使劲儿地跟警察和对方家属赔礼道歉，对方却不依不饶。这个二弟根本不识好歹，被关在派出所里还跳着脚要跟人打呢。

大姨连忙拦着二弟，好言好语跟人家商量怎么解决。对方一气之下说："1 000 元！少一分都不行！"

乖乖，那可是 80 年代的 1 000 元啊，已经差不多是大姨半年的工资总和了！

刚开始还上天入地要跟人死掐的二弟，一听钱数立马就尿了，坐在角落里不吭声了。大姨估计当时心里一百个不乐意，但她也没办法，如果不赔偿，二弟搞不好要被拘留，好说歹说，对方才同意赔 500 元了事。

可就算是 500 元，在当年也是很大一笔钱啊！但看着闷在一边的小叔子，大姨还是一咬牙，回家取了存折，把钱取出来赔给人家了。

四

等回到家，大姨好言好语地跟她小叔子说："别再惹事了，踏实工作吧。"

没想到那小子居然脖子一梗，说："你管得着我吗？"

大姨一听特生气，你惹了事被派出所抓了，我赔钱赔笑脸把你弄出来，就得了一句这个？

于是她板着脸说："我是你大嫂，怎么管不着你？如果管不着，为什么你让派出所叫我去？"

小叔子瞥了大姨一眼："高兴的时候，叫你一声'大嫂'，不高兴的时候，你就一外来的……"

这话把大姨气得都快炸了，她竟一时不知道该怎么回击，目光不由自主地看向坐在旁边的公公婆婆。

婆婆假装没听见，倒是公公说了一句："多大点事，至于吗！"

大姨听了半天说不出话来。

过了一段时间，大姨忽然抱着孩子到我家来了，一进门她眼圈就红了。

我妈一问，原来还是因为钱的事。

还记得大姨花了500元给二弟平事吧，那天二弟看到了她的存折，上面还剩了1 000多元钱。

那1 000多元钱是大姨每个月一点点存下来的，毕竟孩子还小，她想着以后用钱的地方多，大概存了三年才有了这么一笔，还莫名其妙地"花"了500元。

没想到姨父家小儿子想做生意——这是姨父的另外一个兄弟，也是一天不干正事的那种，初中毕业就不读书了——却缺本金，向父母要，父母说自己年纪大了存点钱都是棺材本，不给。

转脸二儿子给弟弟出了个主意：我知道大嫂有钱，你管她借。

这小儿子真向大姨开口了，大姨也没多想就婉言拒绝了。没想到这个小儿子不干了，在一大家子人吃饭的时候就开闹，非得让大姨答应借钱。

大姨心里本来就不愿意："孩子马上就要上幼儿园了……"话还没说完婆婆就说："孩子随便上个幼儿园得了，这钱给大人拿去做生意赚钱不比什么都强？"

做生意赚钱？就家里两个小叔子那衣来伸手、饭来张口的德行，这钱给他们做生意，还不相当于打水漂啊！

但这话大姨只能在心里想想，她扭头看丈夫，心想，孩子上学的事他知道，家里吃穿用度他也知道，他总应该帮自己说说话吧。

没想到大姨父居然说："昨天妈跟我说过这事了，那就借吧。"

小叔子这下眉开眼笑了："听说嫂子存折上有 1 000 多呢，虽然不够，但也勉勉强强，就先借 1 000 吧。"

大姨父二话没说就答应了，剩下目瞪口呆的大姨坐在桌子旁，欲哭无泪。

那天大姨带着孩子住在了我家，哭了好长时间。

后来我妈去给孩子洗澡了，大姨一个人站在窗户边，望着外面发呆。

我在一旁看得直揪心。那时候我才上初一，心里跟明镜似的，但现实中什么忙都帮不上。我给大姨倒了一杯热水，端过去的时候大姨没回头，我看见她对着窗外的脸上全是泪水。

五

初三那一年有次出门，我无意中看到大姨和一个叔叔正在聊天。

那个叔叔我知道，他在银行工作，是一个才子，人不仅长得很帅，还琴棋书画样样精通。大姨在跟他说话的时候脸上满是久违了的温柔笑容——让我顿时想起之前在她家过暑假的情景，那时候大姨脸上就满是这种温和、恬淡的笑容。

再后来就出现了有关大姨的闲言碎语，都是关于她和那个才子叔叔的。说得可难听了，甚至传到了我父母耳朵里，父亲跟母亲还嚷嚷过："这像什么话！"

我假装没听见。说实话，我还是喜欢看到脸上满是笑容的大姨。

有一天放学回家，我发现父母居然很早就回来了，大姨和姨父两口子也在。"咦，怎么啦？"我问道。

"家里有点事，你先进屋去！"我还没弄清楚状况，就被母亲关进了小房间里。

再偷听，原来大姨父也听到了关于大姨的风言风语，他回家后就禁止大姨再出门，也不准她跟那个叔叔见面。

大姨说，她跟那叔叔就是朋友，姨父出差的时候她偶尔找人家帮忙而已。

大姨父却说："如果你行得正、坐得端，不跟那人见面不是更顺理成章吗？"

"既然我行得正、坐得端，为什么要管别人说什么？"大姨说。

一来二去，两人越吵越厉害，越说越说不到一块儿。

"要不，咱们离婚吧。"大姨忽然冒出这么一句。本来还闹得热火朝天的大姨父当时就愣了："你开什么玩笑，我……就是让你别再跟那人见面了，你怎么扯到离婚上去了……"

大姨摇摇头："我不是开玩笑。"

大姨父一看大姨是认真的，他当然不愿意，便找上门来，希望我父母帮忙调解。

我父母当然还是往好里劝说，但是这次大姨却铁了心，一定要离，无论周围人怎么劝，她都不改口。

姨父在旁边听着听着，见大姨心意不改，忽然间暴怒起来，冲上去狠狠地给了大姨一记耳光，嘴上骂道："离婚？你不就是看上别人了吗？你这个臭婊子！"

当时我父母完全没反应过来，后来他们冲上去拉大姨父，他像得了失心疯一样，一边骂着粗话，一边对大姨拳打脚踢，别人拦都拦不住。

大姨被打倒在地，脸上重重挨了几拳，鼻血流了出来，头发披散着，一点儿平常端庄秀丽的样子都没有了。

但就算是这样，大姨也没哭。

最后她终于架住了姨父的手，斩钉截铁地说："我跟你说了多少次，我跟 ×× （指那个才子叔叔）只是朋友，但是你不信！我已经很少跟他见面了，但路上碰见人家打个招呼又怎么了，你也不许！

"还有，你家里人指桑骂槐骂得那么难听，什么破鞋、贱货、烂货、不要脸，你却从来不吭声！我们结婚这么多年，孩子都要上学了，我是什么样的人，你不知道吗？但你有没有为我说过一句话？

“现在你也这么羞辱我，你很开心是吗？那我告诉你，不管我跟别人有没有感情，我跟你早就没有了感情！这个婚，我一定要离！”

大姨父的拳头打不下去了，他的胸膛像个风箱一样起伏不定。

六

大姨跟大姨父的离婚大战旷日持久且远近闻名。

她带着孩子搬出了家，独自住在一个小单间里，同时和才子叔叔也走得越来越近，有关两人的风言风语一刻也不曾停歇。

在那些传闻里，大姨被刻画成了另外一个人：风流、淫荡、水性杨花、为了私欲无所不用其极……反正任何形容词都不过是上下两瓣嘴唇一碰就能说出来的，哪怕是捏造诽谤。这种事从来都是我国某些人的特长，特别是在侮辱女性方面。

但大姨不管这些，她每次都是趾高气扬地在路上走。有时候才子叔叔跟她走在一起，周围难免有异样的目光，但他俩都对此视而不见，完全不把别人的议论当回事。

“我要是在意，就不提离婚了。”大姨跟我妈这么说——母亲总觉得可惜并多次劝和，但听了大姨这一句，她也只能暗叹一声，从此绝口不提。

大姨和才子叔叔“绯闻”事件的最高潮，是大姨的公公和婆婆有一天突然联合冲到才子叔叔工作的银行大厅去大吵大闹，说他破坏别人家庭、欺骗女性，还不知道从哪儿搞了个白色的床单，用鲜红的颜料写了几个大字：还我公道！

众目睽睽之下，才子叔叔却一点儿都不在意，他只是冷冷地说了一句：“本来我一直很奇怪 ×× （指我大姨）为啥这么不开心，看到你们这样我总算知道了，她这些年的日子过得可真够惨的！”

老头老太太一听愣了，这“奸夫”说的怎么不是大家熟悉的那种台词呢，然后马上又是一阵捶胸顿足。

才子叔叔也不劝，在旁边站着跟看戏一样，还时不时说上一句：“我俩本来只是谈得来，但现在吧，我觉得等她离了婚真把她娶回家也没什么大不了，看你们到时候还有什么话说。”

我的妈呀，这话在那个年代说出来不等于火上浇油吗？大姨的公公婆婆顿时就杀猪般地要死要活，一个劲儿地让银行领导开除才子叔叔：“开除奸夫！开除奸夫！”现场乱成一团。

银行领导很是为难，面对老头老太太的要求只能假装听不见，一是因为这些都是没影儿的事，二是因为才子叔叔家里的背景比行长来头还大，他根本开不动。

这事越闹越大，最后自从大姨闹离婚就一直不怎么发言的舅公出面了。

那天舅公把几家人召集到一起，包括大姨父家和我家，当着所有人的面，非常严肃地问大姨：“你是不是一定要离婚？”

大姨想都没想，斩钉截铁地说：“是！”

舅公又问：“如果离婚后的生活远不像你想的那样，你会不会后悔？”

之前公婆骂得再凶，大姨也铁石心肠般地不动声色。但在父亲面前，听到舅公的这个问题，大姨的眼圈儿顿时红了：“就算离婚以后过得不好，我也认了，至少那是我自己的选择！”

七

舅公又问我父亲的意见。

毕竟父亲是这桩婚事的介绍人，又是大姨父的同事，所以他还是站在了大姨父这边。他甚至还劝大姨，不要三心二意，跟谁过日子都是过。

舅公再问大姨父，大姨父一句话都不说，只是沉默地看着面前的地板。

倒是大姨公婆这边，可能是看到大姨态度格外坚决，另外其他所有能想到的招数也都想了，觉得事情的确无法挽回，于是开口说："离婚可以，但是孩子得留下。"

所有人的目光齐刷刷地盯在大姨脸上。

大姨一咬牙："好，那我也要离！"说完眼泪忽然像控制不住一样，扑簌扑簌地往下掉。

舅公看看大姨，看看大姨父，叹了口气，对我父亲和大姨的公婆说："之前我不说话，并不意味着我什么都不知道，既然走到这一步了，我只会站在我闺女一边。"

然后他对大姨和大姨父摆摆手："那就离吧。"

就这样，大姨把孩子留下，自己净身出户。手续办完离开家那天，大姨一步一回头，后面是我那才六七岁的哭得天昏地暗的小表弟。

离婚后没多久，大姨真的跟才子叔叔在一起了，周围人说什么的都有，但是才子叔叔似乎一点儿都不在乎。

有人不屑地说："我就不信他家那么高的门槛，那谁能迈得进去?!"

后来听说才子叔叔家里开始的确不同意，这事本来就闹得满城风雨的，但明显才子叔叔的手段、地位跟大姨父不一样，没多久家里的意见就通通被他镇压下去了。

大姨父离婚后自己带着孩子生活——说实话，他是个好人，开始我总奇怪，这么好的人，为什么没有跟大姨一直走下去呢?

等我成年经历了很多事后才恍然大悟：原来这世上，遇到好的人和遇到对的人，根本是两回事。

现在想想，姨父应该是后来大家常说到的"凤凰男"吧——一个人通过读书离开了山村，结果成了父母和兄弟姐妹共同的依靠，而他们又过多地牵扯进了大姨父和大姨的婚姻中，慢慢两人就有了真正的裂痕。

后来姨父一直没有再婚，每次有人给他介绍对象，他都摇摇头，沉默着拒绝了。

前段时间我回成都遇见了已经成年的表弟，他说姨父还保留着所有以前和大姨在一起时的东西。

再说我父亲，他对大姨选择离婚的做法一直很不满。

他始终认为是因为大姨对爱情和婚姻不忠贞，才导致她和大姨父离婚，所以他一直觉得大姨“品行不端”。后来两家基本不怎么来往，甚至每次有人提到大姨，他都会嗤之以鼻——请各位原谅，受教育和成长背景的限制，父亲心里的爱情观太过粗糙，对女性也不够理解和尊重，但好在有我。

我从来都没有讨厌过大姨，我始终记得她和才子叔叔在一起时的温暖笑容——我甚至觉得，只有带着那种笑容的大姨才是幸福和快乐的，而和大姨父在一起的时候，她却很少有那种笑容，反而总是着急忙慌地处理着各种家长里短、鸡飞狗跳。

后来大姨真的和才子叔叔结婚了。他们的婚宴父亲没有参加，母亲则偷偷让我送去了一份礼。

很多人说二婚不宜大操大办，要办也得是在晚上。才子叔叔对此不屑一顾：“什么二婚，她跟我就是第一次结婚！”不由分说地给了大姨一个清早开始的、温馨浪漫又风风光光的婚礼。

我送礼过去的时候，看见大姨和叔叔在给客人逐一敬酒，大姨脸上一直挂着那种快乐的笑容。

八

写到这里故事本来应该结束了，但我想了想，还是应该写写我的表弟——大姨和大姨父的孩子吧。

他们离婚后，表弟一直在大姨父身边，他的爷爷奶奶不让他见母亲，哪怕大姨找过多次都不行。

我曾经问他："你不想你妈吗？"表弟的神情就有些难过："他们（指爷爷奶奶）看得可紧了，想有什么办法？"

除此之外，他爷爷奶奶还经常跟他说："是你妈不要你了，以后她还会有新的孩子，再也不会爱你了！"

这种人为制造的隔离和日常熏陶让表弟一度对大姨产生了很深的误解，青春期的时候也一度叛逆到了极点，姨父为此多次动手打过他。

而另一边，无论后来大姨再怎么亲近他，似乎都融不进表弟的心。

每次表弟在家里惹了祸，他就会跑到我家来，父亲虽然对大姨有意见，但对表弟特别心疼，简直爱到不行。母亲对表弟更是关怀备至，那时候我已经到北京读书了，她直接把我的房间腾给了表弟住。

大姨一直希望能把表弟的监护权要回去，但是表弟的爷爷奶奶一直不同意。

大姨努力了十年，也被拒绝了十年。

这十年里，才子叔叔的父母一直希望大姨能再生一个孩子，但才子叔叔说，生孩子这事，他听大姨的。后来的情况是，他们结婚这么多年，都一直没要自己的孩子。

而表弟从小脾气就倔，也不爱说话。我有次回成都见到他，那时的他已是十六七岁的大小伙子了，正值叛逆期，说话总是又狠又硬。说起大姨父从来都是不屑一顾，他觉得他父亲没能耐；说起大姨他更是一脸鄙夷："她不贞洁。"

听到"贞洁"这个词，我特别惊讶，下意识地冲他吼了起来："你懂什么！"

那天晚上我跟他聊了很久，讲起我眼中的大姨和大姨父，还有才子叔叔，讲他们之间的不同，他一直在听，却不说话。

最后我只能告诉他，很多事情只有你自己经历了，才会明白。

表弟20岁的时候，爱上了一个姑娘。那个姑娘漂亮大方、温柔体贴，本来她之前有男朋友的，但表弟对她一见倾心，并展开疯狂的追求。最后花了一两年的时间，表弟终于把姑娘追到手了。

不知道为什么，有一天表弟讲起自己的身世，那姑娘听了两眼泪花："我觉得你妈妈很勇敢，发现自己走错了勇于改变，如果一辈子跟没感情的人在一起生活，那该多痛苦！"

姑娘的话让表弟很意外。他情不自禁地又提起了"贞洁"这个话题，那姑娘看了他一眼："你对贞洁的理解也太狭隘了吧。要照你这么说，我之前认识你的时候也有男朋友啊，结果后来还是觉得跟你在一起更合适，那你是不是也觉得我不贞洁呢？"

表弟被那姑娘的话问住了。

然后她说："我告诉你，敢为自己做出不后悔的选择并为此负责，才是贞洁。"姑娘这句话说得轻描淡写，却让表弟听得目瞪口呆。

2016年的春天，表弟跟我回忆起这个场景的时候，弟媳在旁边一直抿着嘴笑——是的，她就是那个姑娘，现在已经快要当妈妈了。

现在的表弟，事业有成、家庭幸福，并且和大姨、大姨父都已和解，每逢周末都要去两边看望。

这个世界虽然不乏沉重，但总要解开一些芥蒂，才能翻开新的一页。

15

繁殖恋

有的人爱你是真的爱你，有的人爱你是爱你的功能。

有的婚姻真是因为爱，有的婚姻真是因为繁殖。

一

有一段时间，我父母沉迷于给周围的未婚男女介绍对象，特别是在大姨成功嫁给大姨父（详见《不贞者》一文）、两人婚姻还没出状况的那个阶段，只要有人托他们帮着在单位介绍对象，他们都会应承下来。身边认识的人家如果有适龄的未婚子女，他们也会积极牵线。

更搞笑的是，他们还做了一个小本子，一边是委托方的资料：年龄、身高、体重、兴趣、爱好……一边是他们觉得单位里合适的单身青年资料，包括工作、家庭条件、排行、要求……每天晚上吃完饭收拾妥当之后，两人就围着桌子研究，跟做数学连线题似的。

如果找到貌似能对上的，他们就这边拉一条线，那边拉一条线，把他们红彤彤地串起来。比如，这家小伙子个子不高，所以不想找高个子的姑娘；那家姑娘自己是老师，所以希望找个医生；第三家的小伙子喜欢成熟一点儿的女生……这种种条件，就像一张四处编织起来的网，一网不捞鱼，二网不捞鱼，三网捞了个小尾巴鱼。

三姨的终身大事就是这么定下来的。

三姨并不是亲戚家的孩子，而是我父亲启蒙老师的女儿，在她家里排行第三，所以我和妹妹都叫她三姨。

父亲出身农村，幼时家境困难，求学诸多不易，启蒙老师曾给了他很多帮助。父亲小学毕业那一年，家里希望他毕业后回家种地，能认字就行了。父亲很想继续读书却说服不了家里，最后这事被父亲的启蒙老师知道了。

有天晚上外面下着雨，父亲在家忽然听见有人敲门，开门却是启蒙老师。老师对父亲说："让孩子继续读书吧，他能读出来。"

家人犹豫道："读出来能咋样？"

老师说："至少能不用再那么辛苦地种地。"

家人还是犹豫，老师想想又说："如果担心学费，我这里有。"

就这样，家里终于同意父亲继续读书。而父亲也真的没有辜负老师的期望，最终通过升学彻底离开农村，进了别人眼中还不错的军工单位。

这件事父亲念叨了很多年，对启蒙老师当年的无私帮助一直感怀在心，所以当很多年以后，启蒙老师提出能不能给他的三女儿介绍个对象时，父亲一口答应下来。

二

三姨那年21岁，刚从当地师范大学毕业，分在镇上一所学校里当老师。

她第一次来我家时，就让人觉得很亲和，人很喜欢笑，说话也轻声细气，每次跟她在一起我都很开心。

那天母亲问她："三妹，你喜欢啥样的啊？"

三姨还有点儿不好意思，想想才说："别的倒没什么……就希望人老实一点儿吧。"

母亲笑了："人老实是必需的，还有其他什么条件吗？"

三姨摇了摇头。

那个时代大家对婚恋的要求还是很单纯的，更多的是追求精神上的契合，所以三姨家里也没什么特别要求，只希望人靠谱，家里也靠谱——启蒙老师当然知道父亲是靠谱的，所以把对父亲的信任等同到了父亲身边的人身上。

但我太了解父亲了，他这人是典型的直男性格，太过简单粗糙，对细节不敏感，并不具备通过细节判断一个人性格的能力。在接到为三姨介绍对象的"任务"后，他只是把周围自己认识、觉得还不错的适龄男青年列了出来，列着列着，他就想到了徐家的三儿子——徐山。

徐家和我家曾经是邻居，徐家是山东人，徐山父亲也曾是我父亲的同事，徐山在工作上还是很勤勉的，我们两家关系曾经非常好。

和启蒙老师一样，父亲把对徐父的了解与信任也等同到了对徐山的信任上。徐家有 6 个孩子，徐山排行老三，上面两个姐姐，下面还有两个妹妹和一个弟弟，很大的一家子人。

徐山是理工男，人挺能干，就是性格内向，不善于与人沟通。

有一天吃饭时，我听父亲跟母亲商量："三妹的事，你觉得徐山怎么样？"我妈沉默了一下，还没等她说话，我就在一旁说："他不行，他们家不好。"

"他们家不好？"父亲和母亲听了这话，很惊讶地看着我问："为什么？"

我说："我去他们家吃饭的时候，他们居然打我筷子，他们能这么对我，就也能这么对三姨。"

我的话一出口，父亲有些不以为然，倒是母亲，皱了一下眉头。

三

当年父母工作忙，有时候加班顾不上我，就会把正上小学的我委托给关系好的徐家，让我中午去他们家吃个饭。

这当然会给别人家增添麻烦，但是在当时的军工单位，大家之间彼此熟悉，互相搭把手的情况很常见。当初徐家父母出差的时候，他们家比徐山小的三个孩子也都是在我家吃饭，而且一吃就是一星期。

我就去过徐家两次，第一次还好，但第二次去吃饭的时候，我刚伸筷子夹菜，就被徐山的二姐把我筷子打到了一边。

我开始以为她是不小心，没想到等我再伸筷子过去，又被她“啪”地打开。我立即意识到她是故意的，于是抬眼看了看徐山二姐一眼。

那年我10岁左右，而她已经是个成年人了。我看她的时候，她却一脸若无其事。这一切都被她母亲和徐山看在眼里，但他们什么也没说。

那顿饭我基本没吃上什么菜，好不容易才把那碗白米饭咽下去。

虽然不像大人那样见多识广，但孩子对人的判断往往是最简单和最接近本真的，就凭那一顿饭我就再也不愿意去徐家，也从此觉得徐家的人不值得亲近。

但父亲真的是太过粗糙，他居然觉得人家打我筷子可能是我太过调皮——真是气死人，我再调皮能调皮到吃饭这事上去吗？何况还是在别人家！

父亲后来还是让两家交换了照片。那时候都是黑白证件照，没有太多花里胡哨的玩意儿，没想到三姨一看徐山的样子就很喜欢，徐山也觉得三姨不错。

于是父亲就安排两人见面。当年三姨年轻漂亮，徐山也还算英俊倜傥，两人一见之下都觉得很满意，就这么确定了关系。

四

当年如果要离开农村到城市里生活，除了靠读书升学，就是靠婚后工作调动。

启蒙老师之所以这么拜托父亲，应该也是希望女儿能借婚姻离开农村，有更好的生活条件和未来——如果这一点让看官们不喜，我很抱歉，但在当时那个时代这种情况并不少见。

第二次见面，徐山就邀请三姨去他家——这种速度在当时真的已经算很快了。

三姨犹豫了一下，说："好，那就去吧。"母亲略微有些诧异地问她："要不要再多了解一下？"

三姨想想说："去了不就能多了解？再说他家人那么多，早点认识也好。"

母亲就没再说什么。

三姨应该非常喜欢徐山，所以也希望给徐家留个好印象，头次上门就在徐家帮着做这做那。三姨人长得好看，脾气也温顺，虽然出身农村，但因为当老师的缘故，无论是生活习惯还是言谈举止都落落大方，当时徐家也还挺满意。

可我脑海里始终闪现着吃饭时徐山二姐打我筷子后若无其事的表情，还有徐母和徐山看在眼里却视若无睹的神情，于是我出自本能地替三姨担心。

那段时间三姨一有空就往徐家去。有一次三姨来我家，我父母还没回来，我冷不丁地问她："徐山对你好吗？"

三姨一看我一个10岁出头的小不点儿居然问她这种问题，一下子就乐了："挺好的啊。"

我又问："那他们吃饭的时候打你筷子了吗？"

三姨一愣："打筷子？"

我就把当初徐山二姐打我筷子的事竹筒倒豆子一样跟她说了，还补充道："如果他们吃饭时也打你的筷子，你可千万不能跟他在一起，他会欺负你的，你就别理他了，到我们家吃饭！"

三姨一听又乐了，带着一丝歉意说："你可能是误会了，他们怎么会在吃饭时打我筷子，这多不礼貌啊。”

我看着三姨脸上的笑容，真的不像是装出来的，那种谈起徐山时发自内心的温柔，让她整个人都泛起了不一样的光彩。

五

没过多久三姨就跟徐山结婚了。

婚礼那天的场面热闹极了，里里外外很多的人。三姨穿着一身红彤彤的中式礼服，看上去明艳照人。

那天父亲的启蒙老师把三姨的手交给了徐山：“以后就是你们两个人互相扶持了，希望你们和和美美、白头到老。”

“我会的！”徐山郑重地点了点头。

周围的人都频频颔首，向他们表达祝福，我在旁边看着，不知怎么心却一直悬着。

三姨和徐山婚后跟父母住在一起，徐家孩子多，房子大，两个姐姐已经出嫁搬出去了，但也住在附近，每天都回家吃饭。三姨算是家里的长媳，所以里里外外也都帮着婆婆操持。

差不多过了小半年，三姨忽然来到我家，跟母亲在小屋里关上门说了好一会儿话。走的时候她神情凝重，完全没有了平常的活泼轻松。后来吃饭时，我听母亲跟父亲嘀咕：“徐家好像一直在催三妹怀孩子呢。”

“怀孩子？”父亲没当回事，“这还用催，到时候不就有了。”

母亲皱了一下眉：“我也跟三妹这么说，但好像徐家很着急。”

再后来三姨来我家的时候，笑容就越来越少，直到后来每次来都皱着眉头，跟母亲在小屋里说话，出来时的神情也有些郁郁寡欢。有一次三姨还让母亲陪着她上了趟医院，回来后好像开心了些，说身体并没有问题。

忽然有一天三姨从徐家打来电话，电话里哭得一塌糊涂。我妈放下电话就赶了过去，原来婚后徐家一直盯着三姨的肚子，开始三姨还没当回事，后来发现不仅家里人盯着，连徐山都很在意，经常问她："怎么还没怀上？"

三姨完全没想到会遇上这种状况，在她心目中，只要夫妻两人感情好，怀孩子是迟早的事。没想到徐家人不这么认为，几个月后言语上就表现得很明显了。一天吃饭，三姨盛第二碗饭时，冷不丁地听徐山二姐说："不下蛋，吃得倒还不少……"

三姨完全没想到她会这么说，当下捧着那碗饭吃也不是，不吃也不是，只能委屈地哭了。

徐家二姐一见三姨哭了，把嘴一撇："哟，还哭，我怎么着你了？说的不是事实吗？"

三姨气不过，还了她两句，这下跟捅了马蜂窝一样，不仅徐山二姐说话越来越难听，连徐山他妈也"披挂上阵"，说："你老不生孩子，难道和徐山结婚就是为了给自己调动工作，这便宜也占得太大了吧……"

六

母亲赶到徐家时，三姨还在那里哭，徐家人则眼睛不是眼睛、眉毛不是眉毛地坐在屋里，也没人劝三姨。

母亲安慰了三姨两句之后直接问徐山："你什么意思？"

就在徐家二姐和徐母冷嘲热讽地羞辱三姨的时候，徐山居然坐在饭桌前一言不发！哪怕她们已经说出"不下蛋的鸡"这种话，他也没有进行劝阻。

徐山对母亲还有些畏惧，他说："她们也是关心我……才这么说的。"三姨一听，哭得更厉害了。

母亲瞪着徐山说："你一个大男人，这是你媳妇，是要跟你过一辈子的人，你就任凭别人想怎么说就怎么说吗？”

徐山被说得哑口无言，母亲便让他们两个人好好沟通。母亲出去跟徐母和徐山二姐说：“他们结婚还不到一年，你们急什么？这样压力多大，也不利于怀孕啊！”

徐家老太太嘟囔着说：“我们是怕她身体有毛病，根本怀不上！”

我妈理直气壮地说：“怀不上？怀孕是一个人的事吗？三妹结婚前做过婚检，前段还专门去看过，身体没问题！”

徐母兀自嘴硬：“没问题怎么这么久也怀不上？”

母亲没好气地说：“这孩子是说来就来的事？您这么大年纪了，这是他们小两口的事，您真不该操这么多心！”

好不容易把两边劝好，母亲才回家。回家便把这事跟父亲说了，没想到父亲第一反应居然是说：“呀，三妹要是一直怀不上，那我们岂不是害了徐家？”

“你说的是什么话？”母亲冷冷地看了父亲一眼说，“那三妹呢，你怎么不觉得害了三妹？”

父亲马上意识到自己说错话了，便闭口不言——父亲出身贫寒以致观念狭隘，重男轻女和传宗接代的想法根深蒂固，请大家包涵。

但是狗血的事情还远没有结束。

七

结婚快一年的时候，三姨终于怀孕了。这下不仅徐家心满意足，连我父母都跟着松了一口气。倒是三姨自己，眉目并没有舒展开来，似乎没那么高兴。

母亲看出了三姨心头的郁结，劝她说：“你俩现在有了孩子，有的事就别想那么多了，开心过日子比什么都强。”

三姨没说话，只是点点头。

母亲看着她说："徐家是个大家庭，又都住在一起，难免事情多，但只要徐山对你好，就比什么都重要。"

"徐山……"三姨默默地念了一遍他的名字，并没有因此而显得轻松一些。

有一天三姨忽然不期而至，敲开我家的门时满面泪花地对母亲说："姐，他们要我打掉孩子……"

母亲惊讶地问："好不容易才有了孩子，为什么要打掉？"

三姨进屋坐在沙发上，抽泣着说："他们说我怀的是女孩儿，这次就不要了，下次争取怀个男孩儿……"

母亲一愣，问："女孩儿？他们怎么知道是女孩儿，再说，不是不让查孩子性别吗？"

三姨说："他们今天找了个医生来家里看，说是很有经验的赤脚医生，他看了半天，说多半是个闺女，然后他们就想让我打掉……"

母亲的脸色顿时就不好看了，父亲听了也很生气，就把徐山叫来。结果徐山一进家门第一句话居然是怪三姨："你怎么有点儿事就到曾哥这里来啊？"

徐山把一切都推给父母："我两个姐姐生的都是女儿，我是长子，要是再生个女儿跟家里交代不过去，我父母在家族里也会被笑话。"

听他这么说，父亲貌似颇为理解地点了点头，但被母亲狠狠地瞪了一眼："是你们两个人踏实过日子重要，还是面子重要？觉得生女孩儿没面子，那你当初干吗找个女的结婚？"

母亲这石破天惊的话一出口徐山就被镇住了，在旁边支棱着耳朵听的我也顿时目瞪口呆，对母亲真是佩服得五体投地。

八

那次协商不欢而散，徐山觉得既然医生都说怀的是个女孩儿，那就不如打掉，下次直接生个男孩儿多好。可三姨说这个孩子也是盼了好久才盼来的，无论男女她都喜欢，都不愿意打掉。

两人争执不下，最后三姨还是闷闷地跟着徐山回家了。

回徐家后三姨的日子也不好过，徐母和徐山二姐软硬兼施想让她打了这胎，重新怀孕。没想到平常很柔弱温顺的三姨这次却铁了心，坚决不同意打胎。最后三姨和徐家的关系越闹越僵，她本来还对徐山抱有期望，没想到徐山后来居然说："如果生下这个孩子，徐家是不会养的！"

三姨一听就蒙了："这不也是徐家的骨肉吗？这不也是咱们爱情的结晶吗？当初盼了那么久才怀上，为什么不养？"

"反正肯定不养！"徐山态度坚决。

三姨又问："如果我不打掉这个孩子，你会怎么办？"徐山看了三姨一眼，一言不发。

三姨不说话了，在徐家枯坐了一晚上，第二天一早就收拾了一些简单的东西来到我家，跟我父母说："我要回家。"

母亲拦着她，又去跟徐家沟通这事，但徐家的态度很明确："反正如果她一定要把这个女孩儿生下来，我们肯定不养，而且这种不听话的媳妇也不符合徐家的家风！"

三姨听了沉默了半天，说："好吧，孩子生下来我一个人养。"

当天下午，三姨的父亲，也就是父亲的启蒙老师就急匆匆地赶来了，这时三姨已经开始显怀。老人看着女儿有些心疼地劝她："再考虑考虑吧。"

三姨一下子就哭了："我怎么考虑啊，当初嫌我怀不上，天天冷嘲热讽，好不容易有了又说不是男孩儿要打掉，他们不是找媳妇，分明就是在找生育工具！"

老人听了也就没再多说什么，默默地看了父亲一眼。自从老师进门，父亲就觉得有些抬不起头来，这一眼更是看得他如坐针毡。

"那好，我们回家吧。"老人啥话也没说，拎着东西就把三姨接走了。

九

徐家对三姨坚决生下这个孩子的事非常介意，三姨回家后，徐山就去看过一次，结果两人还是谈崩了。

谈崩后三姨提出了离婚，由徐家自己决定给不给赡养费，但三姨肯定要养这个孩子。徐山想都没想就答应了离婚。

好，最神奇的高潮出现了——在两人协议离婚后大半年吧，三姨生了，结果居然生了个男孩儿！

三姨家只是略微惊讶了一下，并没有特别激动，因为他们本来就对是男孩儿女孩儿不太介意。倒是徐家，得知这种情况傻眼了，连忙去找当初那医生。但那医生说他说的也只是可能，不是百分之百……

孩子快满月的时候，徐山提着一堆东西，讪讪地找上门来。

“你来干吗？”三姨正在给孩子换尿布，见了徐山，不冷不热地问。

徐山盯着那个虎头虎脑的孩子看了半天才说：“我想……复婚。”

“复婚？”三姨冷笑一声，断然拒绝。

徐山说：“那就把孩子给徐家养也成……”

三姨瞥了徐山一眼：“我家条件虽然一般，但也不会缺吃少穿，孩子这么小，一定要跟着母亲才好。”

左说右说，都说不到一块儿去。尴尬中徐山发狠说，如果三姨不同意复婚，那这个孩子的抚养费徐家就一分钱不给！

在旁边听着的三姨的父亲气得脸色铁青，三姨的两个弟弟也冲进来，把徐山一顿暴捶……

徐山鼻青脸肿地离开了。后来他多次提出把孩子接回徐家抚养的要求，都被三姨拒绝了。于是徐家就真的一分钱的抚养费也没有出……三姨也没有追着徐家要，她就这样继续一边当老师，一边在娘家独自抚养这个孩子。

这件事成了我父亲心里的一根刺，尽管启蒙老师一句埋怨父亲的话也没有，但他每每提及这事都后悔不已，觉得对不起恩师，也对不起三姨。

这事也导致了我家和徐家的彻底决裂，以致后来再无来往——过了10多年，徐家最小的那个儿子忽然找上门来，原来他想换工作，而他想去的那个部门正好是父亲在负责，他来求父亲帮忙。父亲听他说着各种感谢的话，只是淡淡地“嗯”了一声，等他一走就立马把他的名字从候选名单里剔除了。

经过大姨、三姨这两桩婚姻的“触礁”打击，我父母对原本蓬勃发展的媒人事业彻底没了兴趣，虽然保持着介绍两对就成了两对的100%的成功率，但也留下了结了两对就离了两对的100%的离婚率，这样的数字对于我那热心又爱面子的父母来说真算不上光彩。

十

时间一晃，过去了二十多年。

忽然有一天，有一个陌生人联系我，说他在北京出差，想来见见我。他的名字我完全想不起来，直到他说了三姨的名字我才恍然大悟：呀，居然是三姨和徐山当初生的那个孩子，他也已经长大成人了！

因为心里有愧，这些年除了逢年过节的问候外，父亲很少跟恩师一家联系。后来恩师谢世，三姨再婚，这个孩子也改了姓，来往就更少了，以至这么多年我就从来没有见过他。

那天到了约定的地点，一个高大的年轻人出现在我面前：“鹏宇哥，是我。”说实话，他长得很像徐山。

“我一直听妈妈说起你，后来也看过你写的书，还看过你在电视上的节目。”但他的来意让我很意外：“我只是想问问，你知不知道怎么跟我爸爸联系？”

他的问题把我也难住了。前些年军工单位整体搬迁，我父母退休到了成都，徐山父母早已去世，徐山回了山东。因为这事两家交恶，所以我并不知道徐山回山东后的下落。插一句，此时的徐山应该也是快 60 岁的人了，自从与三姨离婚之后一直独身——倒不是他不想再婚，但父亲恨极了他当初的作为，曾当众斥责过他，导致这事广为人知，一众年轻女孩儿都不敢再入徐家这个火坑。

听了我的回答，他有些失望。他说母亲从来不跟他提父亲，他还是在外婆去世前才听说了自己的身世。虽然继父对他很好，但他还是想知道自己的亲生父亲究竟是什么样子，但又怕母亲知道后伤心，所以只好偷偷地向可能认识他父亲的人打听……

我犹豫了一下说，我真不知道，但我妈可能知道。他听了喜出望外，马上跟我母亲联系。母亲还真给他找到了徐山在山东的地址和电话。

之后的几年，我们都没再提这茬儿，直到不久前我们又碰面，他才说起他那年的确去了一趟山东，也见到了徐山。但是很奇怪，去之前千想万想，等真见了面，明明是亲生父子，却感觉极其陌生，于是待了很久也没说几句话。

‘不过也好，这样也算是放下了。”他淡淡地说。

16

初恋情结是一种病

初恋之所以刻骨铭心，多半因为这是一种“未能完成的”“不成功的”事件，在心理学上叫“蔡格尼克记忆效应”。

深夜时分，一个姑娘私信“挂号”，要说她的故事。

她的故事写了很长，末了补充道“他是我的初恋”。最后那两个字非常显眼。

这并没有让我对她观感加分，相反，我对她的警惕度直线上升，因为我始终觉得——

初恋情结就跟处女情结一样，是病，得治。

一

曾经有个男生喜欢一个女生。

在这个女生之前，男生的世界只有书。认识这个女生后，他的整个世界由黑白变成了彩色。

别人看男生，会觉得他英俊、挺拔、沉稳……总之有很多优点和长处。而男生看女生，就只觉得她“有趣”——对，也不是什么特别美丽、特别出挑的外表，出身也就是教师家庭，但只要跟她在一起，就会有很多意想不到的事发生。

比如，过马路的时候碰上盲人，她会把人家扶过去；去麦当劳买吃的遇上插队的，她会笑着让对方去排队；在电影院里有人说话很大声，她会轻轻做个“嘘”的手势。（有次在电影院里大声说话的偏巧是个混混儿，被制止后开始犯浑，拍了她屁股一下，她看了对方一眼，“咣”地一膝盖顶到了混混儿裤裆上……）

……

喜欢女生的人很多，但是男生非常执着，在他很认真地追求了一段时间后，女生考虑了一下说，那就试试吧。

男生高兴疯了，当天晚上给女生写了一封长长的信，汇报了自己自从记事以来的各种想法，信的末了男生告诉女生，她是他的初恋，他会像爱情珍珠一样对她好。

两人相处的那段时间，经常都是女生开心地说话而男生默默地听，听完之后的晚上他会写一封信给女生，里面满满都是他的各种回应和倾诉。

有一天女生问男生：“你以前不是经常去踢球吗，现在怎么不去了？”男生说：“我想更多地陪着你啊。”

还有一次女生问他：“你跟A（班上一个女同学）不是从小一起长大关系很好的吗，怎么刚刚见面都不跟人家打招呼？”男生笑着说，我现在有了你啊。

二

有一天男生和女生出门，远远地走过另一个男生，女生的目光跟着他走了一段，被男生敏锐地察觉了。

“那人是谁啊？”男生问。

“我暗恋过他耶。”女生笑着说，“因为觉得他在运动场上真的很厉害。”男生的脸色就变了，说：“我运动不怎么好，那你是不是不喜欢我？”女生还没反应过来，说：“你是你，他是他，你俩没有可比性。”

男生的气息都粗了：“你的意思是说我不如他呗。”女生终于明白过来了，笑着说：“那是暗恋，你懂什么叫暗恋吗？”

男生想了想，问了一个问题：“那我是不是你的初恋？”女生的笑容也消失了，但语气还是很平静：“不是啊。”

男生顿时就有些生气，说：“你是我的初恋，我全心全意地对你，自从跟你在一起，我眼里就不再有其他人！可你呢？我不是你的初恋，走在街上你还会看其他男生，你说你……”

他的话连珠炮一样冲女生发射过去，把她打得目瞪口呆、面红耳赤，她瞪了男生一眼，转身就走了。

男生没追，也负气回家了。到了家又觉得放不下，想来想去又鼓足勇气给女生家打电话，电话却是女生的哥哥接的，把男生吓得没敢吭声就挂了电话。

第二天，男生找到女生使劲儿道歉，并且再三说收回自己说的那些伤人的话，女生心大，说了两句也就过去了。

没多久两人一起外出做兼职，在同一个酒吧。女生特别聪明能干，结果很快就升为领班；男生却因为木讷，经常被客人投诉。

学校里的“天之骄子”什么时候受过这种待遇？男生肚子里一直憋着一股火。有天两人下班一起回学校，女生就告诉男生，他平常要注意跟客人说话的方式，另外也应该多向其他人学习……

女生话还没说完男生就爆发了，说：“你当了领班有多了不起吗？还让我向别人学习，那些人连大学都没考上！”最后还蹦出一句：“你说老实话，你是不是看上谁了？”

三

女生气得脸通红：“你说什么呢？！”

男生还自以为抓住了女生的痛脚："我反正是初恋，你又不是，所以你要是看上谁了提前告诉我，我好早做准备！"

女生没想到他会说出这样的话，她瞪着男生，气得一句话都说不出来，只好扭头走了。

男生觉得自己理直气壮，又没追，等回到宿舍冷静下来又觉得惴惴不安，于是给女生打电话。电话一直没人接，他就一直打，直到话筒里传来"对方已关机"的提示音。

第二天一早，男生跑去女生宿舍楼下等，结果女生下来，冷冷地跟他说："我俩不合适，以后不要再联系了。"说完她转身就走了。

男生并没有想到女生会跟自己说分手，虽然他对昨天晚上自己说的话有些后悔，但没想到她居然跟自己说分手！居然是她甩了自己！

男生回到宿舍，回想这段时间跟女生的相处，一会儿特别难过，一会儿又特别生气。难过的时候他给女生使劲儿发短信，述说两人在一起自己的种种心动和眷恋。生气的时候又忍不住给女生打电话，约女生出来见面，女生拒绝了他他就破口大骂，说自己是初恋，结果女生连初恋都不是，还不知道以前跟多少男生好过……

女生并没有像他那样愤怒，只是说："你的心理有问题，不应该见我，而是应该去看医生。"然后就挂了电话。

男生思前想后，觉得还是放不下女生，但前情种种，又不知道该如何挽回。他在宿舍楼下等女生，女生避而不见；后来听说女生回家了，他就追到女生家楼下，想把女生等出来。

女生当然不肯见他，男生从周五晚上9点一直等到第二天早上7点，其间无数次给女生发短信、打电话，都被拒绝。清冷的早晨让一夜未睡的男生又伤心又愤怒，觉得自己已经放下了所有的尊严，却依然得不到女生的谅解，于是又在短信里对女生破口大骂……

四

没想到这次骂完手机立刻就收到了回复："你在楼下等我。"

男生心里雀跃，以为自己的痴情挽回了女生，兴冲冲地等在楼道口，没想到门开了出来的不是女生，却是女生她哥。

男生本来就心虚，又素知女生她哥很厉害，转身就跑，女生她哥在后边骂："见过贱的，没见过你这么贱的！告诉你，我家都特看不起初恋的，那就是一种病，得治！"

男生不敢回头，也不敢回话，一个劲儿地跑。女生她哥在后面甩下一句："再敢接近我妹，我会带很多人来揍你，到时候出什么事我可管不着！"

男生吓得屁滚尿流，灰头土脸地回到宿舍，觉得人生从此没了希望，又觉得自己之前的付出化为了泡影，但由于害怕女生的哥哥，从此他真的再也没找她。

后来两人毕业后各奔东西，男生对女生还有些没放下，还一度找人给女生捎话，没想到女生特别直白地让人带了三句话回来：

1. 你根本不懂爱，你只爱自己；

2. 你的心理真的有病；

3. 我哥说你不敢直面问题，跟你在一起会很不幸，他让你赶紧滚。

从此男生彻底死心，后来发誓要找个比女生更好的，但寻寻觅觅好多年未果，最后潦草成家时已经变成了个中年大胖子。

五

这个故事只是给"挂号"女生的答案。

"挂号"当事人的背景是这样的：25 岁，本科学历，私信"挂号"那天刚刚被甩，甩她的男生比她小两岁，研究生学历。

"我们俩谈了整一年，这一年经常吵架、闹矛盾、闹分手，一般都是我主动求和好，那种哀求讨好，现在想想自己怎么就那么贱呢。

"他说我心理变态，有问题，就因为我有次吵架剪了他放我这儿的衣服。每次跟我冷战我都跟他说特别特别难听的话。但是每次吵完我都跟他说问题不要隔夜，及时解决。可是看到他每次消极地对待，我自己生气，也不搭理他（我也知道这点怪我，也是我的问题），难道剪了衣服，说特别特别难听的话就是心理变态吗？

"他跟我提分手之后吧，我心有不甘，大概是不能接受自己被甩的事实，就骂他，没骂爹妈，但什么让他原地爆炸就骂啥，什么'不是男人'、'性无能'、'臭不要脸'……对，我还在他的微博上留言骂他，而且还威胁他，说他如果关了我的评论，我就跟他的好友说，让大家知道他是一个什么人……但是我实际上并没有这么做，我知道这和别人没关系。

"从昨天下午到今天早上 5 点，我一直在他学校里等他，我是不是贱得够极致的，中途夜里两点钟，学校路过的一个男生给他打电话他出来了，跟我说，他很崩溃，他自己都要吓死了，他说我都不正常了，还说跟我在一块儿不一定会有什么可怕的事发生。"

最后她问："您觉得我真的有这么可怕？真的有问题吗？"

当然可怕，当然有问题。

六

以我这么多年在感情上摸爬滚打的经验来看，女生的话里隐藏了一些对自己不利的部分。

她说闹矛盾的时候都是她主动要求和好，觉得自己贱，可是我相信那些矛盾多半是她主动挑起的。

男生提出分手之后，她心有不甘，其实她不接受的不仅是自己被甩，还有就是分手是男生提出来的。

我相信在此前闹矛盾时说分手，多半是她先说的。她说分手多半是气话，因此多半也觉得男生说分手也应该如此，但男生女生真是两种不同的生物——女生说分手的时候基本上是在开玩笑，男生说分手多半就是真分手。

等意识到分手是真的时，她的反应跟她之前剪男生衣服时一样激烈，而说那些难听的话，包括说男生性无能，这是典型的“分手羞辱”。

什么叫“分手羞辱”？就是恋人中的一方提出分手时，另一方经常以弱者、受害者的面目对对方加以指责和羞辱，而且会把自己所做的一切都放到弱者角度进而变本加厉，这个女生就是这样，她男友如果心智正常，不被吓死才怪。

“分手羞辱”并不是情感交往中的“求生技”，相反是“毁灭技”，它类似今天很让人受不了的“我弱我有理”的思维，就算另一方暂时被留下来，多半有一天也会决意离开，就像之前那个故事中的女生。

初恋之所以刻骨铭心，多半因为这是一种“未能完成的”“不成功的”事件，在心理学上叫“蔡格尼克记忆效应”——西方心理学家蔡格尼克发现一般人对已完成的事情极易忘怀，而对中断了的事情却总是念念不忘。

初恋情结加上“分手羞辱”，会很容易让人变成一条毒蛇，眼镜王蛇那个级别的——“挂号”女生和之前那个男生都是如此。

这种人，内心没有安全感，控制欲强，一旦感觉到不安全便会有较强的攻击性。同时他们内心非常惶恐胆怯，不敢面对内心的真实阴暗，一旦被窥破就会像泄了气的皮球，远远逃遁。

如果不做调整和干预，这种心态不仅会害自己，如果侥幸结婚，多半还会害了家庭和孩子。

而这个问题通常有两种解决方法：一是当事人自我修复，经历几次惨痛状况不一的感情后获得成长；二是借助外力去做调整，这种外力有的解决的是当事人的问题，比如心理医生，有的解决的是被毒蛇伤害者的问题，比如强行介入终止伤害。

对，我就是那个从楼道里冲下来，强行介入吓走那个当事男生的人。

17

疯狂“姐弟恋”

“姐弟恋”的关键，从来就不在“姐弟”，而在于“恋”。

有人问了我一个问题：“多大年龄差的‘姐弟恋’才能被家人接受？”

问这问题的女生1982年生，男朋友1990年生，两人相差8岁。男方家里因此一直不同意他们在一起。

对这个问题，我的好朋友Ely，给过现成的答案。

一

我是在十几年前参加一次羽毛球活动时认识的Ely，Ely长得挺漂亮的，而且因为经常运动的关系，她看上去远比实际年龄小。

当时球队里有不少男生喜欢她，但表白都被她拒绝了——Ely曾有过一段婚姻，那男生在她上学时就追她，她毕业后两人就结婚了。Ely说她那时太年轻，稀里糊涂地就结了婚。

可是两人结婚后的生活并不幸福，那男生比她大几岁，比较有主见，也希望另一半顺从听话。但Ely是个外柔内刚的女生，很有个性和想法，两人在一起总是磕磕绊绊，几年后两人最终还是分了手。

因为经历过婚姻的失败，所以她对当时很多追求者并不感冒：“他们更多的是看外表，并不清楚自己想要的是什么样的人。”

我说那你呢，你知道了吗？

Ely很认真地说，正是这段失败的婚姻让她开始琢磨：自己是个什么样的人？适合自己的又应该是个什么样的人？她觉得自己并不像外表上看着那么柔弱，而现在的社会环境又不需要女性对男性俯首帖耳，“所以能让自己开心的人，才最适合”。

二

因为离婚是Ely提出来的，所以她什么都没要就离开了。她来到了北京，在一家外企做最普通的工作，每个月挣不到4 000元钱，住在一个40多平方米的小房子里，形单影只。

可是我并不觉得她孤独。她总是笑意盈盈的，每次见面说起工作和生活中的种种，哪怕再零碎，她也都是一张笑脸。

忽然有一次聚会的时候，她带了个男生来，说是她新交的男朋友M，带来给我看看——我一瞧，那男生长得倒不错，就是显得太年轻。一问，M刚23岁，比Ely小足足9岁。

我问M，你是认真的吗？他回答得很确定，当然是了。再看Ely，脸上没别的表情，就是在笑。

我了解Ely，她一般不会轻易答应什么，要是一旦答应了，就会很坚持。

她跟M在一起后，周围朋友都觉得他俩不合适，主要就是觉得两人的年龄相差实在太大，她已经32岁了，他才23岁。等十年后他33岁正是男人最好的年纪时，她已经42岁了，他要有别的想法，那Ely怎么办？

三

Ely问我意见的时候，我抛给她了三个问题：一是男生太年轻，女生会很辛苦，生活压力很多都在你这里，你行吗？二是看M的样子就不是个特别成熟的人，跟他在一起跟养个儿子差不多，你有这个思想准备？三是万一你俩以后出现问题怎么办？

前两个问题，Ely的回答特别简单：一是哪种生活都有压力，二是男人在老婆面前都像儿子。至于第三个时，她停了一下说："尽量不让他出问题，万一出了，到时候再说……"然后她又说："我总不能因为这些顾虑，就不去尝试了吧？主要是跟他在一起，我就很开心。"

对于这种情况，我一般不会劝，人在恋爱中的思维都异于常人——我只会把最关键的问题说在前面："万一将来你俩真出问题了，你能承受得了这个后果吗？"

Ely想想，点了点头："自己做的决定，无论怎样都得自己去承受。"

行，有这话我就支持你。

四

Ely和M就这么在一起了。最开始的时候她很辛苦，特别是在工作上，因为这关系到收入，他刚毕业啥忙也帮不上。好在Ely在工作上很拼，工作能力也强，一年以后就升了职，薪水涨了不少。经济压力解决后，俩人开始讨论结婚的问题。

插播一句，"姐弟恋"一般以年龄差距大小为标准，分为三种——相差3岁以内，叫"台阶级"，遇到的阻拦不会太大，克服它的难度也就跟迈上一两级台阶差不多；相差5岁左右的叫"跳楼级"；一旦双方年龄相差超过8岁，那就是"悬崖级"了。

俩人的"悬崖级姐弟恋"要修成正果，还需要经过家庭的考验——男生M有个很强势的妈妈，开始她以为这是儿子一时心血来潮，所以对这事不置可否，没想到儿子会跟Ely谈论起结婚，这强势的妈妈（我们称她"M妈"）可就坐不住了，立马提出反对意见。意识到自己反对无效后，她马上约了Ely见面。

于是Ely就去了。M妈没想到对方居然一点儿都不忐忑，她之前准备的一大堆词儿都不知道怎么说了。两人不咸不淡地聊了一会儿，M妈忽然扔过来一个问题："万一哪天你俩分手了，那你会怎么样？"

Ely毕竟是个有所经历的人，她很淡定地说："该怎么样还是怎么样呗，万一分了就分了，总不能分了就去死吧。"

M妈一听这话，便知道Ely不是那种没主见的女生，一般的考验难不倒她。

五

所以M妈放出了大招——她故意让两人搬回家和她一起住，有时还出各种难题对Ely进行考验。Ely甭管心里愿不愿意，想到两人要结婚，也就豁出去了。

其间的种种，写一本《论"姐弟恋"婆婆考验法术1 000种》都绰绰有余，但Ely还是咬着牙挺了过来。同时她在公司继续得到了升职。

考验持续了差不多两年，M妈就松口了。这两年里她和Ely相处得反而越来越好，她甚至跟Ely说："我儿子什么样我最清楚，我真心希望你们幸福。"

后来想想，M妈的这番话其实还是挺意味深长的——M毕业后这几年其实没做什么正经工作，挣钱养家的压力基本上都在Ely身上。有时候Ely也觉得辛苦，但又觉得没办法，因为这是她自己选的。

俩人在一起的第五年结了婚，这一年Ely 37岁，M 28岁。

六

如果你认为这是"王子和公主最终过上了幸福生活"的结局，那你就错了——没人能做生活剧本的编剧。

两人结婚的第二年，Ely跳槽到了一家顶级外企，虽然繁忙的工作占据了她大量的闲暇时间，但丰厚的薪水让他们的生活水平继续上升——而就在这个时候，Ely无意中发现M有了外遇。

M开始不承认，看到确凿的证据后又道歉又赔罪，还说自己跟对方就是逢场作戏——这就是典型的“渣男”！生活全靠Ely，自己就知道吃喝玩乐，结果还去玩出轨（这话是我说的）——Ely不知道哭了多少次，她想不明白，自己这么辛苦地付出，为什么M还会这样，一点儿都不知道珍惜？

但是两人毕竟一起过了这么多年，Ely还是舍不得，最后她选择了原谅。但没过多久，她发现了M的第二次出轨。M继续又道歉又赔罪，Ely也再次选择了原谅。差不多又过了一年，她发现了第三次。

这次发现特别有戏剧性。Ely给M买的最新款的苹果手机上有定位功能，那天M说有事去外地了，结果被Ely发现他依然在小区里。

这一次M出轨的对象，竟是他在小区里遛狗时认识的一位女邻居。站在女邻居家阳台，就能看到自己家的灯光。

而且M出轨的事好像很多人都知道，大家都像看笑话一样看Ely。

七

说起来，“悬崖级”姐弟恋之所以这么不被看好，跟男女之间的生理和心理差异是直接有关的，并不是毫无根据。

但更重要的还是之前我问过的：当问题真的来了，你会如何面对？

当Ely告诉我M其实就在对面楼的女邻居家时，我其实一点儿都不意外——从一开始我就不喜欢M，但因为他是Ely选的人，作为朋友我只能无条件地支持她，但并不意味着我对这个人没有自己的判断。

没有事业心，没有责任感，为人不靠谱，典型的巨婴[1]、渣男。说他是渣男都侮辱了渣男。

那段时间Ely瘦了20斤，本来就苗条的她几乎成了纸片人。她问我该怎么办，我说："你自己拿主意啊，你怎么决定我都支持你。"

我想想又说："说当初我不是问过你，能不能承受这个后果吗？现在后果来了，你是不是真的准备好去承受？"

她不说话，就看着对面阳台上的灯光，泪水长流。

后来的百转千回就不多说了，最终Ely选择了离婚。这时已经来到了他们相识的第八年，她40岁，他31岁。

八

当初俩人在一起时有人劝分，现在俩人离婚居然又有人劝合："Ely啊，你也这么大年纪了，男人都这样，你们还是凑合着过吧。"但她主意已定。自从下定决心离婚，Ely就把M和他所有的东西扫地出门，电话、微信、短信、邮件全部屏蔽。

M的父母好几个月以后才知道这事，他们特别舍不得，还一度希望俩人重修旧好。Ely对待两位长辈还是很有礼数的，只是淡定地说："算了，我还有自己的生活呢。"

M跟那女邻居也没在一起，后来又死乞白赖地找回来，Ely说也不知道怎么回事，现在再看这人怎么一点儿感觉都没有呢。

这时Ely已经40岁了，就像那些劝她的人说的那样，40岁的女人还有选择生活的条件和可能吗？

如果你认为这是一个"中年女性被年轻小伙伤害后一蹶不振"的结局，那你依然错了。

---

① 巨婴，指心理年龄停留在婴儿水平的成年人，该说法近年来在网上流行。——编者注

Ely恢复单身后，继续健身、旅行、滑雪、去香港工作……差不多花了一年时间，她又变回了那个我熟悉的、笑意盈盈的Ely。她虽然已经过了40岁，但是看上去就像30岁出头一样，依然那么健康美丽。

最重要的是，尽管她已经经历了两次失败的婚姻，但这并没有让她变得阴沉、尖酸，反而更加温和、清润。

九

后来一次去河北张家口崇礼滑雪，一个小伙子向她表白了。小伙子有多年国外留学工作的背景，那年29岁。

她看了一眼小伙子说："你知道我多大吗？"小伙子说："我知道啊，我已经注意你好久了，其实我喜欢的是你这个人，跟你年龄多大没关系，况且你看上去很年轻。"

Ely又说："我只和以结婚为目的的人交往。"小伙子很认真地说："对啊，我就是那样的人。"

没多久，Ely和他正式开始交往了——这次，Ely面对的已经不是"悬崖级"恋情，而是年龄差12岁的"灭绝级"。

但是Ely却远比上一次心里更有谱。

她说：我不能因为受过伤，就失去爱的能力；我更不能因为遇到背叛，就否定自己的努力和付出。两个人在一起的时候，我从来不去想什么年龄差距，那些真的不重要，重要的是两个人是否真心爱着对方。

是的，"姐弟恋"的关键，从来就不在"姐弟"，而在于"恋"——差5岁、8岁、12岁都不重要，关键还是爱得有多真、多深、多为对方着想，以及是否能排除万难，而不是仅仅停留在嘴上。

至于未来，交给时间。

祝福Ely。

18

情人节，爱人劫

有时候最狗血的剧情就是真实的生活吧，它能让你前一秒还在天堂，后一秒就滚落地狱。能不能爬出来，就看你自己。

真是很抱歉，写下这个题目我就有些发愁，因为它实在太像“知音体”了，但我又实在不知道该如何概括这样一件发生在身边的事情。

一

一个情人节的下午，我忽然接到丽娜的电话，问我晚上有没有时间。

那天我正好没有什么事，但是丽娜的电话让我很意外：她难道不是应该和她先生共度情人节吗？她在电话里语气很冷静地说：“今天不跟他在一起。”

一听她这语气，我心里“咯噔”一下，下意识地问：“是不是李龙又出什么问题了？”她在电话那边很安静，一直没说话。

等到了约定的咖啡厅，丽娜已经先到了。她还是一如平常那样精心打扮过，经常锻炼的身材丝毫没有走样，看上去也就30多岁。

一问才知道，果然李龙又出轨了——那天丽娜的手机没电了，她想用李龙的手机订一个餐厅，两人晚上去吃饭。没想到，打开手机她就看到了不想看到的信息。

在此之前，丽娜跟李龙刚刚因为一件小事发生了不愉快，两人两天没说话。情人节共进晚餐是李龙主动提议的，丽娜想了想就答应了，这下……

她拿着手机去问李龙，让她万万没有想到的是，他一把抢过手机，然后用一种让她难以接受的语气说："胡说，那就是一个普通朋友。"

丽娜说："普通朋友会叫你老公？！会跟你亲亲？！会说上次那家酒店环境不错？！"

李龙恼羞成怒："你不过是一个只待在家里不挣钱、不养家的家庭妇女，你凭什么管我？！……"

说到这里，丽娜冷冷地看了我一眼："你还记得吗？一年多前他也说过这句话。"

二

丽娜是我刚来北京就认识的朋友，相处很多年了。她个子高挑、外形靓丽、性格开朗，家境也不错，曾经是很多人喜欢的对象，其中不乏外人觉得条件优秀、和她也很般配的人。

但是那些人丽娜通通不放在眼里。那时她说的最多的就是"我只会跟自己喜欢的人在一起"！——在丽娜心目当中，爱情是至高无上的，没有什么能够替代它。

所以当丽娜把李龙带到我们面前时，每个人都很意外——李龙比丽娜小 6 岁，那时候他刚参加工作一年多，看上去一表人才，就是太过年轻。

那次见面，基本都是丽娜在招呼和介绍，李龙基本上不怎么说话，显得束手束脚。这个情况尽管让大家都觉得很意外，但看得出来，丽娜很喜欢李龙，而李龙也对丽娜不错。

丽娜和李龙在一起最开始并没得到多少人的支持和祝福，其中包括丽娜的父母。在他们看来，李龙比丽娜小太多，又刚刚走出校园，整个人都没定性，这样对女生并不是太好。

但是丽娜把这些话都没有放在心上，她总是说只要他们两个人相处得好就可以了。

倒是李龙的父母，并没有太多阻拦。李龙是外地人，家境一般。他第一次带丽娜回家的时候，丽娜表现得落落大方，跟家里的每个人都相处得不错。

当然也有亲戚有意无意地说起丽娜的年龄，对此，李龙非常坚定地说："你不知道丽娜对我的帮助有多大！"

亲戚们也就闭嘴了。

三

丽娜和李龙在同一行业工作，只不过丽娜是佼佼者，而李龙只是一个新人。为了让他不断地跟上，也为了让他心里没有压力，丽娜不遗余力地帮助他，资源、人脉，甚至在一些业务上都在帮李龙想办法。

在丽娜的大力帮助下，没有多久，李龙也开始崭露头角，得到了公司的重用。随着李龙的冉冉升起，丽娜却显得有些裹足不前。

最明显的一个表现就是，连续拿了好几年公司业绩优胜奖的丽娜，在跟李龙确定关系之后的第二年，落到了前五名。

面对这种情况，有些人对丽娜的倾尽全力不理解，她则不以为然地说："两个人在一起，要能互相为对方着想，那才是最重要的。"

对于丽娜来说，她更在意的是不希望李龙因为和她在各方面都有差距而压力过大，这是她努力帮扶李龙的重要原因。

记得丽娜还跟我说过，李龙是男人，男人很要面子，所以即使在帮他，她也从来不会刻意在李龙面前大张旗鼓，反而会用润物细无声的方式，悄悄地把事情做了。

李龙也并不是一个迟钝的人，丽娜对他的帮助他心知肚明。他会非常感激地说："亲爱的，实在太谢谢你。"而丽娜总是笑着摇摇头："咱俩还谈谢，至于吗？"

俩人在一起一年多便走入了婚姻殿堂。

他们的婚礼办得很隆重，可穿着雪白的婚纱和李龙一起站在证婚人面前交换戒指的丽娜，却怎么也想不到，之后的她会遇上什么样的人生。

四

毕竟比李龙大 6 岁，无论是工作还是生活上，丽娜都要付出更多。

两个人买的婚房是丽娜出的首付，却写的李龙的名字。丽娜说，这样做是因为不愿意让他觉得有压力。

两个人的第一辆车也是丽娜买的。提车那天，李龙高兴得手舞足蹈，说自己考了驾照好几年了，一直没有机会开车。

一切看上去都很好。

婚后一年多，丽娜怀孕了。得知有了宝宝的她特别高兴，家人也很开心。为了让她安心待产，丽娜的妈妈还专门辞了工作过来照顾她。

那段时间李龙的项目正进行到关键时刻，经常加班出差。丽娜则努力为他做好后勤服务。

有一天，出差回家的李龙把衣服顺手放到沙发上，丽娜跟过去收拾，没想到却在李龙的西装上发现一根长长的褐色头发——丽娜的头发从来都是漆黑发亮，这绝对不是她的头发。

丽娜问李龙这是怎么回事，李龙淡淡地说，他是和女同事一起出差的，可能吃饭或者开会的时候无意中碰到了吧。

丽娜非常相信李龙，看到他神情自若，也没把这事放在心上，就此翻篇。

随着肚子越来越大，丽娜开始准备休产假。大概到怀胎六七个月的时候，突然有一天她接到一个电话，电话里是一个年轻女生的声音，上来就问："你是李龙的太太吗？"

丽娜很奇怪："是啊，你是哪位？"让丽娜大吃一惊的是，那个女生在电话里"哇"地就哭了，说她跟李龙已经保持了很久的恋爱关系，想跟她谈谈。

这通电话像闪电一样把丽娜给击中了。她愣了半天，根本不相信对方所说的话，更不相信跟自己朝夕相处且那么恩爱的李龙，会在自己怀孕期间出轨！

再一问，这女生居然就是他的同事。丽娜立即想起了他西装外套上那根长长的头发。

丽娜并没有立即去跟李龙对质，而是约了那个女生见面。

一见面，她就被刺痛了一下：那个女生有一头长长的褐色头发，看上去很年轻，应该跟李龙差不多大。

见到大着肚子的丽娜，那个女生也是一愣，没说两句话就趴在桌子上哭起来："我知道这个时候来找你很不合适，但是我真的离不开他，我希望你能够成全我们。"那个女生楚楚可怜地说。

丽娜想了想，很冷静地问她："你觉得他对你是真心的吗？"

那个女生坚定地点点头："当然是，他说他会一辈子爱我。"说着，她拿出了一摞信件，丽娜一看就知道那是李龙的笔迹，可是李龙从来没有给她写过情书。

五

李龙在情书当中写道，他会永远爱她。

这个她，却不是丽娜。

李龙还花了很长的篇幅解释他和丽娜之间的感情："她喜欢我更多，她对我现阶段有帮助，所以我现在还暂时不能离开她，但请相信我，我始终只爱你……”

这一切像绞肉机一样把丽娜的心绞得粉碎。她万万想不到，看上去单纯、上进的李龙，怎么会用这样一副面孔出现在另外一个人的面前？她也想不到，平常他在面对自己的时候，到底心里在想什么？

沉默了一会儿，丽娜很镇定地对那个女生说，她是不会放手的。

那天李龙下班回家，看上去和平常没什么两样，但在丽娜眼里，一切都已经变了。

“你是不是有什么事瞒着我？”丽娜跟李龙摊了牌。当看到那个女生发来的聊天记录时，李龙几乎吓白了脸，他完全没想到丽娜会和那个女生见面。

因为证据确凿，李龙也没有什么可狡辩的，他承认了自己出轨的事实。至于原因，他说是因为丽娜的怀孕。另外他还说，有时候丽娜比较强势，而那个女生永远是仰视他，能崇拜地听他说话。“你也知道，有时候男人就是喜欢女人不那么强势，温柔一些。”

他苦苦哀求丽娜的原谅，并赌咒发誓说，自己永远不会再和那女生见面。尽管心如刀绞，但是想到过去这么多年的感情，特别是肚子里即将出生的孩子，丽娜咬咬牙，忍了。

几个月后孩子出生，是个特别可爱的闺女。那段时间李龙表现得还不错，每天按时上下班，一回家就照顾孩子，“宝贝宝贝”地叫个不停。看到他这个样子，丽娜渐渐地放下心来。

那段时间丽娜把全部的时间都用来照顾家庭和孩子，当时周围没有任何人知道李龙出轨的事，而丽娜和李龙始终是旁人眼里的神仙眷侣。

女儿快3岁的时候，有一次丽娜要出差，就安排让李龙去幼儿园接孩子，李龙答应了。

没想到丽娜的出差计划临时变化，她提前回了家。一到家，她就在门厅看到了一双高跟鞋。

六

被堵个正着的两人特别狼狈地从卧室里出来，还是那个有褐色头发的女生。面对目瞪口呆的丽娜，她仓皇离开。

这一次丽娜狠狠地打了李龙一个耳光。她始终想不通的是，自己为了这个家努力地操持，为什么李龙却如此不珍惜，非要跟外面的女人勾三搭四？

两个人爆发了激烈的争吵。争吵当中，李龙甩出了丽娜让自己接受不了的缺点：强势、能干、不听话、不会做小女人状、平常不太温柔。

他的这些话让丽娜非常受伤。

后来丽娜给我打了很久的电话，我才惊讶地知道了李龙出轨，而且不止一次的消息。

“你说，他为什么会变成这个样子？”丽娜痛哭着问。我想想说：“可能未必是变成这个样子，而是他以前就是这样子，只是那时候你脑子里全是爱，看到的都是他好的方面，没有想到而已。”

冷静下来后，李龙再度向丽娜道歉，他还是不想和丽娜分开，丽娜心里也很舍不得。两人的孩子还那么小，她觉得不能让孩子的生活中没了爸爸。

丽娜解决问题的方式让我很吃惊——她居然辞掉工作，回家当了全职主妇。

她说，与其两个人都在外面忙，那还不如一个人做出一些牺牲，这样的话至少家庭和孩子还能兼顾。另外李龙的工作已经走上正轨，收入负担全家生活也不成问题。

另外丽娜也仔细想过李龙的话，她认为强势、不顺从、不温柔可能是因为自己事业心太强了，也许回归家庭能让自己温柔起来，做回老公希望的样子。

说实话，丽娜的这个决定我并不赞成——这跟经济压力无关。我始终觉得，中国社会其实对女性要求得非常多，如果没了工作，而对方又有这样的“前科”，很难想象以后会发生什么事。

但是已经决定再次原谅的丽娜还是坚决地辞了职。

七

丽娜第三次发现李龙出轨，是在一年多前——这一年他们的女儿已经 7 岁多，丽娜已经在家里做了整整五年的家庭主妇。

这五年里，丽娜除了照顾孩子，就是每天操持家务，她完全放弃了自己的事业和工作，全心全意地打理一家人的生活。

当然她还坚持锻炼。她说自己毕竟比李龙大几岁，年龄差距是迈不过的坎儿，如果她什么都不做，很容易给外面的女人可乘之机。

丽娜的努力并不是没有成效，她看上去还是那么光彩照人，远比实际年龄小，身材也不像同龄的孩子妈那样走形。

安生的日子过了五年，丽娜以为，李龙终于定了性。直到有一天，丽娜无意中从他们共同的朋友那里看到了一张合影，李龙旁边站着一个年轻姑娘。也不知为什么，丽娜的第六感告诉自己，他们两人的关系不一般。

再后来，丽娜就留了心。现在的她已经不像最开始那么轻举妄动了，这一注意便发现了很多蛛丝马迹，无论是他的出行还是日常联络。

一个月之后，她亲眼看到了李龙和那个年轻姑娘在酒吧亲热的场景。

两个人的战争再度爆发。

让丽娜万万没有想到的是，一番争执过后，李龙甩出一句：“你在家里好吃好喝，我在外面挣钱养家，你当然不理解男人在外面的辛苦！”

那是丽娜第一次听到李龙用轻蔑的语气跟她说话。她说因为她比他大，很多事都是她帮他拿主意，即使发生争吵，李龙也从来不会用这种口气跟她说话。

那次争吵之后，难过的丽娜也来找过我。我在公司楼下的咖啡厅里听她说了这件事。

末了她说，他在外面赚钱是不假，但是我也不是好吃好喝闲待着，我在家里带孩子，操持所有家务，料理一家老小，每天忙得要死……他居然会说出这样的话来。

我想想说："你不觉得你这些年变了很多吗？"丽娜很惊讶地看着我："有吗？"

我说："是真的。这些年你把所有的时间和精力都放在孩子和家庭身上，没有自己的事业，经济也不独立。说句直白话，你们两个人之间的关系，很大一部分是建立在你比李龙强的基础上。

"以前李龙尊重你，也是因为你很多方面比他强，但是这五年你没有工作，而他不断上行，已经开始远远地超过你了。虽然夫妻之间并不需要互相攀比，但是你至少不能失去自己。

"李龙是个很现实的人，当他觉得你各方面都比他差的时候，他对你的那种尊重就消失了，也会影响你们的感情。"

八

按照丽娜的性格，第三次发现李龙出轨时她已经想离婚了。但是我的话无意中击中了她的软肋——她不想再被李龙轻视，反正现在孩子也大了，她决定首先恢复工作。

但是话说着容易做着难，等到她真的开始找工作的时候，才发现一切和五年前已经截然不同了——

五年前她驾轻就熟的人脉和资源现在都已经变了，五年前她能即兴对很多事情侃侃而谈，现在却已经理解不了对方在说什么了……

是的，经过五年的主妇生活，她已经被飞速发展的社会和职场的节奏甩在了身后。好不容易有一两次面试的机会，结果丽娜却发现和她设想的完全不同，要么就是职务要求高，要么就是初级岗位，丽娜又不愿意去。这样高不成低不就的情况，成了摆在丽娜面前的现实。

面对这种状况，丽娜一度非常的痛苦。她怎么也没想到，不过当了五年家庭主妇，怎么整个世界都像变了一样？

那段时间她的朋友圈里净是郁闷心情的写照，比如，“像在太空里没着没落”，或者“在冰冻中冷藏”。

丽娜有些想打退堂鼓。我告诉她：“如果你不想再次从李龙口中听见那些伤人的话，你就一定不能再像以前那样放弃自己。”

唉，这个世界上，只有你自己强，别人才会尊重你，有时候甚至包括你的爱人——这个强并不一定指的是收入和个性，而是自立。

最后，碰了很多次壁的丽娜决定创业，她和一个朋友共同出资，开了一个早教中心。

那段时间丽娜忙着中心开业，和李龙之间的冷战持续了很长一段时间，连他们的女儿也感受到了，有一天忽然问她：“妈妈，你为什么不跟爸爸说话了？”

面对女儿天真的面容和稚声稚气的问题，丽娜心里百感交集。

九

说实话，开始创业工作的丽娜也不太顺利，对于做生意她完全是个门外汉，最开始的客户都是朋友介绍的，只能一点点地熬着。

但这一切她并没有告诉李龙，因为创业工作相对自由，一切看上去和以前并没有什么变化。而李龙还像以前那样，貌似什么事情都没发生过，依然早出晚归。

重新工作的丽娜对于李龙盯得也没有那么紧了。要在以前，李龙稍微晚一点回家，她就会觉得非常难受，就会去刨根问底。

李龙也觉察出了她的变化，反而主动示好，再次向她道歉，希望重修旧好。丽娜没说行，也没说不行。她说自从那天第一次听见李龙说出那句特别伤她心的话后，她心底某种意识就已经悄悄觉醒了。

其实在这些年，李龙在职场一帆风顺，已经成为那个行业当中的佼佼者。丽娜曾经看过他和那些第三者的聊天记录，每当他说到和丽娜之间的感情，便会说他从来就不爱丽娜，都是丽娜在爱他。

而每当第三者希望他跟丽娜离婚的时候，他就会解释说，自己在工作和家庭上还是很需要丽娜的。

在这一年多时间里，很多次丽娜都差一点因为孩子心软，但是每当想到他说的那句话以及他这些年的多次出轨，丽娜的心就又坚硬了起来。

这一年多的日子不咸不淡地过了下来，两个人之间再也没有了最开始的甜蜜和温存。

然后就发生了刚刚过去的这个情人节那天的事。

丽娜说："其实这一次我已经不像前几次那么伤心了，因为第六感告诉我，就算他说得再好听，就算我再一次相信他，他也一定还会再犯。"

但是当事实再度摆在眼前，当她再次从李龙口中听到他说出那种话，当她再次从李龙目光中看到他对自己的那种轻视时，丽娜说她还是很受伤。

这一次丽娜终于彻底失望了。

十

丽娜取消情人节的晚餐时，跟李龙说："既然这样，那你就净身出户吧，我们离婚。"

倒是李龙听了吓了一跳，因为这是这么多年里丽娜第一次提离婚——以前哪怕是被丽娜捉奸在床，他也没有从丽娜口中听到这句话。

李龙下意识地说："我走了，你靠什么养活自己啊？"丽娜冷冷地说："那我也不愿意你用这样的方式来养活我。"

就在丽娜出门之前，同住的婆婆忽然跟她讲："都老夫老妻了，有些时候睁一只眼闭一只眼算了，古时候哪个男人没有三妻四妾啊。"

丽娜听了，觉得平常慈眉善目的婆婆此刻就像个妖怪一样。

那天在咖啡厅里，丽娜跟我说："李龙还以为我是以前那个待在家里，天天大门不出二门不迈的家庭主妇，离开了他就活不了呢。"

实际上，当丽娜真正开始进入角色，她身上原有的那种聪明和坚毅就回来了。这一年多早教中心的生意越来越好，就算没有李龙的收入，丽娜养活自己和孩子也没有任何问题。

而在工作之外，在这一年多时间里丽娜还完成了一些事：她把家里所有房子都过到了自己名下，也把所有存款都转到了自己的账上。

房子和财产过户这件事，李龙曾经觉得很奇怪，丽娜似笑非笑地看着他问："你在担心什么？"当时李龙张了张嘴，但最终啥也没说，签了字。

十一

丽娜说，经过这么多年的波折，她终于明白了一件事：过去她最大的问题就是始终把爱情放在第一位，超越了工作和生活及其他，但是实际上，上天并不会因为你看重爱情就一定会给你一份值得看重的爱情。

而情人节这天发现李龙第N次出轨，让丽娜最终确定，人这一辈子最应该珍惜的就是自己。

她说如果不是一年多以前李龙那句话刺伤了她，她还不会那么快地醒悟过来。

她已经正式向李龙提出了离婚，因为手里有太多李龙出轨的证据，她要求对方净身出户。李龙又开始苦苦哀求她，但是这一次丽娜不为所动。

她咨询过律师，律师看了所有的材料说，如果协议不成，她获得大部分财产的把握很大。"其实我对财产没有太多兴趣，我只是希望让他得到教训，你不能用这样的方式对待一个这么爱你的人。”丽娜说。

当然从现实看，他并没有得到教训，但得到大部分的财产对丽娜来说也是一个不错的结果。

嗯，女人一旦不爱了，智商和力量也就慢慢恢复了。

第四章

爱情黑白配之白

19

名模故事

> 人这一辈子，总会有些事情像烙饼一样，翻来覆去地折腾。

一

我妈是个交游很广的老太太，她在小区里住了三个月后交到的各路朋友，比我在这里住了八年交到的朋友都多。

在她交的这些朋友中，有个阿姨跟她特别谈得来。这个阿姨人很朴实，跟我妈妈差不多年纪，东北人，热情爽朗，心直口快，经常跟我妈一起满北京城逛着玩。

这个阿姨有两个儿子，都是学体育出身，老二从公安大学毕业后当了武警。“你知道那老大是做什么的吗？”我妈那天问我，我说：“干吗的？”

我妈说：“是个模特，还是个特有名的模特呢。”

这个答案让我还挺意外的，模特？这个巴掌大的小区居然会有个模特，还是个挺出名的模特？这一点我的确没想到，对大多数普通人来说，模特并不是一个让人立即就能产生直观感觉的职业。

见我不信，我妈继续说：“真的，前几天他还上了报纸呢。”第二天，我妈果然拿过来一份报纸和一套DVD来。那是份行业报，就算是在媒体工作了十多年的我依然没有听说过。这期报纸边栏登了个“豆腐块”，

200多字，介绍某某品牌举办的活动，某名模出席，有张他的小照片，看起来是个成熟憨厚型的帅哥。

看到他的脸我忽然想起来了，那段时间国内某大通信公司的主打广告主角就是他，他扮演一个笑容自信的成功男士，笑起来龇一口白牙，在北京城公交站牌、地铁灯箱上四处闪亮，我们暂且叫他L。

我妈说那套DVD是L跟某一线女明星演的电视连续剧。我看了两集，终于在某集快结束时看到了他的身影，他在里面其实是跑龙套，和专业演员相比还是区别挺大的。

二

这帮老太太在一起玩，除了聊老公就是聊孩子。

那段时间那个阿姨总跟我妈兴冲冲地说L又参加了什么活动，有什么样的名人参加，还会有什么样的报纸报道。阿姨经常拉着我妈一起，顶着大太阳跑好多个书报亭去找那些报纸，其实买回来一看，经常只是200字左右的“豆腐块”，有时候连他的名字都给省略了，毕竟模特这个领域不像音乐、影视那么广为人知，但是不管怎样，阿姨都会特别仔细地把那些报纸一份份地保存起来。

后来北京举办一个规模很大的模特比赛，L也参加了。说实话，他不是那种青春逼人的靓丽小帅哥，也不是那种眉目俊朗的英挺型男，他属于那种靠毅力和坚持取胜的人。之前的很多年他在圈子里摸爬滚打，都是典型的绿叶，但那年不知道怎么回事，他在这个比赛中一直走到了最后，而且居然拿下了冠军和“首席男模”的称号。

当主持人宣布冠军归属后的一刹那，闪光灯噼里啪啦地亮起，处在众人目光焦点中的L明显有些意外，但随即脸上涌起狂喜的表情。

他对着镜头这样表达着获奖感言：“我没想到会有这样一天，我希望它能让我变得更好，能拥有更多的机会，如果可以……”他顿了一下，然后说，“能让我的母亲过得更好，让她能为我骄傲！”

阿姨当然很骄傲。L拿到冠军的那天，阿姨在家里忍不住流泪，却又满心喜悦，一直跟我妈说：“太好了，太好了，总算熬出来了。”

三

很快，我就从我妈那里知道了阿姨一家的故事。阿姨很早就离婚了，自己带着两个孩子，有过一段非常辛苦的日子。她老公离开她是因为有了其他女人，俩儿子当时才十几岁，对那个女人恨得不得了，他俩就一起跑到那女的住的地方，趁父亲不在，砸人家的窗户 等人家追出来，俩人一起大声喊“破鞋破鞋”，然后逃掉。

再之后L跟母亲来了北京，阿姨开了家小餐馆，L读完体育大学后转行当模特，又是一番辛苦，熬了十年，才有了崭露头角的一天。

我对模特这行，其实一点儿都不了解，所以每次听我妈转述里面的故事都觉得特新奇。有一天，我妈从阿姨那里知道了L的感情经历。

几年前L参加一个活动，结果被一个BTV（北京电视台）的女主持人看上了，那个女主持人已过30岁，未婚，很漂亮，有车有别墅，跟L好了后俩人很快就住在了一起。我听着这等趣闻觉得实在有趣，问我妈，那L不就掉进了温柔乡、富贵园？

我妈说，根本就不是！ L是个很老实的人，从他的面相就看得出来，他跟那个女主持人住在一起后，她先是开口向他借钱，他哪儿有什么钱啊。后来女主持人就把一张卡给了L——我开始以为是给L钱花，但没想到那是那个女主持人的房贷还款卡，她让L帮她还别墅每个月的贷款。

L那时候还没变成“红花”，不过是二线模特而已，男模的市场比女模要差不少，他每个月的钱刚够自己开销，他哪儿有钱给女主持人还贷款啊，于是转手就把那卡给了他妈，阿姨只得用自己的积蓄往那卡里存钱，还了几个月就暗暗叫苦不迭。没想到这时候儿子回家来了，告诉她那钱不用再存了，他也从女主持人那里搬出来了。一细问才知道俩人同居几个月后，新鲜劲儿过去，女主持嫌L空有一副好皮囊，却没什么实力，就提出了分手。

儿子被甩，一般父母都会担心，可阿姨跟我妈说，“你不知道我有多高兴”。后来阿姨想想，又觉得既然人已经被你甩了，那垫付的几个月房钱你得还我。她就跟L说了，L也老实，真跑去跟女主持说：“那几个月房钱是我妈垫的，要不你还是把钱还给我妈吧。”哪知道女主持白眼珠一翻，说：“啊，那钱还用还啊？”

四

在阿姨的叙述中，两个儿子还是有些许差别的，L比弟弟更能吃苦，那时候阿姨在北京城北开了个小餐馆，靠这收入供两个孩子读书，每天饭馆关门后阿姨就用凳子拼成床，睡到第二天早上营业。L一有时间就来店里帮忙，忙完了也睡在店里。尽管条件很简陋，但他从来不说什么。后来他毕业工作了，弟弟又来北京读体育大学。等弟弟毕业找工作的时候，L花了很大力气，包括金钱，终于让弟弟落户北京。

我见过那家老二，也很高大健壮，但是跟L相比，还是少了些磨砺。说实话，L的气质还是属于老实本分型的，跟他从事的那个光怪陆离的行当并不合拍，但可能就是因为这种不合拍，反而把他衬托得跟别的男模不一样。打个比方，好看的人太多了，如果你很平凡，反而就特殊了些。

有一天，L大概是从阿姨那里知道我出过书的事，就找来看了，看完后跟阿姨说，这是个读书人，他的生活就是在想事，我们的生活就是啥也不想。

这话通过我妈又传到我耳朵里，我心想，这个L一定是碰上什么想不明白的事情了。

果然，没两天，L让阿姨带着他来我家找我了。我妈开的门，他还拎着一包东西。这是我们俩第一次见面说话，之前做邻居六七年，我们对彼此完全没有印象。他来果然是有事的，这行做到这步，在国内模特界已经基本到头了，国际模特界又与他的朴实气质完全不符，他想不明白，自己的未来在哪里，想问问读书人的意见。

坦白地讲，这个问题问100个读书人也没什么用，因为读书人基本都不当模特，模特基本都不读书。我想，他可能已经有了想法，只是想得到别人的认同或者理解而已。模特这一行，跟其他行当没什么区别，当你站上一线，如果不想好下一步，那就只有面对一拨又一拨新人的冲击，而他，其实比我小不了两岁，在模特界已经是个“老帮菜”了——最新的例子就是，以前每年的北京车展，他都会去为最好的几个品牌做主秀，但是那年他刚刚拿到那个冠军，却第一次被一个新面孔顶替了北京车展主秀的位置，让兴冲冲的他无比郁闷。

是的，有的时候山腰反而比山顶更安全。

五

那次聊天后，我们也就见了两三次面，我基本都是夜班，而他经常在全国各地走秀或者做活动，碰不上面。关于他的事情，我大多是从我妈那里听来的，这帮看破人生的老太太，聊起来没边没际的，啥都说。有一天我妈出去遛弯儿回来就不停地偷笑，我说：“您干吗老笑啊？”她说：“你阿姨说，昨天晚上老大回来，她去开门，忽然发现儿子带回来一个姑娘。”

我说带回个姑娘有啥啊，多正常。我妈说，嗨，当然没啥，不过你知道那姑娘是谁？我说不知道。听我妈说出名字后，我“啊”地惊讶一声，她是个很有名的女模特，现在已经在影视界发展了。

可没多久情况又发生了变化。某天早上阿姨起来，见一高个子姑娘在屋里压腿，她以为是之前那个姑娘呢，就打了声招呼，结果那姑娘一扭头，阿姨愣了，不是之前那个，而是另一个非常火的一线女模特。

阿姨按捺不住了，偷偷问L，你究竟是跟谁好呢？L瓮声瓮气地说了声“谁都没好”，就不言语了。把阿姨给气得不轻，跟我妈嘀咕了半天，最后恨恨地骂，这小子在这方面跟他那个死爹一样！

模特这一行听着光鲜，可要把它当成工作，也没那么容易。这事吧，甭扯什么艺术、品位，说白了就是人肉衣服架子，活儿其实挺累。而且男模要红起来真是太难了，也就一个李学庆，还半红不紫，至于胡兵，又有多少人记得他当模特的情景？

所以L跟女模特的事实在没什么好惊奇的，他们这一行跟外界交流不畅，L连上网都不会，家里连电脑都没有，所以有点儿需求基本就“内部消化”了，很正常，谁没点儿基本需求呢？后来，之前说的两位女模特就都不来了，L又有了几段感情经历，女孩有的是名门之后，有的是白领精英，不过时间都不长就“歇菜”了。再后来，L又谈了个女朋友，这个女孩子不是圈内人，听阿姨说，女孩人挺老实的，也挺喜欢L的，俩人在一起挺安稳的。

不过呢，人这一辈子，总会有些事情像烙饼一样，翻来覆去地折腾。就在大家都以为日子就这么过下去的时候，忽然又出了状况——BTV的女主持人杀回来了。

六

情况大概是这样的。在离开L之后的几年里，女主持人又谈了几次恋爱，可不知道什么原因，最终都没有修成正果。对一个漂亮女人来说，她的天敌不是比她更漂亮的女人，而是年龄。到这时候，女主持人已经30多岁，可是依然孑然一身，这让她又想起了那个曾经对她言听计从的L，忽然又念起了那个老实男孩儿的好，所以她重新和他取得了联系。

这一次，女主持人同样非常直截了当，她表示希望恢复以前的关系。我开始以为L会断然拒绝呢，本来嘛，好马不吃回头草，兔子不吃窝边草，天涯何处无芳草……没想到L并没有这么做，而是说自己已经有了女朋友，而且比较稳定。其实这也不错，一般女人听到对方这么说，就知难而退了，可女主持人说，没问题，我去找你女朋友谈谈。

她真去了，而且真的就这么把人家打败了，让那个可怜的女孩子离开了L，听得我下巴差点儿掉地上，心想，这女主持人真不是一般人。

又过了一段时间，有一天晚上我下班回家，路过小区门口的时候，忽然看见L和一个女人下了出租车。我连忙多看了两眼，女的果然很漂亮，身材高挑火辣，不过怎么他们旁边还放着大包小包？后来我才知道，女主持人一不做二不休，干脆把自己的别墅卖了，搬到了L家里来，两人开始了同居生活。

从那之后，我再也没见过L，但是也没听说他结婚的消息。我妈返回成都后不久，女主持也从我们小区里再度消失了。偶尔我还能在电视上看见她，还是化着很精致的妆容，但神采跟前几年已经没法比了。

之后又不知过了多久，我在健身房跑步，电视里正好播出了某著名时装品牌秋冬新品展示的新闻，我一眼就认出了压轴的男主秀L，说来也奇怪，以前一直觉得他的气质朴实，不像这个圈子里的人，可这次我发现，无论是眼神还是形象，他跟以前都有些不一样了，跟周围奢华的气场倒渐渐吻合了起来。

20

渣男圣女一相逢

爱错不可怕，谁喝水没被呛过，可怕的是爱错还要将就。

璐璐坐在床边，忽然对我说："哥，我想跟你说一件事。"

我看了她一眼，这个和我从小一起长大，和我先后来到北京的娟秀妹子，本来应该很开心才对。

我慢悠悠地说："你是要跟我说你准备跟Mike离婚吗？"

她惊讶地抬起头来："你怎么知道？"

我当然知道，从一年多以前我就知道迟早会有这么一天。

一

一年多前，也是这么个安静的周末下午，璐璐跑到我家，坐在床边跟我聊天，聊着聊着忽然说："哥，我想跟你说一件事。"

我回头看了她一下，平常欢声笑语的她忽然变得很严肃。我慢悠悠地说："你不会是想跟我说，你准备跟Mike结婚吧？"

当时璐璐也是一惊："你怎么知道？"

我看着璐璐，那年她25岁，美丽动人、性情温婉，正值女孩子最好的年纪。

我说："你爸妈他们同意了？"她有些郁闷地说："没有，死活不同意。"我说："那你怎么结婚，手续都办不了。"

璐璐脸上绽出一丝狡黠的笑容："我趁他们不注意，把户口本偷了出来……"

我说："好吧，这是你自己的决定，我不说什么了。不过你真的要想好，婚姻是终身大事，不要拿它来试错。"

当时璐璐很认真地说："我知道，但我就是想和他在一起。"说这话的璐璐神情坚定，就像夜里看见了烛光的飞虫。

二

璐璐年轻漂亮，本科毕业后出国留学，一路拿下两个硕士学位后回国，在北京一家大公司里工作。

像璐璐这样条件出众的姑娘，走到哪儿都是众人目光注视的焦点。她回国后也有不少青年才俊对她表示了好感，但她从来都不给任何人机会。

一问才知道，她已经有了男朋友，对方是她留学时认识的同学，名叫Mike，跟她差不多年纪，也是位中国留学生。能在这个年纪出国留学，想来各方面条件也不会太差。所以一开始，旁人对璐璐和她男友的态度还是满怀期待的。

璐璐比男友先回国，把工作、住所确定已经是两个月后了。她说希望在男朋友回国前，给俩人一个踏实的家。

我看着上上下下奔忙的璐璐，还跟她开玩笑："这些事难道不是两个人一起做更有意思吗？"

璐璐只是笑着说："谁做不都一样。"

后来她男朋友回来了，两人直接回了一趟老家，见了璐璐父母，目的自然是确认他们的关系。

还在老家的时候，璐璐给我打了个电话，言语间有些生气："哥，我真是想不明白，人家一回国就专程飞过来，结果……结果我爸居然不同意！”

不同意？这让我还挺意外的，印象中的璐璐爸爸对女儿可真是百依百顺，只要她想要的，她爸爸都会满足。

我说：“没事，反正结婚也不是一两天的事，你们回北京后咱们吃个饭吧，我也见见他。”

璐璐说：“好，我相信哥哥你的眼光！”

三

坐在饭桌旁5分钟，我就知道，我不喜欢璐璐的男朋友Mike。

先不说长相，男人本来也不是靠脸吃饭，但是初次见面，你起码应该礼貌热情一点吧？结果人家全程面无表情。寒暄过后，他就不怎么说话了，都是璐璐张罗东张罗西。

这时，我注意到几个细节：

第一，菜都是璐璐点的，每点一个璐璐都会征求我和他的意见。其间她点了一道毛血旺，我很意外，因为我印象中璐璐从来不吃猪下水。璐璐说：“没事，他喜欢就好。”她男朋友这时却说：“啊？你不吃下水吗？那每次点这菜，你吃得还挺开心的。”

第二，服务员端来酒水后，他看了一眼没说话，却皱起了眉头。璐璐马上说：“他不喝啤酒，换果汁吧，要鲜榨的西瓜汁。”

第三，我问起他回国后未来的打算，他的回答天上地下、漫无边际，核心意思是既然回国了，就一定要找个挣钱多的工作。

第四，席间他几乎没有正眼看过我，无论说话还是聊天，跟我都没有直接的眼神接触。

散场后璐璐给我打了个电话，问我对她男朋友印象如何。

我说：“你要听真话，还是好话？”

璐璐说："当然是真话。"

我说了以上几个细节，然后说："一、你们两人相处一定都是以他为中心，他却很少顾及你；二、他不是个直截了当的人，心里想什么得靠别人去猜；三、他根本没想好未来应该做什么、怎么做，从另一个角度讲，也可以说他没什么上进心；四、他内心非常不自信。

"所以，我不觉得你跟他在一起会幸福。"

我如实地说。

璐璐一听就很郁闷："我觉得可能是刚认识，你并不太了解他。"

我说："不，有的人认识一辈子也不会了解，但有的人见第一面就知道他什么样。"

璐璐还想解释，我打断她，直截了当地问："我刚说的关于他性格上的判断，是不是对的？"

璐璐愣了一下，然后有些小声地说："是的。"

四

可能每个人身边都有这样的傻瓜，谈了对象后跑来问你的意见。你跟他说了实话，结果他把实话转告了对象。

璐璐就是这样一个傻瓜——Mike问我对他的观感，这傻丫头不会撒谎，就老实说了，结果Mike特别生气，说："他算什么人，凭什么对我们的爱情指手画脚！"

然后Mike不允许她跟我来往，搞得璐璐每次找我都偷偷摸摸地来，跟做贼一样。

我知道后也骂璐璐："你怎么那么二，我是你的娘家人，一辈子的关系，他又不是！"

她不服气："他怎么不是？我是要跟他过一辈子的！"

一辈子？说得容易，你知道这中间有多少沟沟坎坎吗?!

有一次璐璐问我："哥，你不喜欢他，是因为觉得他没房、没车、没钱吗？"

我看了她一眼，她眼睛红红的，好像没睡好。我说："当然不是，男人只要有上进心，那些都是可以慢慢挣到的，比没钱更可怕的是，一个男人不承认自己弱，还觉得自己特别牛。"

然后我很好奇地反问她："这样一个人，你究竟喜欢他什么啊？"这问题居然把璐璐给问迷糊了，她想了半天才说："我也不知道，就是喜欢跟他待在一起……"

璐璐说，留学期间其实也有很多条件不错的男生追她，可她都没看上。而Mike从来没有主动过，她却很喜欢他。其他男生在她面前都是口若悬河、自信心爆棚的样子，她通通无感；Mike却总是内向谨慎不那么自信，甚至有些看似柔弱，她却爱得不行……

听到最后，我终于明白了："璐璐，原来你就是传说中的'圣母'，专爱这种无法正常面对感情的缺陷男……"

那时节"圣母"这个词还没有后来泛化的社会含义，璐璐一脸发蒙，并没有听懂我的话。

五

我接着说："从小你就是家里的公主，习惯了周围人都宠你着，喜欢你的男生都想在你面前展现他们的能力，结果反而是那些不主动的、不自信的男生更容易吸引你。你喜欢的人，基本都是别人觉得不行的弱者，这就是心理学上的'圣母'情结……"

开始璐璐红着脸否认，不过过了一会儿却说好像的确是这样。她又说："别的都不重要，最重要的是我爱他，他也爱我！"

我说："两个人过日子，光有爱是不行的。"

璐璐说："但爱是最重要的基础啊，我不在乎他有没有房子、有没有车，也不在乎他有没有钱，只要两个人相爱，什么都会有的！"说这话时的璐璐，脸上全是光彩，全是包含着爱、憧憬和期待的圣母之光。

就这样，周围人的反对并没有阻止璐璐偷出户口本悄悄和Mike去领了结婚证。璐璐爸爸知道木已成舟后难过了很久，对Mike一直不冷不热，对璐璐只扔下一句话："以后吃了亏别回来找我！"

而我则对璐璐说："既然这是你的选择，那你就要认真对待，遇到问题不要那么轻易说放弃。"璐璐一脸憧憬地说："只要两个人相爱就够了，我当然不会轻易说放弃！"

唉，璐璐还是太年轻了。

六

我一直觉得，恋爱的力量在于瞬间的心动和甜蜜，而婚姻的力量在于把这份心动和甜蜜打碎之后露出来的底色。

是骡子是马，时间长了便知。

真的到了这一刻，璐璐很快发现，她婚后的生活底色似乎并没有之前想得那么温暖明媚——

婚后Mike一直没有找到工作。但凡他看得上的，人家看不上他，觉得他没经验，薪水要得还特别高；而看得上他的，他又看不上人家，觉得人家不是世界500强知名公司。就这样，两两相厌。

而他找工作的条件是活少、轻松、体面，还得钱多。

而璐璐每天都非常努力地上班，挤早高峰的地铁穿过大半个北京城谈客户，晚上回家还要做饭、收拾房间。Mike不做家务，也不做饭，每天都等着璐璐回家做。璐璐做饭的时候他在干什么呢？打游戏，Mike说这是他在紧张找工作过程中的放松方式。

渐渐地，璐璐脸上的笑容没有了，一向潇洒的她周末也找了份兼职，因为房租、生活费压力对她一个人来说实在太大——Mike不喜欢住北京的旧楼房，所以璐璐用自己的钱在三环租了一套精装公寓，璐璐原本以为Mike工作后两人的钱加在一起会轻松些，没想到轻松的时刻一直没有到来。

婚后三个月，Mike还在家里闲着，两人发生了第一次争吵。璐璐希望他别这么挑，先找到工作再说。结果Mike一听就怒了，认为璐璐太现实，嫌弃自己："你怎么变成了这么市侩的女人！"他恨恨地骂璐璐。

璐璐又委屈又难过，却又不知道该如何辩白。

婚后六个月，Mike还没有去上班，疲于奔波的璐璐每周七天都要工作，回家还要处理各种家务琐事，Mike一点儿忙也不帮。不堪重负的她跟Mike又吵了一架，Mike大怒，一个没注意，他收拾了自己的东西，回老家找父母去了……

对，你没看错，Mike收拾东西回家找父母去了。

璐璐开始以为他回去几天就会回来，没想到好几天Mike都音信全无，璐璐只好请假坐了一夜火车去Mike老家，人家果然正待在家里，见到璐璐来了，似乎一切尽在掌握一样跟爹妈说："你看，我说她会来接我吧……"

璐璐默然无语。

这次回去没多久，两人又爆发了争执，这一次Mike动手打了璐璐。

这是小公主璐璐生平第一次挨打，她长这么大从来没有挨过打，从小到大爸妈连她的一根手指头都舍不得碰，结果结婚后反而被打了，打她的还是她自己选的爱人。

七

对璐璐的遭遇，我一点儿也不意外。有的人不走弯路就能有触类旁通的成熟，但也一定有人要自己碰得鼻青脸肿方能蜕变。

开始璐璐来跟我哭诉时，我都只扔下一句：这是你自己的选择，只有你自己去面对。

直到有次鼻青脸肿的璐璐躲到我家来，我才知道Mike动手打人的事。我本来当即要去找他，却被璐璐拦住，她怕我去了会闹得一发不可收拾。

对于自己婚后这么短时间内的遭遇，她只字未向父母提及。我问她为什么，她说当初父母不同意，现在说不是更会让父母伤心吗？

唉，怕父母伤心是假，她还是自己不死心。

他们之间每次吵架，都是璐璐先道歉，先退让。有时候璐璐没第一时间道歉，Mike就会收拾东西气鼓鼓地回外地老家，璐璐又会费尽周折地坐火车去把他接回来。

璐璐说，也不知道怎么回事，结婚后才发现Mike的脾气是那么古怪、敏感、自负、自卑，经常变得歇斯底里，她经常不知道自己哪句话就会把他惹毛。每次动手打过她，Mike都会哭着道歉，有时候还会下跪，她心一软就原谅他了，但是好了没两天，又会故技重演……

短短一年间，璐璐就从婚前的青春、靓丽、活泼、开朗，变成后来的胆怯、忧虑、焦躁、不安。更让她痛苦的是，这种日子跟她婚前想的简直是天壤之别，而且似乎遥遥无期……

她曾经哭着跟我说："为什么Mike会变成这样？"

我说他不是变成这样，他本来就是这样的啊——沉浸在自卑、自负的双重人格里，不善言辞却又眼高手低，期待认可却又敏感多疑，遇到压力格外脆弱，伤害爱人发泄压力……

我问璐璐："你后悔吗？"她呆坐了片刻说："后悔有什么用，我现在已经这样了。"

我说你现在怎么样了？你还那么年轻，又没有孩子，就算有孩子，为了孩子你也不能过这样的生活！"要知道，爱上渣男不可怕，可怕的是发现爱上渣男还要继续！”

终于有一天，她来我家，说出了文章开头那番话。

八

璐璐的离婚跟结婚一样呈迅雷不及掩耳之势。

Mike死活不肯离婚，又哭又闹又下跪的，几乎让璐璐无计可施。她白天上班，晚上回家还要做饭，吃完两人就开始谈离婚，Mike就开始各种表演。璐璐下定了决心，却又无计可施……

忽然有一天，璐璐爸爸来了北京，那天璐璐上班去了，开门的是Mike。一见老丈人来了，Mike吓得跟孙子一样。

璐璐爸爸进来待了一会儿后问："怎么没上班啊？”Mike如坐针毡地说："刚辞职，休息一段儿。”

璐璐爸爸问："上一份工作干了多久？”

Mike心虚地回答："一个月。”

璐璐爸爸听完气得指着他的鼻子破口大骂："撒谎，结婚一年你就上过一两个月的班，挣了3 000元钱！所有的压力都在璐璐身上！哪个男人不养家不挣钱？你这样吃女人软饭也好意思！”

Mike吓得屁都不敢放。

那天璐璐下班回家忽然见到爸爸，惊喜万状，旋即听见父亲吼了一句："你这个傻孩子怎么不告诉家里呢？当初拦着你就是因为觉得他不可靠啊！”

璐璐听了痛哭流涕。

后面的事情终于回到了正轨——璐璐爸爸扔下生意，在北京待了两个月，盯着两人把离婚手续办完。

走出民政局，璐璐就回到出租屋把所有东西都拿走了，Mike还想挽留，无奈被凶神恶煞一般的前老丈人盯着，只好作罢。

九

从这桩失败婚姻中走出来的璐璐成熟了很多，她换了住处，换了工作，把以前关于Mike和那段婚姻的所有残留通通扫到了垃圾箱里。

慢慢地，她又成了以前那个年轻、漂亮、开朗的璐璐。

再回头，她觉得自己像做了一场梦一样："你说当年我怎么就那么不开眼呢？"

我说："对啊，老天爷怕你醒悟不过来，所以先让你做了场噩梦。"

如果你这时问璐璐，两个人相处什么最重要？她可能还是会说爱情，但她多半会补充，这爱的基础是责任、奉献和理解，如果没有这些基础，那爱不过是信口开河的幌子而已。

说实话，现在这社会渣女少见，Mike那样的渣男却如同上了生产流水线。

每个渣男都有他独特的魅力，但多是病态的魅力。没有魅力的渣男不叫渣男，叫垃圾。女生很容易被这种病态魅力迷惑，好不容易发现对方是"渣"的事实，却又因付出太多不忍心及时止损，结果越陷越深。

渣男圣女一相逢，便催生心得无数——

爱错不可怕，谁喝水没被呛过，可怕的是发现爱错还要将就；

这世界一切束缚皆易剪断，除了以爱之名进行的绑架。

……

对了，还要补充一句：不要心疼你的投入付诸东流，一定会有一天老天会把你吃的亏连本带利都回报给你。

就像现在的璐璐，当然这已经是另外一个故事了。

21

击败爱情者

什么会打败爱情？是金钱吗？是现实吗？是门当户对吗？好像都不是。能打败爱情的，只有你自己吧。

一

有一次同学聚会来了很多人，有的人已是十几年未见。酒过三巡，气氛开始热烈起来。这种场合，酒就像助燃剂，很容易点起些许异样的情绪。

“杜欣来了没有？杜欣在哪里？”一个喝高了的声音响起来，又是强哥——不止我一人在皱眉，强哥怎么还没变啊：每次聚会必喝，每喝必醉，每醉必闹，每闹必找杜欣。

大家四下看看，没找到杜欣。有人说：“聚了那么多次，杜欣一次都没来过，强哥倒是次次来。”

此时的强哥已经喝得面红耳赤，语无伦次：“就是，每次同学聚会都不来，杜欣……也太瞧不起这帮同学了！”

周围几个人摇头苦笑：“居然还这样，这强哥真是越活越年轻……”

正当我们以为杜欣不会出现的时候，包厢的门忽然被推开，一张熟悉的脸出现在门口：“不好意思，不好意思，路上有点堵，来晚了！来晚了！”正是以前很少出现在聚会场合的杜欣。

和其他同学相比，杜欣看上去没什么变化，身段还是那么轻盈，笑容还是那么恬淡。她一坐下来就跟很久不见的老同学们寒暄，场面一点儿都没有冷下来。

但是强哥本来喧闹的声音自她进门起就消失了，我偷偷一瞧，人家也不嚷嚷了，也不要酒疯了，虽然酒气未退，但安静地坐在那里，只是目光时不时地瞟向杜欣的方向。

忽然就想起读大学时很多同学都知道的一句话：

杜欣就像一块儿磁铁，只要她一出现，强哥就会像个小铁钉一样被她吸引。

二

当年外语学院谈恋爱的人很多，但是能被冠以“夫妻相”美誉的很少——大学里谈恋爱，更多是增加人生经验的必修课。这一节上完了，还有下一节，不到毕业不停修。至于婚姻，那真是另一个时空的表达，隔得太过遥远。

但即便如此，当年的强哥和杜欣依然被大家安上了“夫妻相”的名号，因为这两人实在是太相配了——强哥高大英俊、性格外向，杜欣苗条漂亮、温柔和善。两个人进大学没过多久就开始互相喜欢，强哥表白后，两人很快就在一起了。

那时候的校园里，经常能看见他俩一起吃饭、一起自习、一起外出的身影。说实话，强哥的性子并不温顺，经常因为一些小事起急，但每次只要杜欣看他一眼，他就会立马闭嘴。而无论杜欣遇到什么事情，强哥一定毫不犹豫地冲在前面。

记得有次杜欣参加社团活动，结束后别人都没注意，强哥却一眼发现杜欣脸色不好看。一问，原来是那天活动有个外校老师看杜欣青春靓丽，对她毛手毛脚，还约她下周出去玩。

强哥听了，并没有像我们预想的那样当场炸毛，居然还跟几个男生安安静静地送那位老师出门。等一出校门，他就冲上去狠狠揍了那外校老师两拳，把对方打得鼻血长流，狼狈不堪。

那老师气急败坏，说要告强哥，强哥一点儿也不怕，最后那老师屁滚尿流地离开了，也没敢跟学校告状。

杜欣知道了，责备强哥太冲动，不应该打人。但是谁都听得出，男朋友这么维护自己，她还是很开心的。

三

一晃大学四年很快过去了，每个人都要进入人生的新阶段：有的人继续升学，有的人开始工作，有的人则选择出国。

毕业那一年最常见的便是分手——必修课上完了，该去真刀实枪地演练了，以前的过家家就算了吧。

可在我们眼里，强哥和杜欣是绝对不可能分手的一对儿。他俩相恋的四年里，连架都没有吵过。不管大学谈恋爱是不是过家家，这样只需一个眼神对方就能心领神会的默契和快乐，真的不是每一对情侣都能拥有的。

离开校园后，杜欣在重庆一所中学当老师，强哥则进了一家企业。两人很快住在了一起，两人一起上班、下班、买菜、做饭、游玩，特别开心和甜蜜。

俩人甜蜜了一段后，强哥提出想见见杜欣父母。杜欣却有些犹豫——插播一下两人的家庭背景：杜欣是重庆本地人，父母一方是律师，一方经商，家里有好几套房子，家庭条件一向不错；强哥的家在比较偏远的县城，父母一方是退休工人，一方是在家务农，帮不上他什么。

在学校谈恋爱的时候，很少会有人关注这些，但是一旦毕业进了社会，情况立马就发生了变化。

强哥问杜欣犹豫什么，杜欣说怕自己父母不同意。强哥还很有信心地跟杜欣说，没关系，只要见了面，他相信杜欣父母会接受自己的。再说谈恋爱是两个人的事，只要年轻人感情好，其他什么都不在话下。

杜欣想想这话也对，于是找了个机会把强哥带回了家。

四

这次见面后，杜欣担心的事情果然发生了：杜欣父母坚决反对他俩谈恋爱。

其实开始见面时气氛还是挺好的，杜欣爸爸详细问起强哥的情况，包括工作、家庭状况等，强哥都一一回答了。然后杜欣爸爸又问起他以后的计划，强哥说其实他觉得跟杜欣在一起最重要，只要对杜欣好，别的都不重要。

杜欣说当时她爸爸的脸色就不太好看，说："那你现在每个月挣多少钱？"

这个问题一出来，两个年轻人都很尴尬，杜欣没想到父亲这么直接，强哥却觉得脸上发烧——再次插播，杜欣所在的学校是重庆有名的重点中学，当时每个月工资 3 000 多元（近二十年前的工资水平，请自行脑补），而强哥却是为了和杜欣在一起随便找了家不知名的公司，转正后每个月工资才 1 200 元钱。

强哥还是硬着头皮如实说了，杜欣爸爸悠悠然补了一句："就你这收入，能租房子养活杜欣吗？"

强哥这下真的陷入了窘迫——他们当时住的房子还是杜欣爸爸名下的一套，两人住进去的时候也没多想，但是被杜欣爸爸这么一提，就很尴尬了。可不是吗？连房子都是杜欣家的，他话说得再漂亮也没啥说服力啊。

强哥离开杜欣家后，杜欣跟父母大吵一架。杜欣觉得父母太过现实，她说："我们俩好了四年，他对我有多好只有我自己知道，我俩合适不合适也只有我自己才知道，我就要和他在一起！"

杜欣父亲并不和女儿吵，他虽然不同意两人的事，但也觉得不急这一时。另外过日子和谈恋爱不同，他说让杜欣自己去感受和体会。

五

那次见面后，杜欣爸爸停止了对杜欣的经济支持——虽然杜欣的工资收入已经不少，但她一向被父母富养惯了，花钱不怎么过脑子，所以挣得不少但照样月光，经常让父母支持——另外他还告诉杜欣，继续住那套房子可以，但是需要每个月交 1 000 元钱房租，不用押金，但房租需要三个月一交。

杜欣一听父亲居然要自己交房租，更觉得父母现实了，她觉得爸爸这是在为两人交往设置障碍，于是毫不犹豫地答应了父亲的要求，然后气呼呼地走了。

回家后杜欣把父亲要求跟强哥说了，强哥也觉得那就交房租吧，但是他哪儿有钱呢，还是杜欣从工资卡里取了 3 000 元钱给父亲打了过去。

强哥觉得很愧疚，杜欣却说："没关系，咱们在一起这么多年了，我相信你。"

失去了家里的支援，再加上了房租，两人的经济压力突然加大，日子顿时过得紧张起来。以前杜欣买化妆品都是照最好的买，现在也开始使用便宜货了；以前去超市买东西都是喜欢什么拿什么，现在也开始比价了；以前两人周末经常出游，现在看看手头的存款想想还是取消了计划……

对生活的变化，强哥觉得无所谓，只要两人在一起就好了。但是杜欣开始郁闷起来："不是说只要两个人在一起，日子就会越过越好吗？怎么现在反而越来越差了呢？"

很快，第二次交房租的时间到了，又是杜欣从工资卡中取钱给父亲转过去。有时候杜欣不开心，强哥还总劝慰她："两个人在一起，这比什么都重要。"

就这样，两人又过了一年。这一年中，两人的日子过得紧巴巴的，再也没有以前潇洒了。

六

一次回家，杜欣爸爸再次对两人谈恋爱这事提出反对意见，这次杜欣选择了沉默。

强哥很快察觉到了杜欣的沉默，他还是像以前那样好言好语哄着杜欣，但这次杜欣却没像以前那样好哄，反而问他："你想给我俩怎样的生活呢？"

强哥乍听有些意外："我们现在的生活不好吗？"

杜欣睁大眼睛看着他："你真的觉得我们现在的生活很好？别人过日子越过越红火，咱们呢？"

强哥也一下爆发了，本来他的压力也很大，但杜欣是最好的压力舒缓渠道，现在连她都问这个问题了——他俩发生了从来没有过的争吵，杜欣哭着说起上次她过生日，强哥说要送她礼物，杜欣就说了自己想要的一个首饰，结果强哥却说太贵，自己去街边摊买了个 20 元钱的发卡送给她。还有一次她想看一部电影，结果都走到电影院门口了，强哥又觉得两张电影票 120 元钱太贵，就在街边花 10 元钱买了张盗版碟，说反正不是一样的内容吗……

杜欣流着眼泪说："这不是我想要的生活。"

强哥觉得所有这些不是因为要省钱吗？还要交房租，另外他也真不觉得这种情况有什么不对。他觉得杜欣变了，变得跟她爸爸一样现实。

杜欣哭得梨花带雨，跑回了家，说要跟强哥分手。

杜欣爸爸却不表态，只是让杜欣再考虑考虑，不要随便做决定。第二天，强哥来到杜欣家里，又道歉又赔礼，终于把杜欣哄好了。

但是他俩以前的平静再也没有了，争吵逐渐变得频繁起来。又过了几个月，杜欣非常认真地向强哥提出了分手。

开始强哥以为杜欣是开玩笑，他们在一起已经快六年了，虽然最近争吵多了起来，但是他从来没想过两个人会分手。

“是因为我没钱吗？”他问杜欣。

杜欣摇头：“不，我们俩在一起的时候，你就没钱。我之所以想分开，是因为你没有改变的勇气和做法。你愿意过没钱的生活，但我不愿意。”

这一次，杜欣的态度非常坚决。她并没有赶强哥走，而是自己搬回了父母家。

七

那段时间强哥的情绪差到了极点，同学录上都是他半夜喝醉后的留言，说的都是女人现实，社会现实，生活现实，爱情败给了现实。

两人的分手震惊了很多同学，我们都一度以为，班上第一对进入婚姻殿堂的人就是他们……

每次跟同学通电话，他都会絮絮叨叨地回忆自己对杜欣多好、两人在一起有多甜蜜。他说杜欣最后说的那句话特别伤害他：“你愿意过没钱的生活，但我不愿意。”

不就是钱吗？他说。

很快强哥就换了工作，他离开重庆到了北京，在一个小宾馆里住下，到处面试。一个月后他进了一家公司，一年后他跳到一家如日中天的世界500强公司，两年后他回到重庆，负责这家公司西南片区的市场开拓工作。

回重庆后没多久，他就约杜欣，提出了复合的请求。杜欣推托了几次，最后出现的时候，她身边已经有一个看上去温文尔雅的男生。“这是我男朋友，我们快结婚了。”杜欣说。

那个男生冲强哥友好地笑，两人还伸出手握了一下，但是强哥完全没听清他在说什么。后来他在电话里告诉我，当知道杜欣快结婚了的时候，他觉得天都要塌下来了，整个人都是蒙的。

“我这么努力，这么拼命，不都是为了她吗？可为什么我做到了，她却已经跟了别人？”强哥反复地说着这句话。

八

那次见面，那个男生并没有留下来，反而很客气地说自己有事要先走，让强哥和杜欣叙叙旧。

强哥把自己这几年的变化都跟杜欣说了，包括工作、职务和收入。“我做到了当初你和你家里人希望我做到的，咱们能重新开始吗？”

杜欣说：“你怎么还觉得，我是因为你没钱才离开你的呢？其实两个人成长环境不同，家庭条件不同，遇到父母阻拦很正常，关键是遇到阻拦后怎么做。”

杜欣回忆起父亲提出反对意见之后，强哥虽然觉得自己被轻视，但并没有做什么改变，还是打游戏、玩电脑，到点上班、到点下班，工作对付过去就好，满心想着只要跟杜欣在一起就成。经济压力的紧张对强哥来说，就是少花点儿钱，并没有给他带来其他触动。

虽然每次杜欣拿钱交房租时强哥也会觉得尴尬，但也仅仅是尴尬而已。“我其实一点儿都不在乎你有钱没钱，但既然我们生活当中面临着没钱这个威胁，作为男人，你是不是也应该考虑一下怎么办？”

强哥不甘心：“现在这个威胁已经不存在了。”杜欣笑了笑，轻轻地说了一句：“但那时候你为什么不做这样的改变呢？”

强哥这才想起，在杜欣分手时说的那句话还有前半句，“是因为你没有改变的勇气和做法”。

你为什么在我提出分手后才意识到自己没努力？还不是觉得我们永远不会分开？

可这世界上，哪儿有永远不变的事？

九

那天强哥和杜欣分开时，杜欣告诉强哥：“我后来跟我爸聊过。我爸说他当时反对，的确是因为我们两人差别太大，门不当户不对。但是如果你真的能做出让他信服的努力，也不是不可能，只可惜……”

两人这次见面后，杜欣再没有赴过强哥的约。没多久，杜欣结婚的消息传来，强哥考虑再三，送了个很大的红包，人却没去参加她的婚礼。

强哥耿耿于怀的是，当自己已经证明一切都成为可能的时候，为什么杜欣和他已经再也不可能了呢？

之后的十多年里，强哥也结了婚，有了孩子，还发了财，但是每次同学聚会，都会喝醉了问杜欣怎么没有来，常会引起大家的哄笑。

这次杜欣的出现，应该是这么多年同学聚会的第一次。

杜欣很大方地跟每个同学打招呼，包括强哥。倒是强哥，仿佛瞬间酒醒，拘谨成了另外一个人。

“你一个人来的？”有人问杜欣。“没有，他在楼下，我俩刚去划船回来。”杜欣笑着说。有人赞道：“难怪你看着这么年轻，原来两人这么甜蜜！”

杜欣还是温和地笑，不过比起周围的女生来，她真的显得很年轻。

强哥坐在那里，忽然端起一杯酒说：“来，祝你幸福！”说着一口气干了。旁人起哄：“强哥不仅体重长了，酒量也长了啊！”可不是吗？和当初那个挺拔的小伙子比起来，强哥已经发福到差不多原来的两倍了。

那天的聚会就这么散了，回去的路上我忽然想起一个问题：

什么会打败爱情？是金钱吗？是现实吗？是门当户对吗？

好像都不是。

能打败爱情的，只有你自己吧。

22

说好带你看北京

说好带你看北京，但为什么和我一起看北京的，却不是你。

一

那是一个夏天周末的早上，我还没睡醒，忽然听见门铃响。我迷迷糊糊地把门打开，一张年轻却绝对让我意外的面孔出现在眼前："哥，不好意思，是我。"

"晓权，你怎么来了？"我很意外。晓权是我家一位熟人的孩子，那年他23岁，刚大学毕业，在南方一个城市工作。他做事一向稳重，有个从大学就开始谈的女朋友。

"我是来找韩芳的。"晓权把行李放进屋，坐在沙发上，喝了一大杯水后说。我这才发现，他看上去风尘仆仆，应该是坐了一夜火车。韩芳就是他的女朋友，我没见过。

"前几天，她忽然跟我提分手，然后就自己来了北京。我给她打电话，她也不接。"晓权说这话时皱着眉头，脸色凝重。

哦，年轻人必经的情感波澜。我心里想着，就没太当回事儿。

当天晓权就出去找韩芳了，他好不容易找到女孩儿的住处，但是女孩儿没有见他。第二天他又早早地出去了，回来的时候脸色很不好看。

到了第三天，他回来得特别晚，一身酒气。

“哥，你说这么多年的感情，她怎么这么狠心，说断就断？我知道她喜欢北京，我说过总有一天我会带她看遍北京城每个角落，可她为什么就不给我一点儿时间？”

晓权那天晚上一直在发酒疯。我特别烦这样的人，好好个人，谈个恋爱谈得自己一副熊样。他还要跟我谈心，我一听就头疼，我才没那么多闲工夫，于是我赶紧找了个借口躲回房间，剩下他一个人在客厅沙发上又哭又笑。

第二天早上我出门上班前，晓权忽然很认真地说，他要留在北京。我瞥了他一眼说：“可以，赶紧去找房子，别住我这儿。住我这儿的话一天 100 元，不包吃，先交一个月的钱。按天结账，多退少补……”

晓权想都没想就掏出 3 000 元钱交给我说：“太好了，我昨天去看了下周围的房子，北京租房子真贵，你这算是便宜的。”

我把钱一把抓过去：“好吧，你可以继续住了。”他略有些吃惊地看着我：“哥，你都不问我为什么要留下来？”我在门口一边换鞋一边说：“还用问吗？不是为了证明给她看，就是为了证明给自己看，你们这拨年轻人戏份都特别足。不过我不管，按时交钱就行，对了，如果要找我谈心，一天再加 50 元！”

晓权目瞪口呆地看着我。

二

就这样，晓权留在了北京。我平常忙得跟狗一样，完全没工夫搭理他。他后来找了份工作，貌似做得还不错，每个月都提前交钱，偶尔还多付个三五百，还特别豪气地说：“哥，这算是保护费，求你下个月少骂我几回……”

每个周末休息的时候，晓权都会出去到北京城各个地方逛。我曾经跟他出去过一次，然后再也不去了，他每到一个地方就坐下来，先拍照，然后就是画画，一画就是半天，特别没劲。

当然偶尔他喝多了的时候，也会不管不顾地讲他和韩芳在大学里的往事，什么一见钟情、共同进步、海誓山盟……我听烦了，就说说这些有屁用，人家照样不跟你了，再说你们大学时那点玩意儿算啥啊，一点儿现实的风雨都经受不住。

他像受了什么侮辱一样吼我："哥，你这人什么都好，就是太现实！"

我漫不经心地说："辱骂房东，罚款 100 元！"

他还瞪着我。我瞥了他一眼："心里辱骂房东，加罚 100 元！"

他笑了："行，哥，你赢了！"

晓权在我家住到第三个月的时候，忽然带了一个女生回来，偷偷摸摸地把人家放进屋，然后在我发飙前说："哥，今晚多加 100 元，成不？"

我的怒火瞬间消失，温文尔雅地说："好的，电视柜抽屉里有东西，注意安全，祝你愉快！"

第二天我起来时，那女生已经走了。晓权神清气爽地在客厅里哼着小曲。我问他："不想韩芳了？"他说不想了。我说你不是为了她才来北京的吗？他瞥了我一眼："哥，再多问倒扣 100 元。"我连忙闭嘴。

三

后来晓权就经常很晚回来，有时甚至不回来。我也没太在意。那天晚上之后他又带回过女生来，跟之前那个不一样，其中一个后来成了他女朋友。

突然有一天，晓权跟我说他要搬走了，要搬去跟女朋友同住。这时已经是深秋，距离他风尘仆仆地闯入我家的那个早上已经过去了几个月。他说跟这位女朋友相处得还行，就决定在一起。

"那韩芳呢？"我还是忍不住问。

他看了我一眼，淡淡地说："都过去了，就算了吧。"

晓权走的那天我在公司加班，他跟他女朋友过来搬的家，搬完他给我打了电话道谢。我说不用谢，你也没白住。他"哈哈"的笑起来："哥，你是金牛座的吗？怎么永远能把一件特有感情的事情，瞬间就说得这么冷冰冰的？"

后来我收拾他住过的那个房间时，忽然在底层抽屉里看到一个厚厚的纸包。我拿出来一看，全是画的手稿，画里是北京的各个角落，有天安门、颐和园、景山，也有胡同、街道、咖啡馆、转角。每张画上都有个女生，笑脸盈盈地镶嵌在北京的各个地方。每张画上都有日期，全是最近几个月画的。

我给他打电话，他"哦"了一声，然后说："那些都不要了，哥你扔了吧。"

那些画我没扔，包好了放在了储物间。

四

转眼过了几年，我和晓权偶尔联系，得知他跳槽去了一家很有名的游戏公司，并做了一个游戏项目。这个游戏上线时，我一时好奇，下载了进去玩。游戏做得很不错，画风很美，一看就知道是晓权的风格，一直打到最后，终极大BOSS出现时，我一愣：这张脸……怎么看着这么眼熟？这不就是当初晓权画中的那个女孩儿吗？

但我也没向晓权问起过这事，当时他已经跟女朋友结婚了，很快就要当爸爸了。前段时间他忽然在朋友圈发了一张照片，我一眼认出这就是那摞画稿中的一张，依然是北京的一角，只是画中女孩儿是背影，也是那摞手稿中唯一的一张背影。

他什么都没说，只写了一个句号。

第二天我就收到了晓权的短信："今天上午8点20分，小晓权出生，7斤1两，母子平安。"

23

站在人生的十字路口，认真地做了一个错误的选择

> 有些十字路口既然已经走过，就不要再回头，哪怕你刚刚错过。因为若干年后回头再看，你会发现它真的不算什么。更重要的是要弄清楚你究竟想要什么，然后一直往前走。记住，只有不如你的人才会落在你身后，而好的人都在你的前面。

人生是一场很奇妙的旅行，它的奇妙之处除了充满未知，还在于不同的选择会导致完全不同的结果。

不知道你有没有经历过这样的情景，站在人生的某个十字路口，一条向左，一条向右，而你思前想后、小心谨慎地做了最后的决定，但没想到走着走着，却发现它是错误的。

这个错误决定导致的结果就是，你之前设想的美好愿望成了镜花水月一场空，原本有序的生活被搅成一团乱麻。

这时候你该怎么办？

还有没有重新选择的机会？

一

说一个妹子的亲身经历。

她是我熟人家的女儿，只有24岁，长得年轻漂亮，个性也得体大方，刚大学毕业两年，在北京一家银行工作，非常能干，工作也很认真。

这妹子性格虽然不够大胆，但足够温柔和善，刚进单位没多久就收到了好几位男士的表白，当时她觉得感情对自己来说还言之尚早，所以并没有接受。

但是表白的男士们并没有退却，依然在不断地努力。时间流淌，最后依然在她身边的剩下两个人：

A，外地小伙子，其貌不扬，但本分踏实，对她非常好，甚至可以用无微不至来形容，比如天气冷了会给她带一副手套，天气热了会给她买一杯冷饮，就是人们口中的“暖男”。虽然他在另一个行业挣的不如她多，但是会精打细算，人也算勤勉，把日子过得有声有色。

B，北京本地人，英俊潇洒，风流倜傥，是家里的独生子，和她一样也是众人注目的焦点，跟她有很多共同爱好，对她情有独钟，一直穷追不舍。唯一让她觉得有些不放心的是，因为这个男生的条件很好，人也有些骄傲，另外总有些女生围着他打转。

随着年龄的增长，妹子也开始考虑谈恋爱的事了，但这两个人在她心头盘亘了很久，她一直做不出决定。

因为工作的关系，她的家人和两个小伙子都打过交道，做过些简单的接触。后来她父亲曾经委婉地希望她和B交往，因为觉得自己家里的情况和B比较类似，更门当户对：“很多时候两个人要差不多的情况，想法才会一致，不然过不到一起去就太痛苦了。”

但是妹子生性温和谨慎，跟B在一起时，他又总是那么光芒四射，所以她担心以后感情会碰壁，没准还会遇上对手，说实话心里不踏实，而跟A在一起她就不会有这种担心，始终有那种一直在做小公主的感觉。

她曾征求过我的意见，这两个人我都见过，但都没有太深入的了解，所以只能给她一个建议：“遵从你内心的想法，你心里喜欢的是谁，就和谁在一起。”

这是真话。我始终觉得，这一生太长了，如果不能遵从内心，不能做自己喜欢的选择，未来的漫漫人生路上，会发生多少让自己不喜欢的事啊。

妹子似懂非懂地点点头，过了一段时间告诉我，她决定了，经过深思熟虑和仔细斟酌，她接受了A的追求，婉言谢绝了B。

据说，B被拒绝那天喝得酩酊大醉，连公司的年会都没有参加。

A则喜出望外，对她更加好了，前段时间还带着她买了大包小包的礼物，另外还说准备春节带她一起回老家，认识一下父母和亲戚。

既然做了决定，妹子便接受了A的安排。不仅如此，她还打听了一下对方家里的成员和他们的喜好，给每位都准备了礼物，包括给小孩子的红包。

“你真的决定了吗？”妹子的父亲说。

“是的，我想好了。”妹子说。

父亲欲言又止，但没有再说什么，还是妹子的母亲后来说，既然女儿已经慎重考虑过了，那他们尊重女儿的选择。

二

离开北京去男方老家之前，妹子的母亲跟她长谈了一晚上，告诉她第一次去见对方父母的时候应该注意哪些事情，甚至还和妹子讲了自己第一次见到妹子奶奶的紧张场景，母女俩还嘻嘻哈哈聊了半天。

两人是腊月二十八公司放假后回的家，A的老家是在北方某省，这个省出了名的传统。A出身于当地的一个乡镇家庭，家里还有一个姐姐和一个弟弟，姐姐已经工作，弟弟还在读大学。

妹子高高兴兴地跟着A回了家，谁也没有想到的是，大年初三那天早上，她忽然给家里打电话。接电话的是妹子父亲，妹子一听见父亲的声音就哭得一塌糊涂，话都说不完整，好半天才说自己已经在回北京的火车上了。

妹子的爸妈一时间都给吓坏了，以为发生了什么不好的事，连忙赶去火车站，果然等到了哭得双眼红肿的妹子。

"真没想到会是这个样子，我不要跟A在一起了，那不是我要过的生活！"妹子哭得梨花带雨。

妹子爹妈仔细一问，才知道了后来的情况——原来一进门，A的家人便看似无心其实有意地把姑娘家里的情况问了个遍，包括家里除了她还有什么人啊，父母干什么的啊，挣多少钱啊，在北京有没有房子啊，等等，甭管她爱不爱回答，都被问了个一清二楚。

妹子被他们问得很尴尬，想不回答吧，也不知道该怎么拒绝——妹子口中的他们，是A家里的七大姑八大姨。

小姑娘没经历过这种阵势，他们就笑她，都进这个家门了，还那么扭捏干吗。

回到A家当天的晚饭，她是和一群女亲戚在一间厢房一起吃的，而所有的男人在正房里吃，包括A，他喝酒吃菜大声说话，跟平常的谨小慎微相比，像变了个人。

"我第一次去他家，不知道这些是什么规矩，就一个劲儿地去看他，想让他跟我说两句话，结果没想到他根本不看我，只顾着他自己喝酒撒欢儿，就像我这个人根本不存在一样。"

然后同桌吃饭的女亲戚告诉妹子："这就是这边的风俗习惯，以后回老家都这么吃。""什么风俗啊？"妹子顺口问了一句。"女人不上主桌。"

妹子听了心里当时就"咯噔"一下。

三

这还没完，等酒席散罢，七七八八的亲戚都已经离开了，妹子按照来之前母亲专门叮嘱的，帮着A的母亲一起洗碗。

妹子在北京的家条件不错，有保姆，所有的家务活基本不用她做。所以她干得不是很熟练，只是因为自己初来乍到，加上母亲的叮嘱，所以妹子做得很认真，一切还算顺利。

没想到以后的每一天的每一顿饭，包括大年三十的团圆饭、初一初二家里招待客人的酒席，客人走后所有的碗筷收到厨房里，大家就顺理成章地推给了妹子一个人洗，而A的母亲把碗筷收进来后就出去跟人聊天了。

一个人吭哧吭哧洗碗的妹子哪想到会遇上这种情况，心里觉得很委屈，特别想让A来帮帮自己，哪怕他就站在旁边陪自己说说话也成啊，没想到A只是进来看了一眼，说了一声“辛苦了”就退出了厨房。

那天晚上妹子的脸色就不太好看，结果A也没有说什么宽慰的话，只是跟她说父母年纪大了挺辛苦的，他们在北京工作毕竟经济条件好一些，自己弟弟还在读书，希望两个人以后能多帮家里分担一些，等等。

没有体贴，没有慰藉，也没有什么温暖的话，A和之前在北京时那个细致、温柔、体贴的男人判若两人。

妹子说：“那天我后悔了一晚上，我怎么也没有想到，那个在北京给予自己无微不至的关心的男生，怎么回到家里就完全变成了另一副样子？”

“我更害怕的是，万一以后结婚了他也是这样，那可怎么办？”妹子说，到这个时候她才想起父亲之前说的话，一丝后悔的感觉开始涌上心头。

那天晚上，她本来想跟他好好谈谈，没想到他却只知道一个劲儿地叮嘱她，第二天早上要早点起来，去给过世的长辈上坟。

一想到未来她和他的人生将永远和这样的环境拴在一起，她就觉得更没了希望。

那天晚上，她偷偷用手机订了第二天早上回北京的火车票。初三那天一大早，她借口要买东西离开了A家，先是坐汽车然后坐上了回北京的火车。

直到坐上了火车，她才给A发了个短信，说自己先回北京了，两人的事她还想再考虑考虑。A马上打电话来追问她是什么意思，妹子向他坦白了自己这几天的感受，结果话还没说完，A就大发雷霆，在电话里把她骂了一顿："不就让你洗了两个碗吗?!"然后挂了电话。

他居然说不过是洗了两个碗！他居然挂我电话！妹子越想越气，越想越委屈，于是给家里打电话，结果刚听见父亲那一句"喂"，就在火车上哭得泪水涟涟。

了解到这些情况后，妹子母亲有些担心，倒是父亲说了一句："没什么，人没事就行，先回家吧。"

两天以后A也提前回了北京，他约妹子出来谈谈，妹子去了。后来她告诉我："很奇怪，也不知道怎么搞得，这次见面后觉得两人之前的那种亲密的感觉忽然间就没有了……"

但是A并没有体会到她心态上的变化，还有些生气地说："你真的是想跟我一起吗？我要找的是过日子的人，不是一天到晚作来作去的千金大小姐。"

一个"作"字顿时就让妹子生气了。她说："不管我是跟谁在一起过日子，都希望受到足够的尊重。不然这日子过得有什么意思？"

两人不欢而散。

四

妹子想起自己和A交往的这段经历，觉得像做了一场梦："我很后悔和他在一起，我不想这样继续下去了。"

我说："既然这样，那你就跟他说清楚啊。感情本来就是不能勉强的事情，另外中国式的感情也经常不是两个人之间的事，难免和父母、亲戚、家族扯上关系。如果双方差距太大，不勉强也挺好。再说你们还只是交往，并没有结婚。"

妹子说她已经跟A说了，但是A对此有些接受不了，那天见面后气呼呼地走了。

说完这话后，妹子又说："我真的有些后悔。"

一开始我并没完全领会她口中的后悔是什么意思，还劝她："既然已经决定分手了，就别后悔了。"

没想到妹子说："我不是后悔跟他分手，我……是在想，当初如果选择跟B在一起，是不是结果会比现在会好一些呢？"

那一瞬间，我以为我听错了。我看到她那张年轻的脸庞上尽是茫然的神色。

我说："难道你当时做决定时不够慎重吗？"

她摇摇头说："其实挺慎重的，我考虑了很久呢，但是真的没有想到事情会变成后来这个样子。当时只是觉得，那是我人生很重要的一个十字路口，可现在看起来，我是认真地做了一个错误的选择。"

我想了想问："那B知道这事吗？"

妹子说："好像不知道吧，前段时间因为我这事他心情不是太好，春节的时候出国旅游散心了，我们这段时间一直没有联系。"

我一看她这样子，似乎还真在犹豫，实在忍不住把她说了一顿："你还记得那天你问我意见时，我跟你说的什么吗？"

"你让我听从内心，跟自己喜欢的人在一起。"

"那你喜欢他们吗？"

"喜欢……吧？"妹子一下被我问蒙了。

"才不是，无论A和B，你都不怎么喜欢。他们都只是一直在你身边，向你表达了好感，你从来没有主动去争取过，要知道真正足够的喜欢是需要自己主动去争取的，但实际上这两个人你都不喜欢，或者说你都没有那么喜欢，才会很难站在对方角度考虑问题，只想照着自己的方式去生活，不会也不愿意为对方做哪怕一丁点的改变！”

妹子被我说得有些沮丧：“我有那么差劲吗？”

我说：“并不是你差劲，而是你太幼稚。”

可不是吗，她真的以为当初选择了B会好些吗？不见得，那样她也许会发现新的问题，然后后悔是不是跟A在一起会更好一些，就像她现在这样。

如果真的足够喜欢，一定会努力去接受和理解那分不同；如果不够喜欢，哪怕一丁点不同也无法调和。

“你和A之间本来家庭环境、成长经历、性格爱好就有很大的不同，如果再没有这份喜欢带来的容忍和理解，那就绝对走不到一起去。这种情况放在B身上也是一样，只是现在你觉得自己以前做了一个错误的选择，产生了后悔的感觉而已。”

“那我现在该怎么办呢？之前对未来的他还有挺多憧憬的，现在忽然觉得心里空落落的。”妹子说。

我说：“别纠结了，继续往前走啊，与其跟两个都没有那么喜欢的人在一起，那不如努力地去找一个足够爱的人呢。”

她想想，告诉我说：“那还挺难的……”

我说对啊，这个世界上人那么多，要遇上合适的另一半本来就很难，哪里有天上掉的爱人啊。

我的话让她若有所思。

五

人在年轻的时候往往面临很多选择，常常会患得患失，选择越多你可能就越看不清自己内心真实的想法，这个妹子就是这样。而真正会让你难过的是，等到你真的明白自己想要什么的时候，已经没了选择。

过了几天，妹子告诉我，她思前想后，还是把自己和A分手的情况跟B说了。

她怕我骂她，急着替自己解释："……其实我只是想，就算他只把我当普通朋友，也可以安慰我一两句吧。"

我问她："B是什么反应？"

她顿时有些泄气："他挺冷淡的，说等他回国再说吧，他正准备跟一帮朋友打沙滩排球呢……"说完妹子有些怅然若失。

唉，妹子啊，你要什么时候才明白，有些十字路口既然已经走过，就不要再回头，哪怕你刚刚错过。因为若干年后回头再看，你会发现它真的不算什么。更重要的是要弄清楚你究竟想要什么，然后一直往前走。记住，只有不如你的人才会落在你身后，而好的人都在你的前面。

当然，对那些比你好的人来说也是这样。

第五章

此生不负亲

——仙妈与倔父

24

小麻将引发的大麻烦

> 在任何情况下都别断言自己已经经历了很多，尤其是在没有照看过生病的家人前。

一

从上海出差回到北京，还在机场大巴上我就接到了我妈有点慌张的电话，说刚才她和父亲两人遛弯儿回来，我爸掏出钥匙，却连钥匙插进锁眼这么个简单到极点的动作都完不成。

“我问他怎么了，结果不知道怎么你爸变得口齿不清，连我都听不懂他在说什么……”

我镇定地说：“把电话给我爸，我跟他说两句。”

我爸接过电话说：“哦渣，把样夹压昂，哦磨沙（儿子，不用去医院，我没事）……”

我连忙给我妈说：“糟糕，我爸身体好像出问题了，赶紧让我爸平躺着别动，马上打120送医院！”

我妈还有点没反应过来：“有那么严重吗？你爸能说也能走的，睡一觉应该就好了吧？”

我说：“妈，这不是小事，突然间说话成了这样，不是中风就是脑溢血，会有生命危险的。”我连忙给妹妹和妹夫电话，他们正在往家里赶，慌乱之中，妹妹居然连急救电话都忘了打。

医院其实离家特别近，不过5分钟的路程。很快我爸就被送到了医院，到医院不过10分钟，他就陷入了深度昏迷。之后照CT（电子计算机断层扫描），医生确诊为脑溢血，赶紧进行急救。

“幸亏你们送得及时，不然情况会比现在严重得多。”医生对妹妹说。

忙碌到大半夜，我妹才有空给我电话，她说大夫说我爸是脑前部出血，出血量比较大，但幸亏发现得及时，送得早，现在已经没有生命危险，不过必须住院治疗，而且需要长时间静养。

从那天晚上开始，家人就在医院彻夜照顾我爸。我在北京也没上好班，几乎隔个把小时就打个电话过去，妹妹从来没遇到过这种事，每次说两句就会哭出来。

我妈说，她真没想到这么严重，还问我，你怎么知道这是脑溢血？

我说：“我爸有高血压，血压高的人最容易脑溢血，再说脑溢血的症状之一就是说话不清楚，因为出血会压迫大脑的语言中枢。这些年这样的事情我可没少见。”

在外面工作的人，其实最担心家里出这样的事。同事知道了都很关心我，立即把夜班帮我协调了，让我回家看望父亲。

下了飞机，我直奔医院。

一进病房门我就看见我爸委顿在白色的棉被里，整个人看着消瘦了很多。他身上插着管子，鼻里吸着氧气，旁边仪器在“嘀嘀”地蹦字。

“爸，我回来了。”我跟他说话，他的反应还是有点儿不清楚，不过已经比发病那天晚上好很多了。

见到我回去，他可高兴了，握着我的手，嘴里嘟嘟囔囔的。我妈在一边做翻译，他问你回来有没有请假，领导会不会说你，或者扣你钱……妈呀，都什么时候了，怎么还想着这个。

这个医院是我父母工作的航天系统的大医院，环境和条件都不错。

我回来了，一直彻夜照看的妹妹和妹夫就可以休息了，那是他们三天来第一次洗脸刷牙。

末了我还是批评了我妹："父母年纪大了，难免碰上这样的事情，光急没用，哭更没用，要哭都能解决问题，要医生干吗？要先了解症状，然后赶紧打 120，绝对不能耽误抢救时机。"

"我完全没想到。"我妹说，以前都觉得爸妈他们身体可好了，好像一直特别硬朗，所以出了这样的情况就顿时有些手足无措。"直到我爸躺到病床上，我才发现印象中那个一直高大的身影，居然不知道什么时候变得这么瘦小干巴了……"

可不是吗？那个印象中一直很强壮的身影，现在怎么变成了个柴火棍？

二

以前没病的时候，我爸其实是个非常固执的人，他想做的事情就一定要做，哪怕别人都不赞成。如果不让他做，那完蛋，跟捅了天一样，那小脾气小性格都给你甩脸上，真的是个老小孩儿。

现在他病了，忽然间倒成了个有趣的家伙，尤其是第二次做CT后，医生判断脑部瘀血开始消解，情况开始好转之后，大家都松了口气，才注意到了一些以前被忽略的情况。

首先就是狂飙普通话——

说明一下，在过去 60 多年的生命历程中，我爸几乎没有说过一句普通话，都是一口地道的四川话。以前在北京的时候，要是逼着他说普通话，他肯定被整得面红耳赤。

可是现在，在医院闹了这么大一出后，我爸说的每句话居然都变成了普通话，虽然还带点儿四川口音，但那语音语调，绝对是如假包换的普通话，仿佛从之前的"四川话频道"，无条件切换到了"普通话频道"

一般。

这种情况让周围的人都很惊异。那天医生来检查，问我爸:“好点没？”

我爸含含糊糊地回答:“好多了。”

医生又问:“要静养，不要着急。”

我爸又说:“不着急，不着急。”

这时我妈跟医生说，我爸就是个急脾气，平常一点儿小事都容易红脸。他可能是认为我妈在医生面前揭了他的短儿，我爸看着我妈，说:“你……不像话。”

……所有这些都是纯正的普通话。

我妹妹和妹夫先发现了这个问题，问他:“爸，你怎么都说普通话不说四川话了？你还能说四川话吗？”

我爸想了想，慢慢说:“可以。”

……还是普通话。

医生听着，扭过头问，他以前不会说普通话吗？我妈说，不会啊，他从来不说普通话。医生有些不信，摇摇脑袋，哈哈一笑，说实在有趣。

等我在医院守夜的时候，我发现这老头儿真的在全面涉猎普通话领域。每天晚上我都从 9 点多一直看护到第二天清晨 7 点，无聊的时候就看电视，那时湖南台每到了半夜 12 点后都在重播 2005 年最火爆的《超级女声》总决赛，一轮一轮地重播。

那天晚上输完液两点多，老爸有点儿迷糊，当时我正帮护士收拾东西，忽然听见他说了什么，我连忙抬起头，看他要干吗，却发现他盯着电视机屏幕，嘴里说:“你雨春……你雨春……”

我看看屏幕上又唱又跳的人儿，明白了，他老人家在说：李宇春。

我把护士送出门的时候，老头儿又说了两个字。我又没听清，回头去看屏幕，里面两个粉丝举着个大大的荧光显示屏，上面写着“玉米永远支持你”，我爸又重复了一遍那两个字。这次我听明白了，他在说：苞谷（四川人对玉米的称呼）。

我的天啊！

三

在医院照顾我爸的时候，我的起居时间跟美国人民保持了高度一致——妹夫他们在的时候，白天他们在医院照看，每天晚上9点我去接替，一直到次日早上7点我妈送饭来，我再回家睡觉。

后来妹妹和妹夫的假期用完了，必须要回去上班，我便睡完觉后就又回医院；等我必须返回北京的时候，很多照看工作就安排给护工做。

照顾病人，尤其是脑溢血这样的病人并不是件容易的事情，因为受伤位置特殊，通常情况下他们都无法控制肌体运动，语言表达也不流畅，吃喝拉撒都得在病床上进行——

如果你是所谓的小资，或者文艺青年，照看病人这事吧，很容易一巴掌就把你打回到生活的最初面目。

所以在任何情况下都别断言自己已经经历了很多，尤其是在没有照看过生病的家人前。

在我回家的当天，我爸还不能正常说话，歪着嘴巴。因为右脑出血，他的左手左脚都不听使唤，翻身、喝水都需要人帮忙。这时候就体现出了我常年健身的妙用。之前我爸翻身，都需要妹妹和妹夫起码两个人帮忙，我回来后抱着老头儿，稍微一用力他就翻身成功——一度我都有些恍惚，病床上躺着的这干巴老头儿真是我爸？

在我印象中的他一直就是风风火火、干净利落的，似乎永远不会倒下，怎么现在变得轻飘飘的了。

我原来以为帮病人在床上大小便是个很系统、很复杂的工程，后来一看，原来也就那么回事，很快我就学会了，而且保证“清新爽洁不紧绷”，新时代青年知识分子的长处就是学什么像什么……

倒是我爸，自从我回来了，他的注意力总被分散，有天他说要小便，我拿着小便壶边接边跟我妈聊天。等了半天发现没动静，我问老头儿：“怎么了？”我爸含含糊糊地说：“你们聊天，影响我。”

我们就闭嘴了，全心全意等待下文，可还是半天没动静，我又问我爸。老头儿说：“没人说话，我集中不了注意力。”嘿！

每天晚上 12 点，是我爸的输液时间，两瓶液大概要输到凌晨两点多。这段时间陪床的人都不能睡，一是怕老头睡着了乱动，碰到针头；二是两瓶液体滴得速度不同，要手动调换。

第一天晚上是我妈陪我守的，为了让我熟悉流程，那晚上真是困得够呛，尤其是后半夜，坐在床边恨不得就扑到床上去。后来就习惯了，能一直坚持到早上东方发白，也就是这几天晚上，我把高中时代存在家里的小说都读了个遍。

之所以没有一开始就找护工，是考虑到治疗开始的一段时间是我爸恢复最关键的阶段，他的语言功能还没完全恢复，有的话除了家人之外，外人根本听不懂，有可能影响他的康复，尤其是这老头儿是个特别爱干净的人，吃喝拉撒什么的，还是家里人伺候比较合适。

经过几天精心照料和医生的治疗，老头儿以神奇的速度恢复着。第四天早上血压基本恢复正常，而且脸不歪了，嘴不斜了，说话也完全清楚了，只是生活还是无法自理。

每天下午医院中医部的大夫都过来，在针灸之后为我爸做肢体康复训练，尤其是训练他左手左脚的牵引和拉伸动作。

“这很重要，能够帮助他恢复肌肉力量，一定要让他多做。”医生叮嘱道。

我一看，动作好像很简单，左手不断地握拳、放松、握拳、放松，等医生示范过，我就开始帮我爸做，可是他总是握拳后就不知道放松，或者放松后就不知道握拳。“医生，这什么情况？”我问。

医生说：“这是脑溢血病人恢复时很常见的情形，可能脑子知道应该做什么，可是肢体做不出相应反应，医学上管它叫“目标障碍症”。

我灵机一动，拿了一张100元的钞票，用绳子挂在我爸床头手够不到的地方，让他去抓。呀，老头儿这下有了精神，一下一下地伸手，努力，失败，又努力，又失败。

嗯，目的达到。

四

每天晚上输液前，我都会给老头儿喂点蜂蜜水，这段时间他就开始昏昏欲睡。也只有在这段时间，我才能稍微轻松一下，看看电视，回下短信，上网是不可能的，病房里的精密仪器多，不让用。

有人说，你心态真好，遇上这样的事情还是这么乐天——其实随着我们长大，父母的生老病死这种事情谁能避免得了？所以惊慌没用，失措也没用，有用的就是兵来将挡水来土掩。

大多数中国式家庭，其实都不怎么谈及生死，但是生命的轮回谁也回避不了。在父母最强健有力的时候，我们是他们呵护下的孩子，现在父母变得老迈病孱，能够为他们遮风挡雨自然成了儿女应尽的义务。

在一个家庭里，如果有一个人是这么想的，就会感染其他人。我从北京回家之前，我妹还总是哭，后来我回去了，她发现我好像不怎么着急，也很快放松下来，也开始笑了；我妈也是，我回来没两天，她就恢复了以前的可乐风格，开始拿我爸打趣。

人上了年纪生病这种事，难道会因为你害怕就躲得过去？这是完全不可能的，如果躲不开，还是那句话，怕有什么用呢？

有时候我在病床旁边看书，偶尔看看我爸蜷缩在病床上的样子，便会不由自主地想起自己小时候。我小时候体弱多病，去医院是家常便饭，我爸总是抱着我一路小跑，生怕耽误了一点儿时间。

记得有次我发高烧，外面还下着雨，我爸二话不说披上雨衣就往医院去，结果路上不好走，他摔了两跤全身湿透，最后把我送到医院时，我安然无恙不说，连衣服都没怎么湿。

回想起来仿佛一切还是昨天，眼前却已成另一番光景。

回家那些日子，工作完全靠同事帮忙，后来忽然接到一条短信，是领导知道消息后发来的，很长，嘱咐我好好照顾父亲，有困难一定跟单位讲，印象深刻的还是最后那句："……老父在，是你的福气呀！"

子欲养而亲不待，这种遗憾，有时千言万语，有时欲说还休。

五

有一天傍晚，我爸刚刚睡着，我才坐下来翻了两页书，忽然听见一个男人哀哀的呻吟声，在入夜的医院病房楼道里，显得格外清晰和凄凉。

声音来自我爸隔壁病房的一个病人，我曾经见过他一次，也是60多岁的年纪，因为脑血栓住院。但他被送来的时候已经耽误了，所以进来住院一个多月，依然只能卧床。最让人不忍的是，他没有家人照料，一直是一个人躺在床上，只有每天晚上9点后会有个护工来照看，早上8点就离开了，接下来的一个白天的10多个小时，就只有他一个人这么挨过去。

因为没有人陪护，每到饭点都是好心的小护士端着饭一点点喂他，但他又不敢多吃多喝，因为怕无人照料大小便。

我在医院照顾我爸的那些天，每天午饭和晚饭前，都会听到隔壁发出的哀号声。开始我以为他是疼，周围人说不是，说那老人其实有儿有女，但都在外工作，老人病发这么久，都没有回来过，这是他在想自己的家人。

那天傍晚，这声声的哀婉，让我实在听不下去了，我放下书，拿了两个洗干净的苹果，朝隔壁走去。

隔壁是个三人间的病房，只有床，连电视都没有。借着楼道的微光，我看到老人躺在最里面的那张病床上。听见有人进来，哀号声一下就停了。我走到病床边，发现他正在看我，当他看清进来的是个陌生人后，脸上浮现出那种既失望又奇怪的表情。

我小声地问：“叔叔，是不是哪儿不舒服？”

他忽然有点儿不好意思，说：“是不是吵到你们了？”

我笑笑：“没有，就是过来看看有没有什么能帮上忙的。”

他上下打量了我一下，问：“你不是本地的吧？”

被他这么一问，我也仔细地看了看他，那张脸上五官柔和、面容清癯，气质并不浑浊。我说，是从北京回来的，回来照顾我爸的，他脑溢血，刚刚脱离危险。

他“哦”了一声，就不说话了。

我把苹果放在桌上，又陪他聊了一会儿天。他问起我的单位、年纪，还关心我这么请假回来单位会不会有麻烦，我说没关系，单位很理解，再说工作可以找，但父母只有一个。

他沉默了一会儿才说，你爸好福气，你那么远都跑回来了，我儿子、女儿都在广东，到现在都还没来看过一眼。

我宽解他，可能是工作走不开吧。他说，他们的确是这么说的，说实在回不来，汇了两笔钱来，让医院帮我请了个护工。说着又深深地叹了口气。

这么一聊，才知道老人的老伴儿两年前生病住院，儿女也没有回来，上次就是他一个人照顾住院的老伴儿，直到老伴儿病亘去世操办丧事，儿女才回来了两天，丧事处理完就又走了。

“这次轮到我生病了……”他孤零零一个人躺在病床上，欲说还休。

老人的这副样子让我心里很不忍，我还自以为是地想，也许人家儿女是在广东工厂里打工，现在大环境不好，工作不好找，他们可能怕丢工作吧。结果老人从贴身衣服荷包里翻出两张皱巴巴的名片，我一看，真的、真的非常吃惊：一个是一家著名公司华南区大区经理，另一个在一家著名外资银行，两家公司都是世界500强中排名前100的那种。

老人闭上眼睛，说了一句：“还是你爸有福气。”然后就把脸别到一边不说话了。

回到病房，看着我爸睡熟的脸，我感慨万千。尽管我爸是病着，但是能坐在他的病床边，听到他安稳的呼吸，看着他在安静地睡觉，不知道究竟是谁的福气。

乌鸦能反哺，羊羔可跪乳，这幸福的，究竟是哪一方？

六

说实话，我心里一直有个疑问：虽然我爸身体一直不好，一直有高血压，但是家里人一直都很小心，而且老两口每年有半年都会住在北京，那时候我爸的身体很不错，怎么才回成都几个月工夫，就变成了这种状况？

我也曾仔细问我妈病发当天的情况，她说得非常简单：两人出去遛弯儿，回家的时候发现我爸开不了门，说话也不清楚了。当时急着救人，我也没往心里去。一天见到医生，又说起这种情况，大夫说从当时情况看，我爸应该是病发前比较长的时间里情绪都比较亢奋，这种状态应该已经持续了起码几天，所以连遛弯儿这种本来没什么危险的轻微活动，都会造成这种程度的出血。

医生的一番话说得我又心生疑窦：病发前几天都比较亢奋？我几乎天天给他们打电话，没听他们说有什么大事啊！

这天晚上，我打来温水给我爸擦身体，边擦边说：“爸你可真得小心，这次是发现得早，我们都能赶回来，下次万一要是给耽误了，那多危险啊。”

我爸听着，忽然说：“是啊是啊，我再也不干傻事了，绝对不干了。”

我顺口问：“什么傻事啊？”

我爸说：“我……我再也不打麻将了！”

我心里“咯噔”一下，一字一顿地问：“你这病是打麻将打出来的？”

我爸很不好意思地看了我一眼，吃力地点点头。我马上看我妈，老太太又气又笑："是你爸让我别跟你说的，怕你生气，谁知道他自己老实交代了。"

我继续盘问："您一共打了几天麻将啊？"

我爸说："三天……"

"赢了还是输了？"

"都赢了……"

"赢多少？"

"第一天一块五，第二天两块五，第三天五块五……我以前从来没赢过。"

也就是说，我爸这场惊动了家里所有亲戚、让他们恨不得从四面八方汇集成都的病，居然是因为麻将而起！

顺便解释一下，算上这次，我爸一共有两次比较折腾的住院经历，上一次也是因为麻将，老头儿打5角的，输了35元钱，那个悲愤交加啊，当天晚上就气得双目充血被送医院，花的钱是他输的N倍。当时医生就说了，以我爸的性格和心态加上高血压，绝对不能打麻将，能戒就戒。

我爸妈住在北京的时候，我看得紧，这边也没麻将可打，他的身体就一直比较平顺，回去后这老头儿开始还能忍住，后来渐渐地野了，这次偷偷跑去打麻将，因为很少赢钱而被誉为"常败将军"的他，居然破天荒地连赢三天，净赚九元五角钱，兴奋莫名，结果当天晚上就引发脑溢血！

知道这一二三后，我半天说不出话来，觉得又好气又好笑，为这九元五角，把自己整成现在这个样子，这老头儿脑子真是进水了啊！

我实在忍不住，咣咣咣就是一顿臭骂，还扔下一句狠话："您就继续这么折腾吧，反正久病床前无孝子！"

以前要说不让他这不让他那，老头儿肯定不满，今天被我这么一通数落，却老实极了，什么都听着，"嗯嗯嗯"地直答应。过了一会儿，看我好像不气了，他忽然说："我保证，余下来的人生，绝对、绝对不再打

麻将了。’

我瞟了一脸毅然的老头儿，撇撇嘴说：“如果要是改不了，还打怎么办？”

老头想想，斩钉截铁地说：“再打砍手！”

之后的一段时间，我爸的情况一天天好起来，跟我刚回去那天相比，已经是天壤之别。医生说，这就是发现得早的好处，心脑血管病在老年人中非常普遍，但是很多老人觉得不舒服了，总想先自己扛过去，结果常常延误了最好的治疗时机。

说起来我爸这个病，除了爱激动的性格原因之外，还有就是饮食上的问题。可能是小时候生活条件艰苦吧，我爸特别爱吃肥肉，在北京的时候我不让他吃，因为对他的高血压不好，你猜他怎么说：“以前你和你妹读书的时候，家里条件不好，我可以不吃肉，没想到现在条件好了，你们还不让我吃肉……”

我开始还耐心地给他解释：不是不让你吃肉，是不让你吃肥肉，你可以吃瘦肉，或者牛肉、鱼肉，这都是高蛋白低脂肪的，干吗一定要吃那种大肥肉？我爸嘴上不说什么了，私下里没少偷吃。

回成都这半年更不像话，两个还在读大学的侄子周末来家，我妈想着给他们改善伙食，我爸居然跟他们抢肥肉吃，弄得俩侄子都让着他。

难怪医生了解到这些情况后会说：“都高血压、高血脂了还吃肥肉，这不等于自杀吗？”

离开成都返回北京的那个晚上，我语重心长地跟老头儿谈了次话：

“我在北京，我妹在成都，我们打拼都非常辛苦，我们这么努力是希望家里过得轻松点，可是如果父母不注意保重身体，坚持不健康的生活方式，那就跟我们的初衷相悖；

“你的这场因小麻将引起的大麻烦，把全家人都折腾得团团转，连带着亲戚从全国各地赶来探望。身体是自己的，但影响是全家的，我们可以一起享福，但是不能帮你分担身体上的痛苦；

“人年纪大了就会特别节省，但是该花的钱一定不要省，比如药品和营养品，你们可能会为我们省下一点儿小钱，可如果身体出了问题，经常会花掉更多的钱，省小钱花大钱的事，能不干就不干；

“更美好的生活还在后面，所以要尽可能地保重身体，别再掉以轻心；

“久病床前无孝子，中国人的这句老话是经过千百年残酷实践总结出来的，如果你明知山有虎偏向虎山行，要以实践去检验真理，那我也没有办法……”

老头儿罕见地认真听着，频频点头——不过以我对他的了解，后效有待观察。

25

父病新记

如果不明白我们终会相见，便迈不过病痛垒起的台阶，也不会看穿世间波折的微笑。

这已经是我们第二次跟阎王爷“争爹”了。我们从不招人树敌，没想到一树就是阎王爷这个级别的对手……

一

我爸的病比较复杂，肺、脑、心血管都有问题，这次是多种病因引起的多器官衰竭，那天上午送去医院抢救时已经昏迷了，医生直接下了病危通知书。抢救 4 个小时后，我爸的呼吸渐弱。

医生过来问：“要不要上呼吸机？”

我知道上呼吸机几乎是最后的办法了，问医生：“可以不切开气管吧？”医生说可以不切。我说好，那就上。

上了呼吸机之后，我爸依然昏迷，血压一直上不去。我在医院抢救室里守了三个通宵。那三天里因为我爸的情况实在太糟糕，一直昏迷不醒，医生已经多次提醒我们做好最坏的准备。

但是我太了解我爸了，虽然他是党员吧，但他特怕死，为了不死他老人家什么都干得出来，就说发病那天早上吧，要被送去医院前还跟我妈念叨：“别忘了把我的鱼肝油带上，还有梳子……”也不知道他要带个梳子去医院干吗！而且我爸多爱作啊，脾气又怪，这德性的怪老头儿能把阎王爷气死，所以人家不会收的。

但有一天他的确已经不行了，医生开始摇头沉默。

我妈、我妹都在病床前哭成了泪人儿，我都已经跟公司请假做不测的准备了，那场面可庄严肃穆了，没想到我爸忽然睁开了眼睛，被我一眼看见，也让我妈和我妹破涕而笑——

这绝对是我爸一贯的做派，他故意搞怪，然后躲在一边看你们有没有把戏份做足以示重视，结果没想到戏过了，连忙跑出来却又收不了场，结果闹了个手忙脚乱。

我爸醒过来后情况开始一天天见好，连当初摇头沉默的大夫都说是奇迹。之后就是各种针对性治疗。为了让他恢复自主呼吸，第八天开始断断续续停用呼吸机，从 2 小时、3 小时、5 小时，到第 12 天终于彻底停用呼吸机，算是渡过了最难的一关。

本来事情到了这里，也该差不多得了，剩下的时间该恢复恢复，该过年过年，一切走入正轨了呗，没想到还有出人意料的下半场——有一天我忽然接到医生电话，说看上去很清醒的我爸忽然间不认识人了，说话前言不搭后语，狂躁，睁着眼睛不睡觉，跟精神分裂症状一样一样的。

“这怎么可能?!”我当时还有些不相信。

最绝的是我爸还出现了暴力倾向，护士给他输液他说人家要害他，我妈过去劝阻也不行，躺在病床上打人抓人，几个护工都按不住，也不知道这十多天前还病危着的老头儿怎么突然这么有精神。

会诊的医生说这是因为自主呼吸刚恢复脑部供氧不足造成的行为异常，需要慢慢缓解。

我跟我妈先是一愣，然后面面相觑，敢情这生病也有“得一赠一”的啊，旧病未除，新添精神病，真是让人哭笑不得。

一天下午，我决定跟我爸好好谈谈。

“爸，您得好好休息，休息好了身体才能恢复。”

他不说话，气鼓鼓地瞪着我。

“爸，这些药都是为了让您快点恢复，您得按时吃。”

他还是瞪着我。

“爸，这些护士都是照顾您的人，还有我妈，他们都是想要你好起来，不是要害您……”

他还是没说话，但脸上的戒备开始消散。

我马上顺着这话说下去：“再说了，他们哪里害得了您啊，您多厉害啊，不是一般人，谁都害不了您。”

这次我爸开口了：“就是，害不了！”

嗯，成了。我见他安静下来了，连忙让他把药吃了，吃完药他忽然瞪着我问：“你是谁啊？”

唛，您甭管我是谁，只要您能按时吃药治疗，您当我是爹都成！

二

写到这儿，也许很多人说这样的事情你怎么也能写得这么搞笑，不悲伤吗？不难过吗？

哎，其实还挺悲伤、挺难过的，可就算我哭得天崩地裂，我老爹照样病着，所以我还是别哭了。

好吧，继续讲我爹。

他现在肺部的毛病好些了，但是精神上的问题并没有缓解。那天我因为开会下班晚了，到了医院便见他气呼呼地躺在床上，我妈一见我就说：你总算来了，他一直念叨你。

我听了心里那叫一个感动啊，谁说我爹糊涂了，父子情深这就是明证！我连忙握住他的手说：“爸，我来了。”

我爸翻起眼皮看了我一眼，嘟囔着说：“我的儿女不孝！”

这话从何说起？然后便听我爸开始控诉：“我的儿子从来都没来看过我，我的女儿也从来没有看过我，他们都不照顾我，我的儿女不孝……”

病房里别的病人都用奇异的眼光看着这边，我问我妈：“他就这么念叨我的？”我妈说：“是啊，念叨一天了，你每天来看他这件事10分钟之后就会从他脑海中抹去。”

嗬，生了场病，脑子就变成橡皮擦做的了，够先进的！

我说：“妈，那你得时常告诉他、提醒他啊。”

我妈说：“我才懒得提醒他呢。”

我听出我妈语气不善，问她怎么了。我妈撇着嘴，很不高兴地说：“今天，你爸糊涂的时候，居然在念叨另一个女人的名字！”

好吧，我亲爱的爹娘，就知道你们当年都不是没有故事的男女同学，但这是在医院，这是在争分夺秒救死扶伤的病房，你们赢了！

尽管如此，依然有一件事让神游物外的我爸始终挂怀，那就是钱！

一天早上醒过来后，老头儿忽然跟我妈说：这个病房太大了，要花多少钱啊，赶紧换个小点儿的病房。

我妈没好气地说：“你倒识货，还知道小点儿的病房，小病房比大病房贵两三倍好嘛！”

我爸听了很不高兴：“你是怪我花钱了吗？”

我妈说：“没有啊，只要你早点好起来，花再多钱都没什么。”

我爸还是不高兴：“看吧，还是说我花了钱！”

我妈无奈，只好顺着他胡扯：“你一分钱都没花，你住院都是免费！”

我爸居然说：“你骗人！”

我妈问医生我爸什么时候才能好转，医生也挠头，说除了药物治疗外，也需要加强一下机体锻炼，这也有助于恢复健康。特别是他的左手，现在还不能自如动作，更需要锻炼，最有效的办法就是跟他不断地握手，让他逐步恢复力气。

我妈就拉着他的手不断地要跟他握手，可他的左手始终没啥反应。一天我到医院后，我妈忧心忡忡地对我说：“你爸左手不会瘫痪了吧？”

我说不可能，说着马上拿了一张 100 元钱纸币放我爸左手里：“爸，您拿着，您要拿不住我就要回去了啊。”只见我爸左手一动，把那红色钞票牢牢抓在手里，稳如磐石。

还是老招数管用。

三

如果不明白我们终会相见，便迈不过病痛垒起的台阶，也不会有看穿世间波折的微笑。

每天早上医生查房是病房最热闹的时刻，但我爹每次见到穿白大褂的医生都很惊恐，就要躲人家。躺在床上躲不过去，他就悄悄问别人：“你们又准备杀人了？轻点杀好吗……”弄得人家医生和护士都哭笑不得。

每当到了这时候，我妈就会跟我爸轻声说：“后山上的油菜花又要开了，红薯熟了后可以烤来吃，鸭肉比鸡肉有嚼劲……”一听到这些，我爹便会安静一段时间。

这一幕都被看管病房的年轻的小护士看在眼里，她忍不住问我妈：“阿姨，您是病人的家属吗？”我妈说是啊。

小姑娘就感叹说：“阿姨你可真淡定啊。”

我妈看了小护士一眼说：“不然呢？让我跟他一起糊涂一起疯？”

小护士被逗笑了，笑到一半又觉得不合适，连忙捂嘴。

说来也奇怪，我爸的脑子出问题几乎都定点在下午 1 点到 3 点，每当过了下午 3 点便又清醒了一点儿，要是旁边有人说话，他就竖着耳朵听，偶尔还接上话。

一天一个熟人去看他，感叹说一定要爱惜身体，不然就一无所有了。老头儿眨巴眨巴眼说：“谁说我一无所有？我还有病啊。”

一时间大家都哭笑不得。

可是有些时刻，他又显得无比清醒，告诉我妈要记得去退休办领钱，去干部中心办手续，我妈没反应过来，问他领什么钱办什么手续，他居然狡黠地一笑："你说呢？"

我妈还是没明白，我爸就气哼哼地说："我走了也要给你留一点钱的。"

气得我妈忍不住想骂他。

之前因为父亲的情况不稳定，医生经常提醒我们做好最坏的打算。我妈说没事，都已经这样了，还会有比这更坏的一刻吗？当然不会了，所以以后的每一刻都会更好。

这就是我们的人生吧，或深或浅，都带着笑和泪。

四

一直认为，人生很多时候是靠选择支撑起来的，选择合适的人，选择合适的方向，选择合适的时间，这么多选择，构成了每个人眼前的世界。

虽然我爹很早之前就给我们留了"不准插管、不准抢救"的嘱托，但最终我们还是做了相反的选择。也没什么原因，就是觉得我爹一定不会就这么跟我们说再见。

放弃应该是万般努力皆不应后的答案，而不应该是困难开头就逃避的理由。

我爹的精神失常一直没有缓解。虽然医生说这是暂时的情况，但我实在受不了一个原本安静的知识分子天天在病房里手舞足蹈、胡言乱语，一边跟医生打架，一边跟护士干仗，整个一个让医院人仰马翻的老妖怪，最后我把心一横，买了台呼吸机，把我爹扛回家，要疯咱也回家去疯！

没承想回到家我爹就跟换了个人一样，人不疯了、话不多了、神智不乱了，从老妖怪跳频回慈眉善目的老神仙，第三天就能下地，第四天就能自己吃饭了。他的转变弄得我一度狐疑：

我爸之前的错乱，该不是为了离开医院用的苦肉计吧？

在跟阎王爷第二次“争爹”的这段时间里，基本全是我爸的主角戏份，我妈则从以前呼风唤雨的女王沦为端屎倒尿的女仆角色。

不过，当惯了女主，怎能容忍配角上位——以我对我妈的了解，她一定不会甘心被我爸压制，她一定会逆袭的！

没错，终于有一天，我娘的逆袭大戏上演了——

中午我爸吃完饭，我妈收拾妥当，拿了一盘切好的水果坐在我爸旁边，这时我爸张开了嘴。如果是之前，我妈应该已经拿小刀叉着水果喂到他嘴里了，但这次我妈先喂了自己一口。

我爸有点儿惊讶，继续张着嘴。然后我看见，我妈继续喂了自己一口。

我爸闭上嘴，脸色有些不高兴。虽然他以前长期当配角，但好歹最近都是男主角吧？估计他那会儿心里正在想，一个“过气女王”怎么能跟“当红小生”争食？这不是鸡蛋碰石头吗？

“叶芬是谁？”我妈吃了块儿丰润多汁的苹果，忽然问我爸。

我爸的表情明显有些意外：叶芬……

我妈盯着我爸。老头儿虽然头发已经花白，但是依然轮廓分明，以前真是个帅哥。连我妈自己都说，她当初觉得我爸跟她一点儿都不般配，除了一点，长得好看。

“杨芳又是谁？”我妈拿着小刀，不紧不慢地切着盘子里的水果，一下又一下，水果都被切成了一块儿一块儿的。

我爸的表情更加惊讶了：杨芳……

如果他是打入敌人内部的情报员，那这些本应该是他竭力守护的密电码呀，怎么能被我妈这个敌方“大BOSS”知道了。

“哎呀呀，我有点儿头晕，要呼吸机。”我爸摸了摸脑袋，一副即将晕倒的样子招呼我。

我连忙准备好呼吸机，准备给他戴上。这时我妈又说话了：

“嗯，晕了好，这些名字都是你晕的时候喊出来的。我以前只知道有个美娟对你念念不忘，没想到你糊涂的时候居然还喊什么‘杨芳你不来见我，我死不瞑目’，还有‘叶芬我想你’。哼，你继续晕吧，晕了肯定会说出更多来！”

我妈说着，又用小刀慢悠悠地切了一块儿水果放进嘴里。

“你后悔了吗？”我妈一边吃水果，一边看着我爸。

我爸没说话，但表情明显僵了一下。我还是给他戴上了呼吸机面罩，他闭上了眼睛，一分钟之后貌似就睡着了。

我妈很淡定地把面前的水果吃完，然后看了我爸一会儿，小刀在盘子上“当当当”地敲了几下，扔下一句：“管你后悔不后悔，再死不瞑目，最后守在你身边的人也是我。”

说完她端起盘子起身走了。

我的父亲出身贫寒，我的母亲出身望族。两个人本是永远不会相交的平行线，却被历史的车轮阴差阳错地带到了一起。两人各自都离开了他们喜欢的人，磕磕绊绊地走了这40年。

我妈始终用大家闺秀的眼光审视着我爸，而我爸也一直执拗地不愿意俯首帖耳。最终一场终极病痛让我爸在错乱时喊出了那些名字，而我妈居然能从当时他嘟嘟囔囔的糊涂话语中分辨出“叶芬”“杨芳”，女人天生强大的嗅觉真是厉害。

当然，最掷地有声的还是我妈说的，再死不瞑目最后守在你身边的还不是我？

到了晚饭的时候，我爸一切如常，我妈也一切如常，谁也没有再提那些名字，就像它们从来就不曾出现过。

四十年前他们就做出了选择，四十年以后他们还是做了同样的选择。

再深的爱，再动人的誓言，再刻骨铭心的天长地久，都抵不过一个事实：守在你身边的人是我。

26

“胸罩”传奇

现在打开我家壁橱，还会看到在代表曾家传承最神秘的那一部分，供奉着两套“高科技胸罩”，特别是那套粉红的，还一次都没有穿过，就成了供品。

我的好多朋友在战场、情场、生意场上所向披靡，却对家里的爸妈一筹莫展。

我跟哥们儿小布见了个面，结果两个小时的聊天中，他看了无数次手机。

我问他是不是有别的事，他说不是，是他爸，他看上了一款多功能拐杖，非要买。

我说：“多功能拐杖？拐杖就是拐杖，还有什么其他功能？”

他无奈地看着我说：“我爸说这拐杖还能提供一种健康能量，从掌心进入人体，这种能量能够有效促进人体健康……”

我差点儿一口水喷将出去，这你也信？

他说：“我当然不信，但是我爸信啊，8 000多元钱，跟着迷一样，天天闹着要买，我劝都劝不住。”

小布经营一家律师事务所，见多了各种骗局勾当，拿出各种道理来跟他爸说。结果老头子最后回一句：

“正因为你是律师我才不怕受骗，如果受骗你正好帮我打官司！”

小布说面对他爹的豪言壮语，他竟然找不到任何反驳的理由。

今天就讲下我家老太太的故事，很多内容如果不是听她自己说，我根本想不到，特别是她居然也上当受骗过！

这个故事太“惊悚”了，请大家一定耐心看，这是我家最传奇的一段往事。

一

很长一段时间里，我都觉得我妈是这个世界上最不可能上当受骗的人。

倒不是说她有多聪明，而是我妈这个人没什么贪念——她出身富裕家庭，虽然后来遭遇时代跌宕，但整体家风未变，算得上见过世面，更没有邪念。在我和我妹成长的那些年中，她的“三观”也从来没有出过格。

我爸虽然家庭出身不如我妈，但是两人在价值观上真是天衣无缝地契合——都是为人要本分，不僭越。

记得我上大学的时候，正是传销刚刚兴起的时节，我妈还专门打电话来，叮嘱我为人不能贪小便宜，不能想着天上掉馅饼，不能期望一夜暴富——这也是她平常生活里的样子，所以她的这些话我一直牢记在心。

后来我工作了，见多了老年人上当受骗的例子，经常回家时跟父母说，权当打预防针。作为家里的实际当权者，母亲总是频频点头。于是我还庆幸：我妈肯定不会这样。

但是人算不如天算。

二

母亲当了一辈子教书育人的老师，当年她教过的很多学生都一直惦记着她，每到逢年过节都会登门问候。故事就是从这里开始的。

那一年暑假，我和我妹都没在家，家里来了一批学生，说是来看看我妈——说是学生，其实也都已经50多岁了，有的人已经退休，头发都白了。

过年时登门拜访老师，很少有人空手的，别人都拿的酒或者茶叶，唯独有个学生送的是两个包装精美的布袋子。我妈是个好奇心很重的人，谢过之后就问：这是什么新奇玩意儿？

那个学生说，这是两个高科技绑腿，用了之后可以身轻体健，延年益寿。

我妈没听说过啊，就继续问："这是什么原理？"

学生不无自得地说："这个绑腿是由远红外材料制成，能持续散发热能，而且里面填充的也都是高科技物质，能不断对身体机能进行调节。反正我使用过，特别好，所以干脆买了两个送您。"

我妈说："那我打太极拳的时候可以用吗？"学生说："当然可以，您正好可以试试。"

三

这一说，正中我妈下怀——之前教她打拳的师傅一直说我妈腿脚无力，这样会影响我妈在未来"拳坛"的发展。于是从第二天开始，我妈就开始戴着两个绑腿打拳。

她说开始打的时候她还有些不习惯，可是渐渐地，她感觉到包裹了绑腿的地方开始发热，似乎的确有一种神奇的能量通过绑腿往身体里面钻，她开始觉得全身舒坦。

一套拳下来，我妈开始对这个绑腿产生了浓厚的兴趣：看来还真不像是没用的呢。

众所周知，唯物主义久了，一旦进入唯心的世界，便如同鱼儿进入了大海，会张开每一个鳞片，倾听海的呼唤——

预备起，唱：听，海哭的声音……

收。

我妈试用了一个星期，果然觉得体健貌端，各方面都跟以前不同了，于是很开心地给她那个学生打电话："方群啊，那个绑腿真的很好用！谢谢你啊！"

那个叫方群的学生连忙说："龚老师，您用着觉得好就行，那可是最先进的高科技产品，等健康能量传输完了，我再帮您换。"

我妈一听，还要换，怎么个换法？

四

方群说："这是高科技绑腿，也是健康能量绑腿，既然是能量，肯定就有消耗完的时候，就像电池也会有电量用完的那一天一样，这个绑腿的能量大概能用两周。不过用完了也没关系，我可以去高科技公司给它充能。"

我妈问："那充能花钱吗？"

方群说："花，不过您不用担心，我帮您充，不贵，充一次才300元。"

我妈连忙说："怎么能让你充，我自己充吧。"

方群也没推辞，便说："好，那我带您去。"

两个星期以后，我妈感觉这个绑腿的能量用完了，于是跟方群来到了那个"高科技公司"。那天公司有很多人，方群说都是用了觉得好，要来进一步了解的人。

我妈那时候还只是想着补充能源的事，方群把我妈的绑腿拿过去，说："您在这边儿等等，差不多3个小时就充好了，充好我叫您，您可以先在这里听听讲。”说完他就去了另一间房。

我妈想，反正闲着也是闲着，于是就坐下听听吧。那个“技术总监”口若悬河，滔滔不绝，满嘴新词和专业术语，我妈没怎么听懂，但结合自己的感受，又觉得对方讲得很有道理。

五

但我妈并不是那么容易相信别人的人。别人听完纷纷购买“高科技产品”和未来的充能时间，我妈就干听了 3 个小时。后来方群说绑腿的能量已经充好了，她就交了 300 元钱，把绑腿又领回家了。

就这样，每过两个星期，我妈就会在方群的陪伴下去那个“高科技公司”，交 300 元钱，为那两个“高科技绑腿”补充能量。我爸、我，还有我妹，都没注意我妈在捣鼓什么。

那一个多月的时间里，我们总听我妈说觉得自己身体好了，感觉身体更轻盈了。有一天上体重秤，她发现自己居然还轻了四五斤，这下把我妈高兴坏了，马上给方群打电话：“这高科技产品还有减肥的作用吗？”

方群估计一愣，然后顺势接过话头：“对啊，这肯定的，毕竟是高科技嘛！”

因为感觉到腿脚更加轻盈，并且真切地体会到了体重减了好几斤，我妈顿时觉得，自己严重低估了手里的这个“高科技产品”，它是真的“良心产品”啊！

等到下一次到高科技公司充能的时候，我妈特别认真地坐在了听讲的位子上，不仅如此，还积极举手回答问题，并且大方地分享了自己使用了这套“高科技产品”的心得体会。

那个能说会道的“技术总监”特别高兴，不仅送给我妈很多小礼物，还邀请她参加团建活动，让她作为特邀嘉宾出席。

我家老太太愉快地接受了邀请。

六

到了团建那天，我妈跟我爸说她要去参加一个朋友聚会，我妈朋友多，我爸也没细问。

按我妈后来的说法，她当时去只是觉得跟大家分享一下，聊聊天也挺有趣的。等到了地方，她发现是“高科技公司”推出“划时代产品”的盛大启动仪式，那个“技术总监”一见我妈就很开心，说：“阿姨，您可来了，今天我们推出新产品，特别棒，我专门给您留了一件赠品呢！”

一听说有赠品，我妈还是很开心的，再一看，这个新产品沉甸甸的，包装什么的倒也很精美，拿出来一看，有点儿像跨栏穿的背心，但是很短，胸口以下就没了。另外好像是从中间劈开一样的设计，只有一半。

“这是什么产品啊？”“这是高科技胸衣，就像绑腿一样，它会持续不断地向您身体里传输健康能量，呵护您心脏、肺、胃，这些可都是人体的重要器官……”

我妈一想，呀，我家老头儿不是肺一直有毛病吗，这东西太适合他了。于是她就问：“怎么只有一半啊？”那“技术总监”说：“哦，这个产品是两件一套的，因为您是我们的贵宾，所以我专门送了一件给您，但另一件您可能得自己购买了……”

我妈觉得好端端地拿了别人一件赠品，却只有一半，好像有点儿美中不足，就说：“那我再买一件吧，多少钱？”

那“技术总监”说：“原价 2 688 元，现在打折，1 688 元，便宜了整整 1 000 元呢！”他看了看我妈的脸色，知道她觉得有点儿贵，立马说：“如果是阿姨您要买，我们再给您个折扣，1 288，另外再送您一套，这已经是最低价了！”

我妈想我爸这么多年身体一直不好，这个“高科技胸衣”对他心肺功能有好处，她本来真觉得有点儿贵，但是一听又要送一套，正好自己一套，老头儿一套，立马掏钱：买！

七

拿货的时候我妈才注意到，这高科技胸衣的女款是粉红色的，男款是蓝色的。我妈有点儿犹豫："这是不是也太艳了，我60多岁了……"

"阿姨您别开玩笑了，您不说我真不知道您60多岁，看上去跟40多岁一样……"那"技术总监"嘴上跟抹了蜜一样。

我妈说也不知道怎么搞的，她居然就这么拿了两套沉甸甸的"高科技胸衣"回家了。

走进家门，我妈把那两件产品扣在一起，组合成了一套，然后跟我爸说："来，试试！"

我爸一向走传统"直男"路线，见我妈拿了个稀奇古怪的东西过来，当时就吓了一跳："这是什么？"

"高科技胸衣！穿上保护心肺的，还有能量传输，特别好，你的肺不是一直不怎么好吗……"我妈很耐心地解释道。我爸当时就觉得不对："这是哪儿来的啊？"

我妈没回答，说："你先试试，先试试。"

我爸满面狐疑地脱下内衣，穿上那"高科技产品"。然后我爸特别不适应地摸了一下沉甸甸的胸部，说："怎么跟……戴了胸罩一样，真别扭！"

我妈一看，我爸光着膀子，穿着上面像跨栏一样，下面过了胸口就没了的鼓鼓囊囊的"高科技产品"，可不……就跟戴了个胸罩一样！

我妈当时也觉得有点儿不对，但还是劝自己："瞎说什么，这就是高科技产品！"

八

我爸又在胸衣外面套上了件衣服，然后去照镜子：哎呀妈呀，那胸鼓的，高耸入云！

我爸嫌不雅，要换下来，我妈坚决不干："1 000多元钱呢，对你身体好！"我爸一听就炸毛了："1 000多元？这是什么情况？"

我妈这才把实话说了，我爸做了一辈子军工产品质量检验工作，当即对胸衣进行仔细查验，然后斩钉截铁地跟我妈说："你肯定上当受骗了，这东西你也信！"

我妈特别烦别人说她上当受骗，特别坚定地说："你以为我瞎买啊，我之前用过，特别有效！"于是又一五一十地把每两周给"高科技绑腿"充能的事说了。

我爸一听，还有这出！顿时气得够呛，我妈偏死活不相信他说的，还坚决不让我爸脱那胸衣，说一会儿就有能量传输到体内，能延年益寿！

正在这时候，我妹带着我外甥回家了。那时候我外甥刚3岁，刚刚开始看动画片。孩子一进门就看见了穿着"高科技胸衣"的我爸，他瞪大了眼睛高声叫道："圣斗士！姥爷是圣斗士！"

噗……全家都笑了。

后来我妹也说我妈上当受骗了，那胸衣根本就是个"三无"产品，连什么厂家生产的都没写。我妈有些半信半疑，等我回家还拿给我看，我也一样哭笑不得。

我妈确认自己上当受骗后，顿时就很生气，一个劲儿地念叨："骗子太可恶了，居然让我花1 288元钱买两个胸罩！"

九

那个周末过完，我妈气哼哼地拿着胸衣去那"高科技公司"退货，没想到去了一看，人家根本没有开门。

第二天去，还是没有开门。我妈就给方群打电话，结果方群一听是我妈，"哇"的一声就哭了，说自己也上当受骗了，手里囤了好几十套

“高科技胸衣”和其他产品，前前后后差不多花了七八万；像我妈这样情况的人还有好几十个，他们已经去公安局报案了，但是警察说能不能破案现在可说不好……

我妈这才知道，原来自己并不算什么冤大头，最多只是个“小虾米”。想来想去，我妈又觉得有些庆幸，最后悻悻地拎着那两套“高科技产品”回家了。

我妈自己则特想不通，自己本来是挺有原则的人，怎么在这件事情上会栽了跟头呢？还有，为什么那绑腿戴着就是感觉有效呢？

我爸趁我妈不注意，把她那绑腿拆了，拆完我妈彻底闭嘴了，绑腿里面装的哪里是什么高科技材料，明明就是普通的白砂子——每个绑腿两斤重，绑着这个打太极拳，会不发热？打一个多月，会不减肥？至于什么健康能量体内流动，就是人的心理作用好吗？看了这个，胸衣里面是什么材料可想而知！

后来我跟我妹一人出了一半的钱，把这两套“高科技胸衣”从我妈手里“买”走了，我们的想法很简单，本来爽利的老太太因为整天想着这事不开心，犯不上。

现在打开我家壁橱，还会看到在代表曾家传承最神秘的那一部分，供奉着两套“高科技胸罩”，特别是那套粉红的，还一次都没有穿过，就成了供品。

也是从那次上当受骗之后，我妈就开始了她的复仇之路。不过那是后话了。

“胸罩”传奇至此剧终。

27

磁疗往事

事实证明，在同一个坑里摔两次也不是不可能的。

“圣斗士胸罩事件”之后，母亲大人消停了很久，她一方面是觉得被人骗了很生气，另外一方面也觉得有些不好意思——见多识广了一辈子，怎么老了老了反而掉到坑里去了。

其实我妈的性格很开朗，又喜欢交朋友，退休之后又保持着每天出去健身打拳的良好生活习惯，像她这种情况，我们一向都很放心。

事已至此，我、我妹，还有我爸都没有再说什么，另外以我们对我妈的了解，她是一个非常能够自省并发现问题的人，出了这样的事，她心里还不知道多难受呢。所以还是什么都别说了吧，相信吃一堑长一智，她一定会发现有些不靠谱的事根本不能沾。

就这样，平静的日子又过了一段时间。终于有一天，我回家刚打开门就看见我妈正慌慌张张地在屋里干什么，我说：“你在干吗呢？”我妈很镇静地说：“没什么，就打扫一下房间。”

我也没往心里去，就自顾自地干自己的事去了。过了没多久，隔壁的罗阿姨敲门进来问：“龚老师，那个东西你用得效果怎么样啊？”

她刚开口，我妈就一个劲儿地对她使眼色。罗阿姨这才发现我也在家，连忙满面笑容地说：“龚老师，你今晚上吃什么呀？”

我妈很端庄地说：“今天晚上啊，还没想好吃什么呢。”

晚饭后，罗阿姨又来了，跟我妈聊了两句后，两人就神神秘秘地出去了，可她们去哪儿也不说。

我就去问我爸，我爸满腹狐疑地说：“应该没什么事吧，这几天晚上她们都去打拳。”

一听打拳我就放下心来了，我总觉得，一起去打太极拳的老太太都是有追求、有想法的“资深少女”，都不是沉迷于低级趣味的人。然而事实证明我错了。

忽然有一天，我的手机上接到两条刷卡提示短信，一条显示刷了 8 500 元，另外一条显示刷了 2 500 多元。

卡不是我刷的，我开始以为这是被人盗刷，于是毫不犹豫地打电话给银行，准备让银行先给我把卡冻结。说着说着我忽然想起这个卡貌似还有一张附属卡在我妈那里，当时是怕他们老两口在成都遇到什么事情急用钱，就直接留了张卡给她。

给我妈打电话过去，我问她是不是刷卡买东西了，她兴高采烈地说：“是的，给你买了好东西。”

我问什么东西，她说：“等你回来就知道了。”

我心想还挺神秘，不过 10 000 多元的东西也不便宜啊，到底是什么？不管怎么问我妈都不说。

等我回到家里，一推开门就发现屋里堆了几个大箱子。我妈见我回来了，喜滋滋地拿出一个杯子，说这是磁疗杯，有软化血管的作用。然后又拿出一个盔甲样的大物件，说这是磁疗背心，穿上以后有助于心脑血管的软化。然后她指着地上那最大的一包问我：“你知道这个是什么吗？”

我已经听得无语了，只能静静地看着我妈继续讲解。结果我被吓到了——那个大箱子里居然是一张又厚又沉的磁疗床垫！巨大无比的一张双人床垫，也巨沉无比，也不知道我妈是怎么把它扛回来的。

我妈依然在眉飞色舞地介绍，只要在这个磁疗床垫上睡觉，它的磁场和物理作用就会让人神清气爽，会帮你清除身体里的一切不健康状态，还能让人延年益寿。

我这才知道我妈刷的那 8 000 多元钱就是买的这张床垫。

我打断她："您的意思是说您买这张床垫是用来治病的？"我妈说："不是治病，是预防生病，我们身体好了，也不给你们找麻烦不是吗？"

我跟我妈说，如果是身体有毛病，那咱就去医院看；如果没毛病，那咱就多锻炼，买这样的床垫干吗？我从来没听说过睡在什么床垫上就能够百病全消的。

我妈听我这么一说，撇嘴道："所有的事你都能知道吗？"

我说正因为天下之大无奇不有，我们才要小心谨慎，免得上当受骗。另外这张床垫 8 000 多元，这也太贵了吧？

我妈点点头："是挺贵的，所以我刷了你的卡。"

……

见我没有马上附和她，我妈立马就有些不高兴了："怎么的？把你养这么大，花你点儿钱咋啦？不就 10 000 多元钱吗，我还给你！"

每次我妈被忽悠买了什么东西的时候，她都是这样一番口气。

我说不是说花钱的问题，而是说这样的东西根本没有科学道理，如果没用，那不就跟上当受骗一样？

"上当受骗"这四个字一出口，我妈就跟炸了毛似的："怎么可能上当受骗？我们还去宣讲会看了，场面很大，有很多人出来现身说法。"

一听我妈这么说，我很冷静地打开壁橱，指着她之前买的"不仅可以强身健体，还能保护心脏功能"的早已蒙尘的"高科技胸罩"问她："妈，您还记得这个东西吗？"

我妈一看到那个被我们笑了很久的“高科技胸罩”，好像立马想起了什么，她有些不确定地说，这个东西和那个可不一样，这是磁疗，都是磁石，有特别的作用。

我说：“有个毛的特别作用，您睡在这磁石上就能把你身体里的脏东西给吸走了？您的身体是铁做的吗？还能被磁石吸出来？”

我妈嘟囔说：“你罗阿姨先买的，她觉得效果好才推荐给我的。”我一听就知道这个罗阿姨有问题。

正好我爸回来了，他一看到屋里摆了那么大堆东西，先是很意外，等明白过来后，我爸毫不客气地跟我妈说：“你真的是要在同样的坑里摔两次啊！”

被我爸这么一说，我妈心里才开始打鼓。但她依然坚持认为这是有效的。

等我妹回家的时候，我妈兴冲冲地跟我妹讲了，没想到我妹一听就说：“咦，这不是上次网上曝光的那个骗人的产品吗？”

我妈说怎么可能，听说这个效果真的很好。我妹说这有什么不可能的，她拿出手机就找出了一个网页，说：“你自己看。”我妈这才看到，她买回来的这一堆宝贝跟被曝光的产品的牌子和型号都是一模一样的。

我妈这才意识到了什么，坐在那里半天不吭声。每次当她被忽悠买了些什么东西明白过来的时候就是这样一副表情，让人又好气又好笑。

我连忙跟她说：“妈，你甭担心，明天你把我带到这个地方去，我让他们退款。”

我妈一听：“可以吗？”我说：“有什么不可以的。”

第二天一大早，我妈就把我带去了她昨天买东西的地方，那是一个体育馆的地下室，办得像一个展销会的模样。里面人来人往，不断有人在讲台上做宣讲，底下坐的全都是我妈这个年纪的老头老太太。大家开始还都有些半信半疑，但是听着听着也就信以为真了。

而这次站在旁边看，我妈才恍然大悟："哎呀，你说我昨天怎么就这么相信他们呢？这一听不就是忽悠吗？"

我说："是啊，您才知道啊。"终于卖给我妈东西的那个人来了，30多岁，看上去很精明。我妈跟他说要退货，那个人本来满面笑容的，听到这话表情立马就凝固了。"哎呀，阿姨这可不行哦，这个钱都已经付了，我们都已经结账了，你这个东西退不了。"

我一听，结账了，骗谁呢？就问他："你们销售这个东西有合法的销售许可证吗？"

他看我一眼，又看看我妈，说："阿姨这是您的……"我说："我是她儿子。"

他上下打量了我一番，说："阿姨，这个事情不好反悔的。"

我跟他说，我妈刷的是我的卡，如果你没有产品的生产许可证销售许可证，还有国家有关部门的质检报告，那不就等于骗我妈刷卡？你这些东西都拿出来，我心里才踏实，不然我给我妈花那么多钱，买了一个"三无"产品，那可不行。

他没有办法，只能说："兄弟，能不能好说好商量，我给你打个折，退你点钱？"

我说："不行，如果你这个东西真的有效，那我一分钱不少给拿走，但是如果你拿不出生产许可证、销售许可证，以及国家有关部门的质检证明，那对不起，你这是违法，你要不退货，我就立即打110报警。"

那人听我说话口气强硬，还想拖，说："我跟我们领导汇报一下，要不你明天再来。"

我说，你也别提什么领导了，这里明明你就能拍板，你不愿意退也可以，听说你们今天后面还有几场宣讲，那我也上去讲讲，让你所有的生意都做不成！

那人左看右看，可能觉得我像能干出这种事的人，于是很不情愿地拿出了刷卡机，把昨天刷的那笔钱退回了卡里。

事情办完，我跟着我妈走出那地方时，我妈沉默半天才说：“看来他们真的是骗子，他们怎么那么可恶啊！”

我说：“他们的确可恶，但您也太轻信他们了吧？”然后我很好奇地问我妈：“您为什么要买这种东西？”

我妈想想说：“以前吃的苦太多，现在好不容易日子好了，总觉得应该享受一下。而且老是希望有那种见效快、效果好，又不费什么事的产品，最好是高科技的，所以一听别人吹得天花乱坠，不由得就信以为真了。”

我说：“其实您现在每天抽一点儿时间去锻炼身体就是最好的保养，不要再去想什么有的没的，那真的是没有意义。”

我妈走着走着忽然想起来：“那些人怎么办呢？”我问：“哪些人？”她说：“现在正在听宣讲的那些人，他们不会也上当受骗吧？”

我说：“您怎么还惦记着他们呢！”

我妈想想说：“有没有什么办法能让他们不上当呢？”

当时我妈说这句话我并没有太在意，但没想到这竟是促使我妈日后开辟新天地的契机。

28

PK之水天上来

不知道是否每个女人在成长的过程中都有一个假想敌——这个假想敌闪现在女人成长过程中的不同阶段，刺激出女人的各种反应——反正我妈有。

一

别人叫我妈“龚老师”，而我妈的这个假想敌姓黄，我们叫她“黄阿姨”。黄阿姨一度是我妈的好闺密，两人其实性格很像，都开朗外向，都是家里的老幺，都长得挺漂亮，都在一个单位工作。我妈是老师，黄阿姨是医生，再加上两人关系又好，不知道从什么时候起，周围人开始拿她俩做起了比较。

这一比，就比出了各种事端。

首先是比男人——对，男人用征服世界来征服女人，女人用征服男人来征服世界。在当年风气不怎么开化的国防单位，闲暇时对女人的评头论足，第一落点经常是她找了个什么样的男人。

我爸在那个单位里负责质检，质检是整个生产线中技术要求最高的环节。黄阿姨的爱人胡叔叔负责生产，而生产是整个流程里最重要的部分；我爸是中专生，胡叔叔也是中专生；我爸属猪，胡叔叔也属猪……

这一回合，并没有分出高下。

然后就是比自己——刚才说了，两人年龄相当，性格相当，家境相当，工作相当……

这一回合，也没有分出高下。

最后就是比条件——住房都是一室一厅，月工资都是七八十元（当年的水平），连生过的病都相似：我妈得过腮腺炎，黄阿姨得过阑尾炎……

这一回合，还是没有分出高下。

二

开始她们并没有太在意，有时在一起聊天，还经常开玩笑似的说起外界对她们的比较。

“闲的。”我妈说，“有这时间还不如织一件好看的毛衣！”“可不是吗？有这时间干点啥不好。”黄阿姨看着自己手头正在织的毛衣，满意地说，“我这件也很不错！”

是的，被外面的人比较得多了，她俩自己也慢慢开始有了比较，比如织毛衣吧，谁的平针织得好些，谁的花样勾得漂亮些，都会说两句，表面云淡风轻，暗里话中有话。

忽然有一天，她们中间的平衡被打破了——那年单位评先进，我妈当选，黄阿姨却不知怎么落选了；紧接着的第二个月，我妈获得去省城参加培训的机会，黄阿姨也申请了，但是依然没有被选上。

我妈高兴啊，当时走路都是“S”形的，黄阿姨看了不知道怎么就有些不舒服：“有啥啊，不就是当个先进培个训吗？”

这话传到我妈耳朵里，她淡淡地说：“是啊，就是个先进和培训而已。”然后跟一句：“我还不想要呢，非给我。”

这下把黄阿姨给气得不轻，当天晚上回去她就对胡山峰说：“你，这次期末考试必须得考过曾鹏宇！”

胡山峰是黄阿姨的大儿子，跟我同岁，我俩还在同一个班，就连成绩都差不多——是的，女人的较劲总是这么柔韧绵长，比完青春比终身，比完终身比子孙。

我妈和黄阿姨较劲的第四回合就是比子女。

三

说来也巧，那时候我跟胡山峰的成绩依然差不多，小学生嘛，拉不出什么差距，很正常。

但那次期末考试我考得很好，正好比胡山峰多两分，结果胡山峰回家就挨了他妈一顿打——我们两家住在一层楼，隔着个走道，就能清楚地听见胡山峰挨打后的哭声。

我妈不以为然："干吗要打孩子。"然后她转过头来看着我："不过你也不能输给胡山峰哦，不然……"她的脸上泛起潘多拉一样的微笑。

我忍不住打个寒战。

那个寒假胡山峰过得一直不好，被他爸妈关在屋子里学习。本来我俩经常在一块儿玩的，后来见面他也不搭理我了，反而总是恶狠狠地瞪我一眼。

后来有一天，胡山峰找了个理由跟我打架，我被打得晕头转向——那时候我很瘦小，打架真不是我的长项，而胡山峰比我强壮多了。

挨打的我回家告状，我妈听了并没有什么反应："你们都是小孩子，他跟你开玩笑呢，别在意。"她并没有像我想的那样去找黄阿姨理论。

第二天上学时碰上胡山峰，可能因为头天晚上我没去找他，他有些意外，又有些得意，居然冲过来又打了我两拳。真疼！

我本来想回家跟我妈说，后来想想，还是算了吧。

没想到从那之后胡山峰就经常在路上打我，不是打两拳，就是踢一脚，都是背着老师，我偏偏还就是打不过他，真气人！

四

有一天我在楼道里碰见黄阿姨，鼓起勇气跟她说：“黄阿姨，你家胡山峰老是欺负我！”就把胡山峰老是打我的事说给她听。

黄阿姨一听，笑眯眯地说：“他跟你开玩笑的吧，我回去说他。”

然而第二天胡山峰碰见我居然又动手了，边打我还边说：“你还跟我妈告状，哼，你自己打不过，我妈才不会管我呢！”

那天我被打得很惨，连脸都被抓破了。回家我妈看见我，问我怎么回事，我说：“自己不小心，摔的。”

我妈从来都不喜欢我跟人打架斗殴，但我也不能总这么挨打下去吧——一个星期后上体育课，胡山峰仗着比我壮又暗地里捅我一下，也不知那天我为什么没有搂住火，抓起地上的一根棍子，使出浑身最大的力气，狠狠地抽了胡山峰一下，他正得意呢，没想到被这一棍正好抽到脸上，顿时就把他抽蒙了，他“嗷”地大叫一声，捂着脸就蹲在了地上。

我一见他这样，就想起以前他的作为，心头更是火起，拿起棍子劈头盖脸地朝他打去，他抱着头躲避，却也躲不开，最后居然哭了起来。

旁边老师、同学都看傻了，谁都没想到我平时这么友善，打起人来跟疯子一样。

最后我和胡山峰都被带到了校长办公室。胡山峰抽泣着，不仅满头包，脸上还有一条重重的青紫印记。校长狠狠地批评了我，让我向胡山峰道歉。

五

我想都没想就特别配合地带着笑容对他一口气地说完：“胡山峰对不起，我不是故意的，真不好意思，我向你道歉希望你不要在意……”胡山峰一听，“哇”地哭得更厉害了。校长无奈地看着我：“你这孩子……”

后来我妈和黄阿姨都被叫到了学校。我妈一看那情况就把我骂了一顿，黄阿姨则看着抽抽泣泣的胡山峰气不打一处来，抓着他的手转身就走。

那天回家之后，我妈并没有揍我，而是问我为什么打那么狠。我就说谁让他总在背地里欺负我……

我妈看着我，重复了一遍问题："我是问你为什么要打那么狠，并不是问你为什么要打人……"

我顿时呆住。

那天胡山峰回家又挨了他妈一顿打，楼道里充斥着他的哭叫声，荡气回肠的。

这之后我妈和黄阿姨好长一段时间都没说话，后来就算说话了，也恢复不到以前那种亲密无间了。

至于我和胡山峰，他再没敢跟我动过手，有时候我一起急，他就往后面躲。不仅如此，我再也没有让胡山峰在任何一门课程和任何一次考试中超过我，这种情况持续到高三。

我始终记住一句话：如果体力上不能保证震慑，那就在智力上要维持碾轧。

这一回合，我先输后赢，考虑到成绩因素，我稍占上风。

六

比完儿子，我妈和黄阿姨就开始比我妹和胡山水。胡山水是胡山峰的妹妹。

我妹和胡山水上学的时候成绩差不多，表现差不多，人缘差不多，关键是连体形都差不多，小时候都是胖乎乎的——这一回合又是平局。

让人没想到的是，等到 16 岁那一年，俩小姑娘几乎不约而同玩起了早恋，消息也差不多同时传到我妈和黄阿姨耳朵里。

我妈开始没想到，那会儿看上去和丑小鸭一样的黄毛丫头居然也能早恋，知道这事后她跟我爸笑了半天，倒是我爸急得够呛，甚至想去那男生家跟他拼了，还好被我妈拦住了。

我爸伸长脖子等我妈收拾我妹，没想到我妈好几天没什么动静，只是有一次翻到我妹和那男生的合影，我妈假装什么也不知道地说："这男生谁啊？看上去真没气质。"我妹不服气地说："他长得挺好看的啊。"

我妈淡淡地说了一句："男生长得好看跟有气质是两回事。"然后就转身干自己的事去了。我妹自己在那儿发了半天呆，后来好像就对那男生没啥兴趣了。

倒是胡山水，因为早恋这事被黄阿姨揍了一顿，还被逼着跟那男生分手。胡山水当时答应了，后来却一直藕断丝连，把黄阿姨气得够呛。

七

人生的比拼总是此消彼长。我和胡山峰考上大学后，因为企业改制，我爸他们部门遭到削减，我爸工作虽然保住了，但是工资变成了以前的一半，而胡叔叔那边却因为更市场化，收入直接翻番。

那几年黄阿姨的日子过得舒心极了，走起路来恨不得走成"8"字形，每次碰到我妈还跟她说自己又准备去"新马泰"玩。

更不巧的是，我爸在那段时间肺部检查出了毛病，做了第一个大手术，花了不少钱。正读大学的我那段时间明显觉得家里经济压力变大，问我妈，她如实地跟我说了："如果你能打工赚学费，尽管去干。"

这样的状态持续到我来北京读书那年——中国驻南斯拉夫联盟大使馆突然被炸，上面发现原来军工企业的发展事关重大，于是立即重新调整部署，我爸他们单位迅速恢复了活力，收入也开始大幅上涨。

相应地，胡叔叔他们单位受回缩影响开始裁员，胡叔叔办了内退接班，黄阿姨家的情况跟我家的情况调了个个儿。

但是在寻找比拼点上已经积累了大量经验的黄阿姨，并没有因此安心享受岁月静好，而是把目光放在了孩子的工作上：那时候胡山峰读的大专，已经工作，待遇还不错；胡山水没考上大学，直接接了胡叔叔的班。而我跟我妹，一个来北京，一个在成都，依然在读书。

黄阿姨就经常关心地问我妈："听说鹏宇还读书呢，我家胡山峰都已经挣两年钱了。"

我妈从来没跟我说过这些，直到我终于毕业留京工作，给家里汇了第一笔钱，她才开心地说："哈，比胡山峰一整年给他家的还多。"

八

我开始工作后，黄阿姨跟我妈比拼的点又发生了变化。

那年黄阿姨跟我妈说，胡山峰在成都买了套房，然后问起我在北京是租房还是买了房。我妈很是羡慕地表示了祝贺，然后遗憾地说："我儿子在北京，我们也帮不上他，他好像去年才买了房，今年准备买辆车……"

黄阿姨一听就哑火了。

后来新的比拼点又出来了——胡山峰结婚了，一年以后生了个儿子。黄阿姨一边忙着照顾孙子，一边关心我妈："你家那个（指我）还没结婚啊，哎呀，这可不好……"

我妈微微一笑："听说你儿媳妇昨天又怼你了，唉，我家就清静，没人给我气受……"黄阿姨的脸色顿时就不好看了，话头也就此打住。

等到我有了孩子，再碰上黄阿姨这么问时，我妈就故作尴尬地说："是啊，你说一般男的都得结婚才能生孩子，我家这个不结婚就有了儿子，唉，他可真不一般，我也挺无奈的……"

黄阿姨又哑火了。

九

有时候我觉得我妈跟黄阿姨的关系真挺逗的，两人认识了几十年，基本上也比拼了几十年，而且比拼的点涉及方方面面，贯穿了她们的青年到中年再到老年，尽管这期间我妈基本上都属于被动接招那一方。

我曾经跟我妈说："黄阿姨再说啥的时候，您不接招不就完了。"我妈却说："那不行，习惯了，她扔出个什么话头来，我就忍不住会找个话头扔回去，不然心里老惦记着，跟吵架没发挥好一样。"

哈哈哈！

后来几年我把爸妈接到北京住，我妈和黄阿姨不经常见面了，我以为她俩的PK应该结束了吧，结果并没有，她们开始PK起成都和北京了。

有一天北京有严重雾霾，《新闻联播》里都播了。黄阿姨立马给我妈打来电话："听说北京雾霾很严重，那生活得多没质量啊！"

我妈叹了一口气："可不是嘛，好多人活了那么大年纪，就只见识过雾，没见识过霾，哎，你知道霾是啥吗？"

还有一次，北京暴雪气温猝降，黄阿姨又打电话来："听说北京暴雪特别冷是吗，那不是啥也干不了？太不方便了吧？"

我妈半躺在沙发里，悠然地说："是挺冷的，不过北京有暖气，家里很暖和，生活在成都可能不能理解暖气的美……对了，你的冻疮每年冬天还生吗？"

放下电话，我妈像女王一样抬起头来，傲然地说："哼，跟我斗！"

29

人间滋味，向不由人

缘起一道菜，成就一段情。人间滋味，向不由人。

一

我刚搬家的时候，对新家这一带并不熟悉，连左邻右舍住着哪些人都不清楚。

有一天我下班回家，忽然闻到一股特别的香味，应该是有人在做什么好吃的，真的太香了，让人瞬间印象深刻——请相信我，对我这样一个吃货来说，普通的香味真的打动不了我这个刁钻的鼻子。

当时我还跟家人说，这是谁家做的菜，这么香。

第二天下班回家却没闻到那个味道，后来每天经过楼道的时候我都要吸吸鼻子，寻找那让人非常想念的味道。一个多月后，那股香味再度出现。我居然因此在楼道里多停留了片刻，里里外外转了一圈，但还是没有闻出香味是从哪家飘出来的。

就这样，那香味时不时地勾引着我的味蕾。有时候在家点外卖，总希望打开餐盒闻到的是同样的香味，可每次都觉得，梦想是天上“美珍香”，现实是地上“野草黄”。

可就算这样，我依然得吃“野草黄”。

二

有一天我跑完步回家，在电梯口遇见一位大爷，看上去 60 多岁，跟我爸差不多年纪，他手里拿着很多东西，见我来了就说："小伙子，麻烦帮我按下 6 楼。"

我一听，跟我一层。按下楼层后我帮他把大包小包接过来，他说不用不用，我说这么多东西太重了，我还是给您送到家吧——老爷子姓刘，就住我家斜对过。他一打开门我就浑身打了个激灵——这味道、这味道怎么这么熟悉?!

每个吃货，都是王母蟠桃盛宴上下凡的仙官，瞬间能够发现饕餮的源头，但当时我没好意思说。

第二天中午，忽然有人敲门。我开门一看，却是刘叔，他手里端着一碗红烧肉。"小曾，我做了点儿吃的，给你送一点儿来，看你喜欢不喜欢。"刘叔笑眯眯地说。

我的天啊！我的地啊！我的马拉松啊！——这不正是我在楼道里闻了很久而不知其源的那股香味吗?!

我当时差点儿跪下了，能不喜欢吗？特别喜欢！像喜欢披肩发、大长腿一样喜欢！

那一次刘叔做的红烧肉，我吃第一口就被征服了，从此很多餐厅里的这道菜我就悻悻然放弃了，因为差距实在太大。既知三千味，难忘昨夜香。

三

后来来往得多了，才知道刘叔退休以前是京城一家五星级酒店的中方主厨，在京城烹饪界赫赫有名。我在他家看到过当年他做的各种美味的照片，这些美味曾被用来招待很多国家贵客，现在几个大饭店的中方主厨也有他的徒弟，现在他家客厅还有一位书法家题的四个大字：人间滋味。

他差不多每周都会做两次菜，每次都给我拿过来一点儿。我特别感谢，他却说每次看我那么喜欢吃就很高兴，以前他做了也没人吃，所以不经常做，现在反而多了很多做菜的动力。

他家墙上挂着他跟他老伴儿的合影，但是他老伴儿一年前已经去世，他一个人住在这里。其他的情况我没有问，有的事如果愿意说，他会自己说。

因为实在太爱吃他做的红烧肉，有一天他跟我说，要不我教你做吧。我大喜，也不管是不是二把刀就开始学。那天他教得仔细，我学得认真。其间我跟他说起第一次闻到他做的菜的香味，他就笑了："那不是菜香，那是你饿了。"

不过呢，他又说，好的厨师就是要做出客人想吃的滋味，让客人觉得饿，这和"千金难买我愿意"是一个道理。

四

2015 年春节我回成都，给家人做了这道红烧肉。还在把佐料过油时我妈就闻出来了："嗯，好香。"我得意地说，这是从刘叔那里学来的。

我妈听了我的话忽然问："那他春节也一个人过？"我愣了一下："是啊，好像没听说他要去哪儿，这阖家团圆的日子……"

那天晚上我给刘叔打了个电话，他果然是一个人过年，言语之间难掩寂寥。我说："您来成都过年吧，这边很多小孩子，热闹。"

他淡淡地说："不用了，你们好好过年，我喜欢一个人过，这样清静。"

一度我以为刘叔是无儿无女的孤寡老人呢。

春节之后我去国外待了一段时间，回来没多久我爸又病重去世，前前后后往返了成都很多趟。忙完父亲后事已近 6 月，我忽然想起，好像已经挺久没有见到刘叔了。

敲他家门，没人应。打他电话，关机。问了周围邻居，没人知道。我就去找了物业。

物业说："哦，那老爷子啊，有天晚上不舒服，自己打了电话给物业要去医院，结果一去就昏迷，也不知道现在醒过来没有。"

我吓了一跳，连忙去医院看他。医生说他得的是老年人常见的心脑血管病，幸亏发现得早，不然性命难保。

我在病房里终于看见了他，老人已经消瘦得不成样子。见我去他倒是很高兴，还挥手跟我打招呼。

病房里有两个人照顾他，一个是刘叔的徒孙——自他住院后他的几个徒弟都自动排好班，24 小时轮流照看他，已经两个星期了。另一个却是他的女儿，跟我差不多年纪——我这才知道刘叔是有儿女的——她说："我之前在美国，一周前才请好假回来。"

他女儿说话的风格已经很西化了，语气里满是无奈："我在美国快 20 年了，一直想把他俩接过去，他们去了觉得不习惯又回来了，后来再怎么都不过去了。"

我说刘叔做的菜真好吃，他女儿却说，是，但她从来就不喜欢吃，后来在美国待久了，胃口已经适应了那边，不怎么吃得惯刘叔做的中餐，另外她也忙，都是靠三明治、汉堡解决吃饭问题。

她听了我和刘叔认识的经过，忽然说："你跟我弟倒挺像的，我家只有我弟最喜欢吃我爸做的菜，特别是红烧肉。"

哦，原来刘叔不只有女儿，也有儿子。

"那你弟呢？"话一出口，我就觉得自己唐突了。

她倒没表示出来什么异样，只是叹了口气说："还有五年就出狱了。"

五

后来刘叔女儿的假期快到了，她只好返回美国，临走时给我打了个电话，让我有时间的话帮忙看看她父亲。她说她爸一醒来聊天说的都是弟弟以前的事，她想父亲好点后接他去美国，刘叔坚决不干，“我就在国内等着，我可不想死在外面”。

“我爸的想法无非就是等弟弟出狱。”她说，“原来我爸是希望跟我妈一起等着弟弟出来的，但是我妈一走，只有他一个人等了。也不知道还能不能把弟弟等出来。”

再想起刘叔客厅挂的那几个字“人间滋味”，我竟不知该说些什么好。